エレクトラ・
マーチ
ヴィンセントの幼馴染。
かつては杖職人を
目指していた。

ヴィンセント・ヒーリィ
凄腕の魔法使いで元軍人。現在はイルミナの用心棒。
イルミナ
両義眼の義眼職人。一見幼く見えるが、その腕は確か。やや世間に疎い。
血眼回収紀行
チマナコ リコール トラベログ

〈天窓の八義眼《オクト・アルカナ・オキュラス》〉
「その『特別な義眼』は猛毒を含んでいる。
目に嵌めた人間を支配する猛毒……
その心に秘めた悪意や狂気を増幅させて、
良心のタガを外してしまうんだ」
——二代目・イルミナ

血《チ》眼《マナコ》回収《リコール》紀行《トラベログ》

可笑林

ファンタジア文庫

3385

口絵・本文イラスト　かれい

CONTENTS

CHIMANAKO ReCALL TRAVELOGUE

血眼回収紀行

チマナコ リコール トラベログ

Chimanako Recall Travelogue

prologue.

血眼の二人

Bloody-eyed duo

Chimanako
Recall Travelogue

ヴィンセント・ヒーリィが廃教会の外へ出ようとして扉を開けた途端、玄関先にぞろぞろと集まっていた荒くれ者どもの視線が一斉に彼に注がれた。

月明りの下、むさくるしい男どもが群がっているのは小柄な少女だ。

日に当たったことのなさそうな白い肌。華奢《きゃしゃ》な腕や足はむくつけき男どもに乱暴に取り押さえられており、いかにも頼りない。

何よりも目を惹《ひ》くのは少女自身の両目だ。左右で色の違うオッドアイではあるが、その瞳は自然物にしてはあまりにも華美に過ぎた。

神秘性すら感じるその両目は、いまや限界まで見開かれ、そして恐怖と希望の入り交じった視線をヴィンセントに向けていた。

「ヴィ、ヴィンセント……！　助け――」

ヴィンセントは、ゆっくりと扉を閉じた。

彼は閉じられたドアの前に立って、その節ばった細長い指で顎の下を摩《さす》ったりした。

このままそっと裏口から出て、そして町も離れて、どこかのパブにでも入ってスコッチを呷《あお》って、前後不覚になって寝て起きれば、なにもかもが丸く収まるのではないか。

いいや、だめだ。

ヴィンセントはそんな計画を脳裏から消し去った。

資金源がなくなるのである。

今はいいとしても、今後は気楽に町を離れることもできないし、ましてやパブでスコッチなど飲めるはずもない。何をするにも金が必要であり、金を手に入れるためには、基本的には、仕事が必要だ。

では、今の彼の仕事は何か？

軍を除隊になり、貴族の護衛はクビになり、ようやくありつけた示談屋の仕事は、雇い主が死んでふいになった。

そんな彼の今の仕事はなんだ？

何を隠そう、扉の向こうでもみくちゃにされている少女の、用心棒である。

このまま立ち去ってしまえば、雇い主がズダ袋に詰められて哀れにも下水に沈められてしまうのは必定だ。支払われるべき給金も水の底である。

もう一度扉を開けると、今度は視線だけではなく無数の〈短杖《ステッキ》〉が彼に向けられていた。

木や金属を削って棒状にしたものに金属製のトリガーを取り付けたそれは、使用者の魔力が込められた血液が装填されることによって無類の凶器と化す。

殺気立った男たちが少しでもトリガーにかけた指を動かせば、火炎が、氷刃《ひょうじん》が、雷撃が、ヴィンセントの体を紙人形のように消し飛ばすことになるだろう。

「むぐ〜っ！」

張りつめた空気の中、すでにズダ袋を頭にかぶせられていた少女の呻《うめ》き声が響く。

「この女の仲間か？」

と、リーダー格と思われる大柄の男がそう訊《き》いた。

よく見たら先ほどぶちのめしたはずの男だった。いつのまにやら復活して、こうして仲間を呼んできたのだろう。

腫れあがった眼《め》には燃えるような怒りが込められている。

「否定はしないが……正直、もうそいつの用心棒はこりごりだぜ。一、二分目を離しただけでぽんぽん捕まるような雇い主は御免被《こうむ》る」

とヴィンセントは嘯《うそぶ》いてみた。

「むぐぐッ⁉」

簀《す》巻《ま》きにされた少女の抗議交じりの呻きにも、どこ吹く風だ。

手ぶらのまま、彼は背後を振り返って、嵐の後のような様相の違法賭場《とば》に目をやった。

「賭場はもうこの有様《ありさま》だし、あんたらのボスってのも多分死んでる。そんなガキに群がってねえで、帰って寝たほうが健康的だぜ」

賭場の主《あるじ》は咳《せ》き込むように笑った。

「そんなことは関係ない……てめえをぶっ殺すのはもう決定事項だ。仲間かどうか訊いたのは、てめえを殺した後にこの女も殺すかどうか判断するためだ……周りをよく見ろ、てめえを殺すのに一秒もいらねえ」

「……人の親切ってのが分かんねえ連中だぜ」

魔法の発射音は、『ほとんど』一発のように聞こえた。

後に続くのは、男たちが地面に倒れ込む鈍い音と、足を撃ち抜かれたリーダー格の男の悲鳴だ。

指をトリガーにひっかけて短杖《ステッキ》をシュルシュルと回転させていたヴィンセントは、つまらなそうな顔でそれを腰のホルスターに収めた。

荒くれ者どもの体を踏み越え、蹲《うずくま》って唸《うな》り声を上げる男の傍《そば》を通って、彼は拘束されたままの少女の前に立つ。

ズダ袋を外すと、怯《おび》え切った少女の目が彼を見上げていた。

「元気そうだな」

「だから早く帰ろうって言ったじゃないかっ！」

「紳士ってのは、急がねえんだよ」

面倒くさそうに少女をあしらって、ヴィンセントは床で丸くなっていたリーダー格の男を無理やり引き起こした。

「わりぃな。一発で仕留めてやるつもりだったんだが、あんたのボスのせいで短杖《ステッキ》の照準がイカレてたらしい」

「ぐ、ぐぅぅ……」

滝のような脂汗を額から滴《したた》らせる男を見下ろしながら、ヴィンセントはまた『親切』を始めた。

「俺たちはただ探し物をしているだけで、あんたらの縄張りにもシノギにも興味はねえ。今日のあんたはツイてるぜ、普段なら俺が急所を外すことはねえからな……神様に感謝して、どっか遠いところに消えな」

「さ、探し物だと……？」

ヴィンセントは男を摑《つか》んでいないほうの手で、腰を抜かしたままの少女の顔を指し示した。

「〈義眼〉さ」

少女の美しすぎる両目が、不安げに彼らを見つめている。

episode1.

義眼職人とその用心棒と、それから蜘蛛の子たち

The prosthetic eye craftsman,
her bodyguard,
and the spider children

Chimanako
Recall Travelogue

日も傾き始めたコルテスタ市の表通りを、一目で旅行者と分かる二人組が並んで歩いていた。

長身痩軀《そうく》にねずみ色のチェスターコートを纏《まと》った男は、左手に大きな行李《こうり》を携えている。ハンチングの影になったその表情は、いかにもつまらなそうだ。

「イルミナさんよ。まだ怒ってんのか？」

男に問いかけられたのは、少し前を歩く小柄な少女だ。くすんだ亜麻色の髪を背中に流している。日も暮れようというのにサングラスをかけているのは、一体なぜだろうか。

「……怒らないでいられると思うかい？」

男──ヴィンセントと並ぶと、イルミナと呼ばれた彼女は余計に小さく見えた。歩幅だって随分と違うはずなのに、抗議を表明するためか彼女は努めてヴィンセントの先を歩こうと足を速めている。その腕に抱える小さな革製の鞄《かばん》も、彼女にとっては重そうだ。

「結局間に合ったじゃねえか」

「二枚分のチケット代が無駄になったんだぞ！」

先ほどからヴィンセントの言葉にそっけなく返していたイルミナも、あっけらかんとした用心棒の言葉にはいよいよ堪忍袋《かんにんぶくろ》の緒が切れたらしい。振り返ってヴィンセントを見上げながら全身で怒りを表明していた。

「君が喧嘩《けんか》なんてしているから汽車に乗り遅れたんだよ！」

「ちょっと目を離している隙にあんな柄の悪い連中に絡《から》まれてたあんたを守るためだろうが。感謝されこそすれ、そんなふうに文句を言われる筋合いはないぜ？」

「それにしたってあれほど痛めつける必要なんてないじゃないか！」

「用心棒の意味がわかってんのか？　その場で徹底的に潰しとかなきゃ、ああいうバカどもは報復に来るんだよ」

「そもそも！　ボクを駅に置いて君はどこに行っていたのさ⁉　集合時間より一時間も遅れて！」

「……犬」

「なんだって……？」

「ドッグレースだよ。朝刊に今日はさそり座の運勢が最高と書いてあったろ？　賭けに出ないワケにはいかねえだろうが」

ヴィンセントは小脇に挟んでいた新聞をひらひらと開いて見せた。ノーリッチ市の大電波塔で行われるテレビジョン放送範囲拡大セレモニーや大物俳優の訃報を伝える紙面の隅に、小さく占いのコラムがある。

「一人で賭場に行っていたって言うのかい⁉」

「子供連れじゃ賭場には入れねえだろ」

「子供じゃない！　用心棒の意味を分かっていないのは君の方じゃないか！　すっごく怖かったんだぞ！」

「賭けにも喧嘩にも勝ったんだからいいだろうが」

「そういう問題じゃなぁーーーーいっ！」

「わかった、わぁかったよ」

普段は実に温厚なこの雇い主の剣幕にはさすがのヴィンセントもこれ以上油を注ぐ気にはなれず、行李のポケットから棒付キャンディーを取り出してイルミナに差し出した。

「ホラ、飴《あめ》やるから機嫌直せ」

「だから子供じゃないって……しかもそれ、そもそもボクの飴なんだけど……」

呆《あき》れた表情ながらも、イルミナは小さく溜息をついて飴を受け取った。

彼女から預けられている行李からもう一つ棒付キャンディーを取り出すと、ヴィンセントはちゃっかりと自分の口にもそれを放り込んだ。

「あ、こら！　安くないんだぞ！」

「フクリコーセーってやつさ」

「まったく、調子のいいことばっかり……」

イルミナが先行しているのは、なにも粗野な用心棒に対する抗議を示すためだけではない。

旅装の二人だったが、イルミナがコルテスタの町を訪れたのは初めてではない。彼女には土地鑑があった。

人出の多い大通りを抜けて、細い路地へと二人は入っていく。

「それにしてもボロい町だな」

「コルテスタは、このエミグラント連合王国で一番古い町……とも言われているんだ。大昔にロームが侵攻してきたときの要塞が築かれたのもこの町でね、今も人々が生活をしているこの家々だって、立派な歴史的——」

「賭場とかあんのか？」

「ボクの話、聞いているかい……？」

まったく君は……と前を歩きながら小言を言い始めた雇い主をまるっきり無視して、後を行く用心棒は路地の奥を覗《のぞ》いたり時折背後を振り返ったりしていた。

「……ネズミも多そうだな」

前を行くイルミナに聞こえないくらいの声で、ヴィンセントはそう呟《つぶや》く。

「ここだ」

とイルミナが立ち止まったのは、古い要塞の遺構とみっちりと並んだ住宅に挟まれた狭い路地の真ん中だった。

「……あんた、自分の工房に寄るとか言ってたよな？」

「いかにもそうだよ」

首肯するイルミナに、ヴィンセントは顔をしかめた。どう見たって、建物への入り口のようなものは見当たらない。

「俺に怒ってんのはわかったから、ガキみてえなことしてねえでさっさと――」

と、彼が言葉を終えるよりも前に、イルミナは遺構の積み石のいくつかを順番に掌《てのひら》で押し込んだ。

なんの変哲もないただの石壁が途端に生を受けたように蠢《うごめ》きだして、やがて人が一人通れるくらいの隙間が現れた。目を凝らせば、地下へと続く階段が見える。

「これでよしっと……なにか言っていたかい？」

「いや……」

よく聞き取れていなかったらしいイルミナに対して口ごもってから、ヴィンセントは顎の下を右手の指先で摩《さす》るようにした。それは、バツが悪かったり、なにか邪《よこしま》なことを考えるときの彼の癖だ。

「築年数が気になってな……」

「あはは、大丈夫、崩れたりはしないよ」

階段をするりと下っていくイルミナの背中を少しの間眺めてから、ヴィンセントはその長身を縮こめながら壁の隙間をくぐった。

工房の中は、不気味なほど整頓されていた。

地下とはいえ埃《ほこり》は積もっていたし、どこから入り込んだかは分からないが天井の隅には蜘蛛《くも》の巣が張っている。それでも、壁いっぱいの本や何に使うか不明の道具たちは、病的なまでに規則正しく並べられていた。

こここそが、義眼職人〈イルミナ〉の工房だった。

棚一面に瓶に詰められた義眼が並べられているのを目にして、ヴィンセントは気味悪そうな顔をする。

先に工房に入ってランタンに火を灯《とも》していたイルミナは、作業台や棚の間をそそくさと歩き回っていた。ときどき机の引き出しを開いたり、本棚の奥の仕掛けをいじったりする彼女を、ヴィンセントは作業台の一つに腰かけながら眺めている。

やがて工房をぐるりと一周して来たイルミナの表情には、若干の安堵《あんど》が見られた。

「大事なものが盗まれたりはしていなさそうだ」

「こんなところに泥棒が入るわけがねえだろ。そろそろ日も暮れるぜ？　用事を済まして宿を探さねえと、エゼックス州じゃ野宿は犯罪だ」

ヴィンセントのその言葉で、この場ですべきことを思い出したのだろう。イルミナは表情を切り替えてまた工房の奥へと消えていった。

イルミナが棚を漁《あさ》る音を聞きながら、ヴィンセントは首を伸ばして工房の奥を覗いていた。

工房の中を歩き回ろうとしないのは、彼にとってここが興味を惹《ひ》かれる場所ではないからに他ならないが、元は軍人だった彼が戦場で培《つちか》った警戒心も、ここでは彼の好奇心を抑制していた。

それでも、机に腰かけているだけでも分かることはある。

この陰気な工房は、意図的に二つの区画に分けられている。

簡単な造りに見えて生活のための設備がまったく同様に二つずつ用意されていて、本の配置や作業台の位置までが完全に再現されているように見える。ただし、その動線は複雑に捻《ね》じれていて、二つの生活空間に存在する両者はまったく接触しないような造りになっている。

すなわち、この工房は、二人の人間がまったく空間を共有しない一方で、それぞれはまるでコピーのように同じ生活を送るような造りになっている。

まるで人間の右目と左目がお互いに見つめ合うことができないように、同じ形の眼窩《がんか》に収まっているように——

「あったよヴィンセント。大切な資料もどうやら無事のようだ」

見れば見るほど不気味な工房に顔をしかめていたヴィンセントは、殊の外明るいイルミナの声に我に返った。

ヴィンセントが腰かけていた作業台に紙の資料を広げてから、イルミナは一歩下がってそれらを俯瞰《ふかん》し始めた。

用心棒もちらりと紙に目をやったが、三秒しないうちに興味を失った。とても門外漢が理解できるものではない。

「ふむ……」

と小さく首肯したイルミナは、彼女が先ほど携えていた小さな行李から小さな何かを取り出した。

白い素体に金色の瞳孔が埋め込んであるそれは、極めて華美な義眼だった。

さしものヴィンセントも、作業台に置かれたその義眼には再び視線を向けた。ハンチングの下から覗くその両目には、警戒の光が鈍く光る。

「二週間前、ボクたちが首都ラングトンで回収した〈天使の呼声《ロイヤル・オペラグラス》〉。これがボクたちの義眼集めの大きな手掛かりになると考えてここへ戻って来たわけだけど、どうやらそれは間違いじゃなかったみたいだ」

「あんたの師匠が作ったっていうヤバい義眼のことか」

「そう、〈天窓の八義眼《オクト・アルカナ・オキュラス》〉」

二週間前、連合王国の南部に位置する首都ラングトンで、義眼職人の少女と軍人崩れの青年が出会うきっかけとなったものこそ、何を隠そうこの義眼だった。

そして、ラングトンの裏社会をも巻き込んだ大騒動の陰でひっそりと超常の魔法義眼を回収していた二人は、紆余《うよ》曲折《きょくせつ》あって雇用関係となり、今に至るわけである。

初代イルミナが生前に製作したという未知の力を秘めた八つの義眼。

それぞれが至高の芸術品でありながら、いずれも説明不能な異常魔力を秘めたその義眼を集めきることこそが、二代目イルミナ、および彼女の用心棒の旅の目的なのであった。

「その義眼、探し物に役立つようなモンじゃなかっただろ」

「その通り。この義眼は『目を合わせた者の意識を強制的に奪い、まるで時を止めたように錯覚させる』魔法の義眼だ」

イルミナが口にしたそのちっぽけな義眼の秘める異様な能力に、ヴィンセントは内心ゾッとした。

「だけど、なにも嵌《は》めて使うだけが義眼というわけじゃないのさ」

金色の義眼をランタンに透かしたりしながら眺めていたイルミナは、作業台に並べられた資料を見比べて、何枚かの紙を脇へ除《よ》けた。

それがどういった思考の末に下された判断なのかヴィンセントには分からなかったが、彼は資料が絞られていく様子よりも、真剣な様子で義眼を観察するイルミナのほうに目を向けていた。

イルミナから聞いた話によれば、ヴィンセントと出会うまで彼女は何年もこの工房で師匠と暮らしていたらしい。

それにしては『正常』すぎる。

ヴィンセントはそう考えていた。

こんな薄気味悪い場所で何年も暮らせば誰だって気がおかしくなりそうなものだが、この女はまるで能天気そのものだ。

こう見えて強靱《きょうじん》な精神の持ち主なのか、あるいは、すでに『壊れて』しまっているのか……。

「うん……よし」

そんなヴィンセントの視線には気が付いていないようで、イルミナは手帳になにやら書き込んでから、作業台に広げていた資料を片付け始めた。

「もういいのか?」

「うん。〈天使の呼声《ロイヤル・オペラグラス》〉を分析したおかげで、山ほどあった『重要そうな資料』が『核心をつく資料』と『無意味な資料』に分けられたよ。八義眼の危険性も鑑《かんが》みて……関連する資料はすべて焼き捨てようと思う」

「あんたのその手帳を盗まれちゃまずいんじゃねえのか?」

「暗号化しているから問題ないよ。それに、半分は頭に入れたから、手帳だけを奪われたって読み解けないのさ」

「器用なこって……」

もうここに用はないとばかりに腰を上げて、ヴィンセントは行李《こうり》に手を伸ばした。

「行こうぜ、息が詰まりそうだ」

工房を出ると、イルミナはヴィンセントに鞄《かばん》を差し出した。

「工房を閉じる間、ちょっと持っていてもらえるかい？　地面には置きたくなくてね」

「しかたねえなあ……」

雇われている関係上つっぱねることもできず、ヴィンセントはそれを受け取った。両手に荷物を抱えたまま、彼は壁を開いたのと同じような手順で工房への入り口を閉じていくイルミナを眺めていた。

この女の用心棒となって二週間。短い付き合いではあるが、その間は寝食を共にしている。多くの職人がそうであるように、この雇い主もまた他の人間とは違う感性を持った人間だということは分かってきたが、それにしたってこの工房へ来てからの彼女の様子はなんだかおかしかった。

その訳を果たして訊《き》くべきなのか？　彼女の事情に深入りすべきなのか？

普段なら寝ている間だって気を抜かないような警戒心を備えたヴィンセントだったが、この時ばかりは義眼工房の澱《よど》んだ空気に当てられて思考に没頭してしまった。

とんっ
と小さな衝撃に体を揺らされて、ヴィンセントは雷に打たれたかのように覚醒した。

路地の奥に顔を向ければ小さな影が駆け行くのが見えた。

右の腰が軽い。重さで言えば五百グラムほどのそれはしかし、ヴィンセントにとっては命の次に大切なものだった。

「畜生ッ！　ネズミどもッ！」

両手の荷物を同時に放り出して、ヴィンセントは路地を飛び出す。

「ヴィンセント⁉」

路地には、一拍遅れて事態に気が付いたイルミナと、その驚嘆の声だけが取り残された。

コルテスタの町を最もよく理解しているのはコルテスタの市長でも、その町で一番長生きの爺《じい》さんでもない。

古い抜け道も、昨日家主が死んで空き家となった場所も、コルテスタのレンガの一つまで知り尽くしているのは、コルテスタに潜むスリの子供たちだ。

両手に荷物を抱えていたせいで腰の『それ』を盗まれたヴィンセントは、次々に角を曲がっていく悪童を追って路地を疾走していた。

しかし、無数に存在する小道の先は、その多くが袋小路《ふくろこうじ》に繋《つな》がっている。町の構造を熟知している子供たちにとって、追跡者を煙《けむ》に巻くことなど造作もないのだ。

「くそッ……」

三叉路《さんさろ》の前に立ったヴィンセントは、憎々し気に舌打ちをした。窃盗犯を完全に見失ってしまった彼は、それぞれの路地の先を睨《にら》んでから、例のごとく顎の下を摩《さす》って思案を始める。

★

遠回りと近道を繰り返し、いよいよ仲間との合流地点が近付いたとき、フードを被《かぶ》ったその実行犯は足を止めた。

路地の先の小さな空き地。ここへ辿《たど》り着くには二本の路地のいずれかを通って来るか、隣接する空き家の中を通って来るかしないといけない。

子供たち以外には誰も知らないはずのそのエアーポケットに、先客がいた。

「ごめんね。驚かせてしまったようだ」

夕方だというのにサングラスをかけた亜麻色の髪の少女だ。

小柄で、痩せているが、フードの子供よりは幾分か年上だろう。

長身の男の傍《そば》にいたあの少女だ、と、悪童もそれに気が付いた。

「先回りできたのはね、ボクがここへまっすぐやって来たからさ。君はボクの用心棒を振り切るために遠回りをして来ただろう？　ボクに君を攻撃する意思はないし、ボクにはそんな力もない。魔法はからっきしなんだ。用心棒を雇っているのも、そのためなんだよ」

いたって穏やかな口調で、少女はそう語りかける。言葉通り、彼女には攻撃性はないようだったが、それでスリの子供が抱えている大きな疑問が解決されるわけではない。

自分を追って来たわけではないのに、なぜこの場所を知っている？

「ボクはイルミナ。君たちのことはよく知っているつもりだ。この場所にも馴染《なじ》みがある。君たちが生きるためにどれだけ苦労しているのかも、もちろん理解できている」

イルミナと名乗った少女はゆっくりと一歩、フードの子供に歩み寄った。

「だけどね、君が盗んだ『それ』は是非とも返してほしいんだ。もちろん高価なものだからということもあるんだけど、金銭的な価値以上に、『それ』はボクの用心棒にとって大切なものなのさ。ついこの間、賞金首を捕まえて路銀には余裕があるから、お金と交換したっていい」

噛《か》んで含めるように言いながら徐々に距離を詰めていくイルミナに対して、フードの子供が警戒心を解くことはない。

身に纏《まと》ったローブの袖の中に手を突っ込むと、彼ないし彼女はそこから細長い棒きれを取り出した。

ちょうど指揮棒のような丈と細さの金属の棒に、銃のグリップとトリガーが取り付けられたような『それ』は、世間一般には〈短杖《ステッキ》〉と呼ばれている。

「あ、いや、それじゃなくってね」

その短杖《ステッキ》を見て、なぜだかイルミナは安堵《あんど》の表情を見せた。

人の善性を信じて疑わないこの義眼職人は、この交渉が上手《うま》くいっているのだと信じ込んでいるのである。

「その杖《つえ》は金属製だけど、君がさっき盗んだのは木製だろう？　真っ黒の、黒檀《こくたん》製の大きな杖を返してほしいんだ」

話し続ける少女と無言で向かい合ったまま、杖泥棒はそっと杖の末端、銃で言えば撃鉄の部分に取り付けられた針に自分の指を押し付けた。

魔力を微量に含んだ証《あかし》であるマゼンタ色の血液がじんわりと滲《にじ》み出し、針を伝って杖の中に沁《し》み込んでいく。

「……って、あれ？」

この段階にいたって、イルミナはようやく自分に敵意を向けられていることに気が付いたらしい。

「君を騙《だま》したり、警察へ突き出そうってわけじゃないんだ。彼がここへ来るまでボクとしてはなんとか穏便にコトを済ませたいと思っているだけで……」

フードの子供が杖の先を真《ま》っ直《す》ぐイルミナへ向ける。その意思は固いようだ。

トリガーにかけられた指が引かれると、短杖《ステッキ》の先からマゼンタ色の血液が一滴射出された。

それは空中で小さな火炎の弾へと形を変え、眼前の少女を灼《や》かんと猛然と迫り——

ゴアッシャァァアアッ！

そして凄《すさ》まじい破壊音と共にかき消された。

轟音《ごうおん》と共に空き地は一瞬にして土煙に包まれ、悪童は顔を覆うまでの刹那、忘れえぬ光景を目《ま》の当たりにした。

対面していた少女のサングラスが衝撃で弾《はじ》け飛んで、彼女の両眼が露《あら》わになっていた。

夕焼けを反射したその両の瞳は、おおよそ人体の一部とは思えないほどに華美な色をしていた。

その右目には純粋で透き通るような魔力の青い光が揺れ動き、対照的な漆黒の左目の中では、いくつもの金色の歯車が規則正しく回転している。

魅入られたように立ち尽くした杖泥棒のフードの奥にも土埃《つちぼこり》が舞い込み、やむを得ず目を覆う。

ややあって土煙が薄れたとき、そこには二人分の小柄な影に加えて、すこぶる長い影が佇《たたず》んでいた。

埃の奥、破壊し尽くされた空き家の勝手口の前に、長身痩軀《そうく》の男が立っていた。

★

「ヴィンセント！　手荒な真似《まね》は……」

「それを決めるのは俺でも、あんたでもねえ」

尻もちをついたイルミナの言葉に冷たく返答すると、ヴィンセントは目の前の子供と向かい合った。

その左手、手首から掌《てのひら》にかけて杜若《かきつばた》色の血液が一条流れている。

魔力を多く蓄えた血液ほど、透き通った青色に近付いていく。ヴィンセントの血液は、彼がこの世界においても上澄みの高魔力者であることを示していた。

「俺の杖を返せ。じゃねえと殺す」

ヴィンセントがそう言うや否《いな》や、三つの小さな火球がバラバラと彼に襲い掛かった。

舌打ちと共にヴィンセントが左手を振るえば、火球はたちまちかき消される。

「……躾《しつけ》が必要みてえだな」

杖泥棒が焦《あせ》ったように二連射した火球をヴィンセントがあっさりかき消すと、辺りにかしゃかしゃと杖を空打ちする空《むな》しい音が響いた。

「弾数はよく数えておけよ」

悠々と歩いて近づくヴィンセントを前に、杖泥棒は無我夢中になって針に親指を押し当てる。もはや逃げようという冷静な判断はできないようであった。

「装填は物陰か、自分の攻撃に隠れて素早くやるもんだ」

再び杖先がヴィンセントに向けられる前に、彼は小柄なスリの胸ぐらを摑《つか》んだ。

細い体からは想像できない力強さで地面から持ち上げられたスリの子供は、杖を握るその右腕をもヴィンセントの左手に取り押さえられてしまう。

「使い方も知らねえのに振り回すもんじゃねえぜ、それは」

じたばたと暴れる悪童だったが、宙づりにされているのではどうすることもできない。

「おイタは見逃してやるからさっさと杖を返しな。次からは盗む相手をよく見てから手を出すんだな」

ぷっ。と小さな音がして、なにか透明な液体がヴィンセントの顔に付着した。

「……汚《きたね》えっ！」

唾を吐きかけられたヴィンセントは、思わずスリをその場に放り投げた。得意げにしていたところに不意打ちを食らったのだから無理もない。

ころりと地面に着地してから、悪童は素早く杖の先をヴィンセントに向けた。

今度はトリガーを深く引き続けると、杖の先からは装填されていた血液が一度に放出される。

周囲を明るく照らし出すほどの火球が生み出され、それはすぐ近くにいた男の体を炎に包むはずだった。

「……クソガキが……」

ヴィンセントの呟《つぶや》きと共に、炸裂《さくれつ》するはずの炎の玉が透明な手で握りつぶされたかのように小さく縮んで虚空《こくう》に消えていく。空気を焦がした臭いだけを残して、渾身《こんしん》の攻撃はまたも彼に届くことはなかった。

風だ。

渦巻く風が炎を包み込み、その勢いを完全に打ち消したのだ。

悪童は弾かれたように走り出す。

ヴィンセントが左手から流す杜若色の血液を見て、わずかな冷静さを取り戻したようだ。

彼の傍をすり抜けて、杖泥棒は路地の奥へ駆け込む。途中でぼんやり立ち尽くしていたイルミナを突き飛ばして、全速力で光の差す方へと小さな影は消えていった。

「待ちやがれッ！」

またも走り出そうとするヴィンセントの腕を、イルミナはぐっと摑んだ。

「待って、ヴィンセント。あの子を追っても無駄だよ」

「あ？」

「おそらく、ここまで来る間に仲間に渡したか、それかどこかに隠したんだろう。君の杖はもう持っていなかった」

「なんであんたにそんなことが分かんだよ？」

未《いま》だに意識が路地の奥に向いている用心棒に対して、小柄な雇い主は金色に光る何かを掲げて見せた。

それは所々メッキの剝がれた、小さなペンダントだった。

「ボクも同類だからさ」

三軒目にしてようやく見つけた宿の一室は、ダブルベッドが一床置いてあるだけだった。

「ごめんよ。ボクが君に荷物を持たせていたせいだ」

ベッドの片側に腰かけたまま苛《いら》つきを隠せない様子のヴィンセントに対して、イルミナはそっと話しかけた。

「……いや、油断した俺が悪い」

「紅茶でも飲むかい？」

差し出されたカップを無言で受け取ると、用心棒は音を立てて紅茶を啜《すす》り始めた。

ベッドの反対側に腰かけたイルミナは、自分のカップにたっぷりと砂糖を入れてから、ふうふうと紅茶に息を吹きかける。

「……旅の足止めするようで悪いが、杖は取り返させてもらうぜ」

「かまわないよ。長年使い込んで血液の馴染んだ杖のかけがえのなさは、ボクも知っているから」

それに……とイルミナはベッドの上に置かれたペンダントに目を向けた。

「それに、あの子だって、きっとこれを取り返しに来る」

「……そりゃなんだよ」

「なんの変哲もないペンダントだけど、あの子にとっては大切なもののはずだ。大事に大事に服の奥にしまい込んであったからね」

「最後、ガキに突き飛ばされたときにスったってのか？　あの一瞬で？」

「……まあね」

言い澱《よど》むイルミナを、ヴィンセントは横目で一瞥《いちべつ》した。

「ますますあんたのことが分からねえな」

「…………」

ようやく飲める温度になったらしい紅茶に口を付けながら、イルミナはしばらく黙っていた。

「……君との旅も長くなるかもしれないから、ボクの素性についてはもう少し説明したほうがよさそうだね」

意を決したように口を開いた義眼職人は、座ったまま小首をかしげた。

「ボクの師匠が作った危険な魔法義眼――〈天窓の八義眼《オクト・アルカナ・オキュラス》〉を探しているというのはもちろん知っていると思うけど、それ以外だと……」

「義眼職人、十六歳、女、血液型は雷型、低魔力者、糖分過多、起床困難、猫舌、世間知らず、発育不良、他にもあったか？」

「『傷つきやすい』、というのも加えておいてもらえるかな……？」

「まあ、なんも知らねえってこったよ」

「……そうだね」

もう一度紅茶に口を付けてから、イルミナはカップを両手で持ったまま話し始めた。

「お察しの通り、ボクは元々このコルテスタの町でスリをしていたんだ。ちょうどさっきの子供と同じようにね。出生のことは、ボク自身にも分からない」

「……孤児か」

「うん、物心ついたころから孤児院で生活していたし、六歳のときには靴屋に労働力として売り飛ばされた……珍しい話でもないだろう？　でも、運悪く売られた先の靴職人が結核で死んでしまってね、町に放り出された果てに窃盗団に流れ着いたのさ。それが七歳のとき」

ヴィンセントはイルミナに背中を向けたまま、もともと額に刻まれている皺《しわ》をより一層深くした。

二週間前まで首都ラングトンに居を構えていた彼にとっても、過去のイルミナのような境遇の子供は珍しいものではなかった。むしろ、先の戦争のせいか町にたむろする孤児は増える一方だ。

「それこそ杖《つえ》や財布をスったりもしたし、空き巣に入ったりもしたけど、強盗や脅迫みたいな暴力的なことを、ボクたちはしなかった。ボクが子供だったからということもあるけど、大人たちだってみんな低魔力者だったから、報復なんてされちゃひとたまりもなかったのさ」

そこまで話してから、イルミナは急に押し黙った。

この話がどこへ進んでいくのか、ヴィンセントにも分からないわけではなかったから、彼もイルミナを催促することはなかった。狭い客室は、すぐに静寂に包まれた。

ややあって、イルミナは再び口を開いた。

「コルテスタのそういうコソ泥の間では、ある噂《うわさ》があった。『要塞の遺構のどこかに、大昔の貴族が隠した大量の金貨がある』というものだったんだけど、ある日仲間の一人がその場所を突き止めたと言うんだ。老人が壁の中に消えていくのを見たってね。ボクたちは半信半疑だったけど、忙しいわけでもないしそこへ行くことにしたのさ。忘れもしない、九歳のとき、新月の夜だったよ」

イルミナは、なるべくよどみなく、平坦《へいたん》な口調ですべてを説明しようとしているようだった。話が一段落するたびに、彼女は一呼吸を置いた。

「ピッキングが役割だったボクは、壁の仕掛けが魔法仕掛けではなく機械仕掛けだということに気が付いて、それからは早かったよ。ボクたちは噂が本当であることに浮かれて、普段ではありえないほどに油断していた。壁に隠された階段を下って、部屋に入ってすぐボクは何者かに襲われて、薬をかがされてそのまま眠ってしまった。ほかのメンバーも同じような手口で罠《わな》にかかったんだと思う。思い出せるのは、ボクが『目覚めた』ときも闇に包まれていたことだね」

そこまで思い出して、やはりイルミナは少し話を止めた。

しばらくぶりに触れてみた古傷は、まだ痛むようだった。

「……おい、無理して話さなくてもいいぞ」

「いや、大丈夫。最後まで話させて」

聞くに余ると感じたヴィンセントの言葉にそう返して、彼女は話を続けた。

「眠っている間に両目をくりぬかれていたボクに対して、老人のしわがれた声が、ボクにパズルを解くように囁《ささや》きかけてきた。手に持たされたそれは、おそらくその声の主のオリジナルのパズルだった。知恵の輪と言えばわかりやすいかもしれないね。ただのパズルじゃなくてね。それはもう凶悪な一品だったよ。ボクの眼窩《がんか》からは血が流れ続けていたし、声によると約二十時間でボクは失血死するらしかったから、ボクは必死だった。結果的には十五時間ぐらいかかってパズルは解けて、ボクは両目に義眼を装着されたんだ」

ふぅ、とイルミナは息をついた。少し冷めた紅茶をカップに注いで、今度は息を吹きかけずに口を付けた。

「取り戻した視力でボクが見たのは、仲間たちの死体と、化け物のような老人だった。彼は『合格だ』とだけ告げて、ボクはそのまま彼、すなわち初代〈イルミナ〉の弟子になった。そこから七年ほど、師匠が死ぬまでは工房を一歩も出てはいないというわけさ」

「一歩も？」

「そう。どういう仕組みで師匠が生計を立てていたかは分からないけど、ボクは一日に二回、師匠に食事を与えられながらあの場所に監禁され続けていたよ。朝も夜も分からなかったけど、定期的に出される食事で時刻を推し量ることができた。起きている間の時間は、すべてを義眼製作に捧《ささ》げた」

ヴィンセントはカップを握ったまま、あの工房の風景を思い出していた。来る日も来る日も自分の両目を抉《えぐ》り出した老人の指示に従いながら、七年間。あそこから一歩も出ずに生きるというのは、どういう気持ちだろうか。

「一年もしたころには師匠と接触することはほとんどなくなって、ボクたちはあの工房の中で完全に独立して生活していた。料理の代わりに食材が置かれるようになり、ボクは自分で料理をするようになった。それからは定期的に出される義眼製作の指示に従って職人として働いていたんだけど、ある日を境に指示も出なくなったんだ。そのとき持っていた仕事もすべて終わって、まったくの手持ち無沙汰になってからさらに数日が経《た》ったころに、ボクはようやく工房に漂う腐臭に気がついたのさ」

そこからはもう、ヴィンセントも知った話だった。

イルミナが気付かぬ間に師匠は何者かに殺害されており、遺《のこ》された痕跡から、彼女は師匠が極秘で（すなわち、二代目イルミナが関与せず）製作した八つの危険な義眼の行方が分からなくなっていることを知ったというものだ。

「どうかな？　少しはボクのことを理解してもらえたかな？」

「厭《いや》な気分だ。聞かなきゃよかったぜ」

「ひどい……」

う～ん……とベッドの上で首をひねっているイルミナを一瞥したヴィンセントの表情は、やはりしかめられたままだった。

嘘《うそ》を吐《つ》いているようには思えない。誤魔化しや狼狽《ろうばい》が、イルミナからは感じられない。

だからこそ、一層この女のことが不気味だった。

あの異常な環境下で七年もの間正気を保っているということもそうだが、そこから解放されたときに、一番にすることが師匠の作った義眼の回収だということが、ヴィンセントには理解できなかった。

だが、自身の生きる意味を、今この世に生きる理由を、イルミナがそこに見出《みいだ》しているとしたら？

それは、戦場で人を殺すことでしか人としての価値を示すことができないと考えていたかつての自分と何が違う？

……いや、よそう。と、ヴィンセントは自らの眉間を指で押さえた。

杖をなくしたせいか、くだらない考えが次から次へと湧いてくる。

「遅くまで話させちまったな。もう寝ようぜ」

シャツもズボンも靴下も身に着けたままベッドに仰向けになったヴィンセントは、無理やりに瞼《まぶた》を閉じた。寝ることは、彼にとっては簡単なことではなかった。

「うん」

カップを置く音がして、それから少しして部屋の明かりが消された。

暗闇の中、ヴィンセントは自分の横にもぞもぞとイルミナが横たわったのを、ベッドの軋《きし》みを通じて感じ取った。

「君に話して、少し気持ちが楽になったよ」

「そりゃよかったな」

「ごめんね。楽しい話じゃなかったろう？　明日はきっと、君の杖を取り戻すから」

「いいから寝ろ」

「……うん」

ややあって、イルミナの小さな寝息が聞こえるようになった。

寝つきのいい女だ……と、ヴィンセントは長い夜を凌《しの》ぐために一層目を強くつむる。

厚い雲に覆われたコルテスタの町を、漫然と歩く影が一つ。

サングラスをかけた少女だ。その首元には金色のペンダントが揺れていた。

いかにも観光に来たという雰囲気で、古くも美しい石づくりの町並みを見回しながらゆっくりと歩いている。

大通りに面した教会などを見物したり、二百年はそのまま使われているだろう市庁舎の周りをぐるりと回ったりしながらも、少女は時折細い路地に入ってはちらりと背後を窺《うかが》ったりした。

町の中を無邪気に駆ける子供たちが、時折決して無邪気とは言えない目で彼女のペンダントに目を向けていることに、彼女はもちろん気付いている。

しばらくして、彼女は昨日も訪れたあの空き地に辿《たど》り着く。

粗野な用心棒のせいで破壊された空き家の残骸を挟んで、件《くだん》の悪童はそこに立っていた。

「やあ、昨日ぶりだね」

と、例によって穏やかな口調でイルミナは語りかけた。

「………」

杖泥棒はなにも答えずに、じっと空き地の反対側に佇《たたず》んでいた。

フードの奥は窺い知れなかったが、どうやらイルミナの首に掛かっているペンダントには並々ならぬ視線を注いでいるようだ。加えて、昨日はいたはずの長身の男がこの場にいないことも気にしているようだった。

「君も忙しいだろうから、単刀直入に行こうか。昨日君が盗んだ杖を返してくれれば、このペンダントも必ず返すよ。これはボクにとっては重要なものではないし、君から奪おうなんて考えはない。乱暴なやり方になって申し訳ないけど、それで今回の一件はお互い水に流そうじゃないか」

その言葉に、スリの子供は逡巡《しゅんじゅん》しているようだった。

「……杖は、もう、ない」

交渉に乗るかどうかではなく、どことなく申し訳なさの響きがあった。

イルミナが想像していたよりも高い声がフードの奥から聞こえて、それから乱暴な怒鳴り声が続いた。

「なんだとこのガキッ！」

どこからともなく飛び出したヴィンセントが、杖泥棒を掴《つか》み上げていた。昨日と同じ光景だが、もう唾ごときで手を放すことはないだろう。

「あ、こら！　ヴィンセント！　乱暴はしないって約束だったじゃないか！」

「ガキが杖《つえ》を持ってるならって前提だっただろうが！」

勢いそのままに杖泥棒のフードを剥ぎ取ったヴィンセントであったが、その正体を知って怒りのぶつけどころを失ったらしい。

悪童の正体は、短い赤毛の少女だった。その右目は眼帯に隠れていて、淡い水色の左目だけがヴィンセントを怯《おび》えた様子で見つめていた。

「……チッ」

露骨に舌打ちをして、ヴィンセントは彼女を放り捨てた。

地面に尻もちをついた彼女はフードを被《かぶ》りなおすこともなくよろよろと立ち上がる。その表情のどこにも、余裕は見受けられない。

「ごめんよ……女の子とは知らなくて」

「泥棒に男も女もあるかよ。今からぶちのめしたっていいんだぜ」

「ヴィンセントっ！」

空き家のがれきにもたれるように立っていた少女に、イルミナはそっと近づいた。

「普段はここまで乱暴な男じゃないんだ……いや、少なくとももう少し穏やかな男なんだけど、彼にとってあの杖は道具以上に大切なものなんだ。君の、このペンダントみたいにね」

　掲げられたペンダントを見て、明らかにスリの少女の瞳が震えた。今すぐにでも手を伸ばしてそれを奪い取ろうという意志を、彼女は必死に抑えているようだった。

「一度、落ち着いて話さないかい？　ボクはイルミナで、今は義眼職人をしているんだけど、昔は君のようにスリをしていたんだ。この男はヴィンセントと言って、ボクの用心棒。君は……『イヴァ』でいいのかな？」

　ペンダントに刻まれた文字を眺めながらそう言ったイルミナからの問いかけに、イヴァと呼ばれた少女は小さく頷《うなず》いた。

「そうか。乱暴な出会いになってしまったけど、よろしくね」

　そう言って、イルミナはあっさりとペンダントを彼女に差し出した。

「……え？」

「おい」

　イヴァの困惑した声と、ヴィンセントの苛《いら》ついた声が重なって、それから数秒の間沈黙が続いた。

「い、いいの？」

　と不思議そうにつぶやいたのはイヴァだ。

「君のペンダントだろう。盗品じゃないなら、君に返すのは当然さ」

イヴァはイルミナの顔を見て、それから鬼のような形相のヴィンセントの顔を見上げて、そしてようやくゆっくりと手を伸ばしてペンダントを受け取った。

「これ……孤児院の前に捨てられてた赤ん坊のあたしが唯一持ってたものなんだ。これと、イヴァって名前だけがあたしのすべて……」

「それなら、君もかけがえのない物の価値を知っているんじゃないかな」

そう言われて、イヴァはバツの悪そうな顔をした。杖はもうない、と口にした理由が彼女に重くのしかかっているようだった。

「杖は……本当にもう手元になくて、今は返せない……というより、もう返せない」

「売っぱらったのか？」

とヴィンセントは不機嫌に訊《き》いた。

「どこに売ったか教えろ。俺が自分で奪……買い戻す」

「いや……売ってはないんだけど……」

「……はっきりしねえのは嫌いだぜ？」

と、いよいよヴィンセントがしびれを切らしそうになったとき、イルミナは静かな口調で会話に割り込んだ。

「もしかして、脅されているのかい？」

「………」

今度こそ、イヴァは完全に押し黙った。それこそが回答に他ならなかったが、彼女はどうしてもイルミナの言葉を首肯できないでいた。

「よければ、もう少し事情を説明してくれないかな？　変に騒ぎ立てたりしないよ」

いたわるようなイルミナの口調に、さらにしばらく沈黙を続けてから、ようやくイヴァは訥々《とつとつ》と語り始めた。

めいめいに瓦礫《がれき》に腰かけた三人を、午後の日差しが照らしていた。

「あたしたちは……〈蜘蛛《くも》〉という男に支配されているの」

周囲を気にするような素振りで、イヴァはそう切り出す。

「あたし『たち』と言ったのは、あたし以外にも何人か子供がいて、みんなアラネアのいいなりになっているから……ヤツは二年くらい前に急に現れて、あたしたちのリーダーを殺して、それから子供だけを残してそのほかのメンバーも殺してしまったんだ」

「そりゃ……よくある話なのか？」

ヴィンセントに話を向けられたイルミナは、少し考えるそぶりを見せた後、首を横に振った。

「いや、聞いたことがないよ。相手がコソ泥だって、殺人は殺人だ。ギャングと違ってスリの集まりは『組織』なんて言えないし、ただでさえぎりぎりで生きているのに縄張り争いなんてもっての外さ……それに、何人も手にかけているようだったら、警察だって黙ってはいないはずだよ」

「アラネアは、完璧に姿を隠してる……アイツはただの泥棒じゃない。もっと恐ろしい『なにか』なんだ」

イヴァは身震いしながらそう言った。

「あの日以来、あたしたちはヤツに完全に管理されている。一日のノルマが果たせなければ罰が与えられるし、逆らえばきっと殺される」

無意識に右目の眼帯に手を触れたイヴァに、イルミナは感情を抑えた声で問いかける。

「その目もアラネアに？」

「……ノルマを達成できなかったレックって子がいてね、一番小さい男の子なんだけど、それでもアラネアは罰を与えようとしたから、あたし、かばったの」

「……そうか」

冷静に耳を傾けているように見えるイルミナであったが、ヴィンセントは自分の雇い主が表に出していない感情を敏感に察知していた。同時に、この話が面倒な方向へ転がっていくことも、彼は予見していた。

普段の彼なら、ここで話を切り上げて義眼職人を小脇に抱えて退散する場面だったが、不運なことに今回の件には彼の短杖《ステッキ》がかかっている。不本意な未来が見えていようとも、ヴィンセントは苦虫を噛《か》み潰したような顔でその場に座っていることしかできないのであった。

「さっきから君が言っている『ノルマ』というのは？　それが杖と関係あるのかい？」

「うん……あたしたちは、『使い込まれた杖』を盗むように命令されてるの。それも、なるべく高い魔力を持った人間が使い込んだ、青黒い杖を」

「それは……なぜだろう？」

「あたしたちにも分からない。アラネアはただ集めろって……だから、おじさんの杖はどうしても欲しかったの」

イヴァのその何気ない言葉に、ヴィンセントはピクリと眉根を震わせた。

「……『おじさん』だと？」

「あ……えっと、おにいさん……」

「そんなことで睨《にら》むんじゃないよヴィンセント……大人げないじゃないか」

「いいかガキども、俺はまだ二十二歳だ。おじさんってのは三十を越えてから呼ばれるもんだぜ。わかるな？　次に『おじさん』なんて呼びやがったらケツひっぱたいてやるからな」

と、少女二名の顰蹙《ひんしゅく》を大いに買ってから、ヴィンセントは自らの右腰についている空のホルスターに手をやった。

「確かに、俺の血は青いし、あの杖は何年も使い込んだ代物だ。一々説明することじゃねえだろうが、俺の血が沁《し》み込んだ杖ってのはもう俺の体の一部みたいなもんだ。他のやつが手に入れたところで使いこなせるもんじゃねえよ。血液型が合わない場合は、血液同士の拒絶反応で杖が人間を消し飛ばすほどの爆発を起こす可能性もある」

「売り払うために盗ませているわけではないということだね。そもそも、杖を盗んで売るなんて真似《まね》をしなくても、財布を盗んでしまえばいい話だし……」

ヴィンセントはぎろりと眼帯の少女を睨む。

「おい……イヴァとか言ったか。もう返せないってのはどういうことなんだ」

「……昨日、おじ――おにいさんから逃げている間に、杖は隠してしまったんだ。そこは仲間と共有してる場所で、あたしの代わりに他の子がアジトに持って行ってアラネアに渡してるはず……」

「……アジトの場所は？」

「えっと……」

アジトの場所を明かしていいのだろうか、とイヴァはヴィンセントの問いかけに対して少し逡巡《しゅんじゅん》したが、ことここに及んでは隠し立てする意味もないだろうということでおずおずと口を開いた。

「コルテスタの南、城塞の遺構に囲まれた古い教会の廃墟《はいきょ》が、あたしたちのアジト」

それを聞いて、イルミナが明らかに動揺していた。イヴァは気が付かなかったが、ヴィンセントは彼女が小さく「えっ」と声を上げたのを耳にした。

「アラネアはほとんどそこからは出てこない。外へ盗みに出かけるのはあたしたち子供だけ」

「ヴィンセント……ちょっといいかな？」

横に座るイルミナから袖を引かれて、ヴィンセントは渋々立ち上がった。いよいよ面倒なことになると、彼はすでに見通していた。

通りの角からイヴァを覗《のぞ》ける位置に立って、義眼職人とその用心棒はひそひそと言葉を交わしていた。

スリの少女はそんな二人の姿を時折気にかけていたようだが、その場を離れる意思はないようだった。

「あんたが自分でアジトに潜り込んで、杖《つえ》を盗み出そうって言いたいんだろ」

「うっ……あ……まぁ、そうだね……」

ヴィンセントに先手を打たれて、イルミナはしどろもどろになった。

「で、次にこう言うぜ。『杖を取り戻したらアラネアを倒して警察に突き出してほしい』ってな」

「……意地が悪いな、君という男は」

「察しがいいのさ。特にあんたみたいな単細胞が相手ならな」

お断りだぜ。と、ヴィンセントはきっぱりと言い切った。

「あのガキが言う通り、アラネアとかいう男はただのスリじゃねえ。このへんの指名手配の貼り紙にもそんな男の情報はなかったから、おそらくただのコソ泥やチンピラでもねえだろうよ。あんたが潜り込んで杖を盗み出すなんて無茶も無茶だ」

「……なら、君の杖はどうなるのさ」

「当然、ガキに取り戻してもらうさ。少なくともあんたよりはアジトにもアラネアにも詳しいはずだ」

「いや……そうとも限らない」

そこまでヴィンセントに圧《お》されていたイルミナは、ここでぐっとヴィンセントを見上げた。両目で色の違う義眼が、ヴィンセントの瞳を真っ直《まっす》ぐ見つめている。

「彼女たちのアジト……あれは七年前、ボクたちのアジトだった場所だ」

「……そんなことだろうと思ったぜ」

ヴィンセントは露骨に溜息をついてみせた。

「大方、自分の過去とあのガキを重ねて同情でもしてんだろ？　あんな境遇のガキはこの連合王国にごまんといるぜ。一々助けて回ってたらキリがねえんだよ。俺たちは世直し隊か？　違うだろ？」

「じゃあ、君は、彼女一人に危険な犯罪者から杖を盗み出せっていうのかい？　子供だって容赦なく手に掛けるような男なんだよ⁉」

「杖を盗んだのはあいつだろうが」

「それだって脅されてしかたなくやったことじゃないか！」

「あ～うるせえうるせえ！　これだから分別のねえガキは嫌いなんだ」

「おじさん扱いをされたくないんだったら、ボクのことだって子供扱いしないでくれないか！　ボクはもう十六歳で、十分自分で意思決定ができる人間だ！」

「わかった、わかった」

心底うんざりした顔で、ヴィンセントは両手を上げる仕草をする。

「だが、あんた一人で行かせるわけにゃいかねえ。俺も同行する」

「？　君じゃ、アジトのことをよく知らないだろう？」

「人殺しの元に雇い主を一人で送り込む用心棒がどこにいんだよ」

さすがにこれには納得せざるを得ないのか、イルミナは「むむ……」と口を噤《つぐ》んだ。

「それに……あのガキを信用しない方がいい。あんた一人で潜入するんだ」

路地からイヴァのほうを覗いて、ヴィンセントは渋い顔をした。

「……どうしてだい？　子供たちのほうが今のアジトやアラネアに詳しいって、君だって言っていたじゃないか」

「あんたが出張《でば》るなら話は別だ。ガキは簡単に裏切る」

「ひどい言い方だね……彼女たちだってアラネアの呪縛から逃れるために必死のはずだろう？」

「……わかってねえよ、あんたは。恐怖から逃れようってときの『恐怖』ってのは、ガキに耐えられるもんじゃねえ。少なくとも、あの赤毛以外には存在さえもバレるな。いいな？」

「……わかったよ」

一拍を置いてから、イルミナは頷《うなず》いた。ヴィンセントの言葉に納得はしきっていないようだが、ともかく今は時間がない。やると決めたからには動かなくてはならない。

再び空き地に現れた二人を、イヴァは不安そうな顔で出迎えた。

「あの……」

「大丈夫、ボクたちがなんとかするよ。杖はどうしたって取り戻したいからね。そうだろう？　ヴィンセント」

「……へいへい」

「そ、それは危なすぎる！　おねえさんたちじゃアイツには勝てないよ……」

「舐《な》めんじゃねえよ。てめえはさっさと杖を取り戻してこい。その後で地面に頭擦《こす》り付けて頼み込んでくれんなら、アラネアとかいうチンピラに好きな数だけ風穴開けてやるぜ」

「君が威圧してどうするんだ」

ぽこりとイルミナに小突かれて、ヴィンセントはフン……と鼻を鳴らした。

「潜り込むなら夜がいいな。イヴァ、君が案内してくれるかい？」

「うん……夜なら、おにいさんもなんとか紛れられるかもしれない」

「どういうことだ？」

「夜……アジトは賭場《とば》になってるから」

「賭場？」

ヴィンセントは眉根を上げた。

「なんだ、あんじゃねえか」

件《くだん》の廃教会は、ドアのその前に立つまではまるっきり廃墟であった。

古いコルテスタの町に相応《ふさわ》しい、石造りの古教会だったのだろう。

上から見ると十字型に見えるオーソドックスな形の建築だが、その十字でいうところの横に飛び出した翼廊の左側は崩れ落ちてしまっている。

かつてはステンドグラスが嵌《は》められていたであろう窓には木の板が打ち付けられているから中の光も漏れて来ないし、扉も二重になっているのか中から音は聞こえてこない。

「…………」

青白い月明りだけが教会を照らす中、ヴィンセントは拳で乱暴にドアを叩《たた》いた。

二回、そして間隔を空けて、もう三回。

間もなくドアは開かれて、中からは清掃員の恰好《かっこう》をした、しかして明らかにカタギの顔ではない男が現れた。

「……こんな夜更《よふ》けに何の用だ？」

「『お布施《ふせ》』さ。救いが必要なもんでね」

「…………」

男はヴィンセントの言葉を受けて、彼を上から下まで嘗《な》め回すように見た後、その足元に目を留めた。

「……あんたもか。いいぜ、入りな」

「人の温《ぬく》もりに感謝するぜ」

なぜ男が彼の足元を見て、彼を違法賭場に迎え入れようと判断したのか、ヴィンセントには分からなかった。だがここで余計な詮索をして計画をふいにするわけにもいかない。

彼はわざとらしく月に祈るような仕草をしてみせると、するりと廃教会の扉を潜《くぐ》った。

二重扉の奥は、薄明りの中に煙草《たばこ》の煙が燻《くすぶ》る、いかにもといった風の違法賭場だった。

見上げれば低い天井があり、それは教会が建てられて随分経《た》ってから後付けで増築されたものであることが分かる。まだこの教会が使われていたころ、一階は日曜学校や集会に、二階は会堂として使われていたのだろう。

無造作にいくつか置かれたテーブルではポーカーが進行中で、ガラの悪い男ばかりが肩を寄せ合っている。

時々くぐもった罵声と、切羽詰まったような咳《せ》き込みが響くだけで、教会の中は抑圧された沈黙に支配されていた。

「杖はここで預けていきな」

声の方を振り向くと、ランタンの薄明りの奥に虎背熊腰の大男がカウンターに腰かけているのが見えた。唇の端が大きく切れて、口を開くと小さく息が漏れる音がする。

「ルールなんでね」

「俺が無法者に見えるか？」

と、ヴィンセントはジャケットをめくって右の腰を露《あら》わにした。ホルスターは空だ。

「ちゃあんと、おふくろに預けてきたぜ」

「……奥から二番目のテーブルだ」

顎で指し示されたそのテーブルに、ヴィンセントは黙って座った。

客と、そうでない連中の違いは明確だ。負けが込んで辛気臭い顔をしているのが客で、それ以外が賭場の連中だろう。それは、テーブルについているかどうかに関わらない。

音もなく配られたカードを覗くと、可もなく不可もない手札だった。

「あそこにいるのがオーナーか？」

視線をカウンターの方にやりながら訊《たず》ねると、ディーラーはぶっきらぼうに返答した。

「……そうだが？」

「へえ……レイズだ」

じゃらりと、金属製の安いチップをテーブルの中央に寄せる。

ゲームを進めながらも、ヴィンセントは帽子の陰から賭場の様子をつぶさに観察していた。

あのカウンターの男、あれはアラネアではない。こんなふうに姿を現さないだろうし、それに、イヴァが言っていたような『ヤバさ』は感じない。表のボスってところか。

ちらりとディーラーの手首に目をやってから、ヴィンセントは左手の指で顎の下を摩《さす》るようにした。ハートの7を象《かたど》った刺青《いれずみ》は、ディーラーである証《あかし》などではない。

この賭場に従事しているやつらは、みな『退役軍人』だ。所属していた部隊に応じて、トランプの柄の刺青を入れたりする。思えば、門番がヴィンセントの足元を見ていたのも、彼が古びた軍用のブーツを履いていたからに他ならない。

退役軍人どもが集まって、しみったれた客をカモにしていやがる。

その裏では子供を駒のように使って古い杖を集めている、決して姿を現さない裏の頭目。

きな臭いことこの上ないが、今のヴィンセントにできることといえば待つことだけだ。

顎を摩るのをやめて、彼はまたカードをめくるために手を伸ばした。

「…………」


一方その頃、イルミナは廃教会の右翼廊の裏に潜んでいた。

積み石の一部が抜かれていて、そこから翼廊に侵入できるようになっている。中はそのまま階段に繋《つな》がっているから、子供たちがアジトに入るための裏口になっているようだ。

イルミナは、右目だけを閉じて教会の中の様子を探っていた。

彼女がその手で作り上げた機械仕掛けの左目は、物体が発する熱エネルギー、すなわち赤外線を捉えて脳内に映し出す機能が付いている。今の彼女には、周囲の風景が緑一色に見えているのだ。

「本当に行くの？」

「うん、アジトもボクがいたころと変わっていないようだし、潜入は難しくなさそうだ」

不安げなイヴァに対して、義眼職人は落ち着いた口調で答える。

「作戦を確認したいんだけど、君がアラネアを誘い出して杖《つえ》収集の報告をしている間に、ボクがヴィンセントの杖を取り戻すということでいいね？」

「……うん」

「いいかい、イヴァ」

アジトに入るのを躊躇《ちゅうちょ》しているイヴァの手を、イルミナはそっと握った。

「君がどうして泥棒になったのか、それを追及したりはしないよ。でも君だって、アラネアに支配される前から、自分がしているのが悪いことだって気が付いていたはずだ」

「…………」

神秘的な両目に見つめられて、イヴァはバツが悪そうに黙り込んだ。

「でも、それは君のせいじゃない。子供が自立できるような世界じゃないし、生きていくためには汚いことに手を染めなくちゃいけない場合もある。だからといって、もがくことを忘れてはいけないんだ」

イルミナも小柄とはいえ、歳《とし》が五つ以上も離れているイヴァよりは背が高い。彼女はそっと身をかがめると、俯《うつむ》いたイヴァを下から見上げた。

「君は泥棒をやめられたら、なにかしたいことはあるのかい？」

「……ガラス細工」

ぽそりと、スリの少女は呟《つぶや》いた。

「あたし、ガラス職人になりたい。とても買えるようなものじゃないけど、ガラス細工のお店の前を通るたびにショーウィンドウから目が離せなくて……でも、自分で作ればいつでも見られるから……」

言葉を続けるたびにその声は大きく、はっきりとした意志に満たされていった。不安に揺れていた瞳は、いつの間にか真っ直ぐイルミナの両目を見返すようになっていた。

「うん、立派じゃないか。このことをどうにかしたら、ガラス職人に頼み込んでみればいい。君のような子なら歓迎されるはずだよ」

小さく、しかしながら力強く頷いたイヴァに微笑《ほほえ》みかけると、イルミナはそっと立ち上がった。

「さあ、行こうか」

久々に踏んだ二階への階段は、床板が腐りかけていて嫌な音がした。

その臭いや埃《ほこり》っぽい空気に過去を思い出して、イルミナは思わず足を止めそうになる。

「………………」

小さく首を横に振って、彼女はまたそっと歩き出した。気配は消し切らなくてはならない。イヴァの足音に隠れるようにして、アラネアの懐《ふところ》へもぐりこむ。そのためには一瞬も油断してはいけないのだ。

それに、もうこの場所はあの頃とは違う。悪魔が潜む魔窟だ。

床が分厚く、踏んでも音がしない場所を選んでイヴァの後を追う。彼女が稼げる時間もそう長くはないだろうから、いち早くヴィンセントの杖を見つけ出さなくてはならない。

「……ここからはもっと慎重にいかなきゃ」

イヴァのささやきに、イルミナは静かに頷《うなず》いた。

二階の様子も、イルミナの過去の記憶とそう変わりはなかった。

一階とは違って天窓がそのままになっていて、晴れた夜は月の光に満ちた神秘的な空間になる。

階段を登ると目の前に廊下が横たわっていて、右に進んでいけば会堂だ。

昔はそこが作戦会議の場所になっていたのだが、今はアラネアが居座っているらしい。

廊下を挟んだ正面は扉が並んでいて、いくつかの部屋が備え付けられている。子供たちはここに住まわされているのだろう。

アラネアに辿《たど》り着くには、この細い廊下を通って会堂へ向かわなくてはならない。

だが、それはどうやら簡単なことではないらしい。

「気を付けて、この廊下――」

「うん……『視《み》えてる』」

イルミナの左目が閉じられていた。

魔法仕掛けの右目は暗闇の中でもうっすらと青く輝いている。瞳の中で揺らめく魔力の光が、肉眼では捉えられない『それ』を捕捉していた。

廊下の両側の壁を繋ぐように、細い魔力の糸がかけられていた。

階段の傍《そば》から会堂近くの廊下の終わりまで、糸は不規則な角度と高さで何本も掛かっている。魔法仕掛けの義眼を通じてそれは青い光の糸として映っていたが、実際のところは血液を極細の糸状にしているものである。廊下の壁に付けられた血を結ぶように、血液がさながら蜘蛛《くも》の巣のように張り巡らされている。

アラネア――自ら蜘蛛を名乗る理由は明らかになったわけだ。

「これが……アラネアの魔法というわけかい？」

「そう、ヤツの血液型は雷型……あの糸に触れると感電して、一瞬で気絶してしまうの」

イルミナはふむ……と思案顔になった。

完全に体外にある血液を、不可視の罠《わな》として完璧に制御している。相当な魔法の使い手だ。

血液の色……つまり魔力の高低に拘《かか》わらず、その人間特有の魔法を身に付けるには相当な鍛錬が必要だし、どんな魔法が得意になるかは各個人の性格によるものも大きい。

その中でも、杖という媒介もなしに体外の血液を完全に制御できる達人は実に一握りだ。イルミナの直接的な知り合いで、それを難なくこなせる人物はほとんど一人だけである。その者曰《いわ》く、「血も体の一部なんだからできて当たり前だろ」とのことだったが、低魔力者のイルミナに共感できるはずもなかった。

さておき、アラネアの罠というものは不可視であるからこそ効果を発揮するものだ。魔力を可視化する義眼の持ち主の前では無意味だろう。

「君たちはどうやってアラネアに接触しているんだい？」

「ここから呼びかけて、魔法を消してもらうの。このままじゃ会堂へは決して行けない」

「……わかった。まずは君がアラネアに呼びかけて、罠を解いてもらうんだ。そのまま彼に接触して、もう一度罠を活性化させればいい。彼もまさか、ボクが罠を潜《くぐ》れるとは思っていないだろう。その油断をつく」

「……うん」

もう一度階段の陰に隠れてイヴァの行動を待とうとしたとき、意図しない声がアジトに響いた。

「なにしてるの？」

イルミナとイヴァが振り向くと、廊下の隅、会堂とは反対側に小さな影が立っていた。

「その人……だれ？」

見れば、それはイヴァよりもさらに幼い男の子だった。ボロボロの服を身に纏《まと》い、露出した肌にはまだ新しい痣《あざ》がいくつもついている。痩せこけたその顔には、恐怖と不安が刻み込まれている。

「……レック、もう帰って来てたんだ」

「う、うん……今日は上手《うま》くいったから……」

イヴァの言葉に震える声で答えると、レックは上目遣いでイルミナに視線を向けた。

「その人……仲間じゃないよね……だ、だめだよ……ここに連れてきたら……ア、アラネアに怒られる……」

「レック、よく聞いて、このおねえさんは悪い人じゃないの」

イヴァが片目を失うことになったのも、この小さな男の子のためだったはずだ。

どんなにつらい目に遭ってきたのだろう。縋《すが》るようにイヴァを見つめるレックの姿を目《ま》の当たりにして、イルミナは拳を握りしめた。

「このおねえさんが、アラネアを倒すのを手伝ってくれるんだよ。もう怖がらなくてよくなるんだ」

安心させようと説得を試みるイヴァであったが、レックにとってアラネアは絶対的な存在だ。その顔には恐怖と不安が張り付いている。

「む、ムリだよ……そんなことできっこない……みんな……みんな殺されちゃうよ」

イルミナは、今にも泣きだしそうなレックにそっと手招きをした。

「おいで、ひどいことなんてしないから」

身をかがめて、レックとの視線を合わせる。子供と話すときはこうするのが一番いい。

イヴァがそっと後押しをしたこともあって、レックはおそるおそるイルミナに歩み寄った。

目の前までやってきたレックに、イルミナは小さな声で呼びかける。

「抱きしめてもいいかい？」

「…………」

首肯も、そして拒絶もしないまま俯いていたレックの背中にそっと両腕を回して、イルミナは彼を優しく抱き寄せた。

「こんな場所だけが、君の居場所じゃないんだ。大丈夫、任せておいて」

腕の中で強張《こわば》るレックの体は段々と緩んでいき、やがて落ち着いたのを感じてイルミナは体を離した。

「じゃあ、ボクとイヴァが――」

そう言いかけた瞬間だった。

どんっ！

強い衝撃がイルミナを襲って、彼女は大きく後ろに突き飛ばされた。

「だ、ダメッ！　レック――ッ！」

背後にはアラネアの糸……触れれば一瞬にして意識を刈り取る電撃の魔法。

後ろに倒れ込む寸前、イルミナが見たのは、今にも泣きだしそうな少年の顔と、焦燥に満ちた表情で駆け出したイヴァの姿だった。

「……うぁあっ！」

身を貫くような熱さと弾《はじ》けるような痛みによって、イルミナの目の前は真っ暗になった。

「恐怖ってのは便利だよなぁ……相手の方から勝手に首を差し出してくれるんだからよぉ」

意識を取り戻したイルミナの耳に響いたのは、粘り気のある不快な声だった。

月明りだけが照らす会堂に、彼女は縄で拘束された状態で横たわっていた。

「ぐ、うぅ……」

口に布が詰め込まれていて言葉を発することができない。

背中の後ろで拘束された腕を捻《ひね》ってみるが、縄はびくともしなかった。泥棒時代の経験から、通常の拘束であれば簡単に抜け出せるイルミナであったが、彼女をもってしてもどうにもならないほどの結び方だった。

「……おっと、目を覚ましたか」

青白い光に照らされた講壇の上に、その男は座っていた。

体は枯れ木と見紛《みまが》うほどに細い。日頃ヴィンセントを痩身《そうしん》だと感じていたイルミナだが、その彼とも比べ物にならないほど、アラネアという男は病的にやせ細っている。

落ち窪《くぼ》んだその目は神経質に動き回り、立ち枯れた木の中に別の何かが潜んでいるようだ。

だが、何より特筆すべき点はそこではなかった。

右足がない。

アラネアの右足の膝から先、そこにはなにもない。

「馬鹿なガキをそそのかしてよぉ……なにか企《たくら》んでいたようだが……失敗だったな……残念だがね……」

ひどく疲れたような話し方をする男だった。それでいて、その両目だけは常に落ち着きなくギョロギョロと辺りを見回している。

小さな呻き声が聞こえて、イルミナは思わず首をもたげてそちらを見た。

二つの小さな体が折り重なるように、講壇の後ろに倒れている。

レックをかばうようにイヴァが背中を弱々しく上下させている。辺りの床板に飛び散った赤紫色の染《し》みはまだ新しい。

「……ッ！　うぐ……ッ！」

「なんだぁ……？　怒ってるのか……？　お前のせいだぜ……ガキが折檻《せっかん》を受けたのはよぉ……お前が余計なことをしなけりゃ……べつに血反吐《ちへど》を吐くまで殴られることはなかったんだ……こいつらは……」

バタバタと身を捩《よじ》るが、やはり縄が解ける気配はない。むしろ体に縄が食い込むばかりで痛みだけが増していく。

「お前を生かしているのは……もしかしたら……万に一つ……お前の仲間がいる場合に備えてだ……人質にされているんだ……お前は……だから……お前自身に交渉の余地があると考えるのはやめたほうがいい……」

子供を信用するな。そう言ったヴィンセントの真意を、イルミナはようやく悟った。

子供には……特にレックのようなまだ幼さの残る子供には、目の前の恐怖に打ち勝つための勇気がない。生活のすべてを支配しているアラネアの存在はあまりにも強大で、たとえ警察の一隊がここを訪れたって、アラネアの不利になることはしないだろう。

「……っ」

だからこそアラネアの行為が腹立たしい、無力な自分が歯痒《はがゆ》い。イルミナは何度もがんがんと床に頭を打ち付けた。

「……うるさいな……ガタガタと床板を鳴らして、みっともない……」

アラネアの喉からひゅうひゅうと隙間風のような音がした。どうやら笑っているらしい。

「おかしな女だ……両目とも義眼とは……それに……これはなんだ？」

アラネアが取り出したものを見て、イルミナは目を見開いた。

月の光を受けて金色に輝くそれは、〈天窓の八義眼《オクト・アルカナ・オキュラス》〉が一つ、〈天使の呼声《ロイヤル・オペラグラス》〉。

「大事なものは一番奥に隠しておく……どいつもこいつも……」

まずい……イルミナは冷たい汗を額に浮かべた。

宿屋に置いておくわけにもいかないから、〈天使の呼声《ロイヤル・オペラグラス》〉は常に携行していた。スリには決して奪われないように仕舞っていたのに、こうもあっさりと見つけ出されるとは……。

「義眼だ……もう二つも持っているのに……これを後生大事に持ち歩いているのはなぜだ……見たことのないつくりだな……なんの用途で作られたもんだ……？」

片方しかない足でぬるりと講壇を降りると、スリの首領はイルミナの目の前に屈《かが》み込む。

無造作に伸ばされた手がイルミナの顔に近付き、節張った人差し指と親指が彼女の左瞼《まぶた》を無理やりこじ開けた。

機械仕掛けの左目が露《あら》わになり、アラネアはぐねりと首を捩《ね》じってそれを覗《のぞ》き込む。

「……これも機械仕掛けだな……低魔力者どもが食いつきそうな代物だ……忌々《いまいま》しい……」

この男の言葉に明確に感情が乗ったのは、これが初めてだったかもしれない。

そこには隠しきれない、明確な憎悪《ぞうお》が込められていた。

「想像できるか……いや、お前みたいなガキには分からねぇ……国のために……王のために血も……足も失《な》くして……帰ってくりゃあよ、立つのにも杖《つえ》がいるような人間にはドブさらいの仕事もねぇ……」

「……ぁっ！」

目をこじ開けられる痛み、イルミナは思わず悲鳴を上げた。だが、アラネアはそのまま義眼を凝視し続けている。

「……低魔力者どもがデカい顔してやがった……科学隆盛だと……工業化だと……血の青さだけを競ってやがった貴族どもが……金に目がくらんで簡単に掌《てのひら》を返しやがって……」

そこで、アラネアはひどく咳《せ》き込んだ。興奮して話していたために唾が詰まったらしい。

会堂には、アラネアがぜえぜえと漏らす息の音と、イルミナの震えが床に伝わって軋《きし》みを上げる音だけが響いていた。

「……この義眼は……気になるなァ……下らない芸術品ではないという凄《すご》みがある……」

そう言って、アラネアはイルミナの左目を解放して口から布を抜き取った。

「……けほっ！　けほっ……」

「なんだ……この金色の義眼は……答えろ……五秒以内だ……一秒でも過ぎたら、二度と義眼を嵌《は》められないように、その眼窩《がんか》をズタズタにしてやる……」

「……ボクをも恐怖でコントロールしようというのかい？　悪いけど、そうはいかない……」

言葉を返したイルミナの首を、アラネアは間髪入れずに絞め上げた。

機械的なまでの残虐性こそが、この男の支配の手の内のすべてだった。

そのままイルミナの細い首を握りつぶそうとしたその時、階下から天地をひっくり返したような震動と野太い怒号が響いた。

アラネアは思わずイルミナの首から手を離す。

「……やはり仲間がいるな……おれの部下は手練《てだ》れだ……コソ泥の仲間なんかすぐに八つ裂きにできる……」

「はぁっ……はぁっ……」

息を切らしたイルミナは、アラネアの顔を真《ま》っ直《す》ぐ睨《にら》み返していた。

十数秒もしないうちに、一階の喧騒《けんそう》は静まった。取るに足らないといった様子のアラネアだったが、やがて二階へ続く階段を登る重々しい足音が響き始めたのを耳にして、その両目をギョロリとそちらへ向けた。

「部下が……お前の仲間の首を持って上がって来る音だ……そうなればお前も殺してやる……金色の義眼の秘密を聞き出してからな……」

「……君も……ボクと同じ程度の覚悟をしておくことをおススメするよ」

かすれた声で、イルミナはそう告げた。誰が階段を登って来るのか、彼女にはもう分かっている。

「……なんだと？」

「地獄からの使者というのは、下から来ると相場が決まっているのさ……」

果たして、二階に現れたのはアラネアの想定していた人間ではなかった。

スリの首魁《しゅかい》はなにも言わずにイルミナの口に布を詰めなおすと、素早く講壇の上へと飛び戻った。

ギシギシと遠慮もせずに腐りかけの床を踏みしめながら現れたのは、ハンチングを被《かぶ》った長身の男だった。

「むぐっ！」

再び言葉を封じられたイルミナが必死な様子で罠《わな》の存在を伝えようとするが、ヴィンセントはそれを知ってか知らずか、階段を上がってすぐのところで立ち止まった。

「アラネアなんて女っぽい名前だからよ、ハンサムなやつだと思ってたんだが、とんだ期待外れだぜ」

「……仲間か……この女の……」

「そりゃあんた次第だぜ。見たところ、部下に風型のやつがいねえみてえじゃねえか。あんなボンクラどもは全部クビにして俺を雇えよ。お釣りがくるぜ」

「……風型の人間は嫌いでね」

「そうかよ」

ヴィンセントは膝から下のないアラネアの足を一瞥《いちべつ》した。

「どうりで手下にいないわけだぜ……いりゃあ杖を奪ってやったんだがな」

用心棒は顎の下を左手の指先で摩《さす》りはじめた。腰に見えるホルスターは空のままだ。

「まあ、あんたの目的はなんだって関係ねえや。とにかく、俺の杖とそこのガキ……目の色がおかしい方だ……そいつを返してくれりゃあ、あんたは見逃してやる」

ひゅうひゅうと、また例の音がアラネアの喉から漏れ出した。

アラネアの不気味な笑い声と、そしてイルミナが震えて床板が軋む音だけが会堂に響く。

ややあって、アラネアは笑うのをやめて話し出した。

「お前の杖も……ガキもここにいる……その廊下を通って……自分で受け取りにくればいい……」

「ん……んぐぐっ！」

ふん……と鼻を鳴らして、ヴィンセントは顎から手を離した。

「どうせ血の糸でも張ってるんだろ。セコい技だぜ。見たことがないわけじゃねえ」

「……だとしても、どうする……お前には杖もない……」

「てめえなんざに杖が必要なもんか」

そう言ってヴィンセントがジャケットの内ポケットから取り出したのは、折り畳みナイフだった。

「こいつ一本で十分だ」

「……試してみるか……？」

ナイフの刃が飛び出す冷たい音の後、廊下を隔てた両者の間にはひりついた静寂が訪れた。

アラネアの背後から差す月明りが長い廊下を照らして、そしてヴィンセントの帽子の下まで届いていた。

青白く生気のないヴィンセントの顔であるが、ただその両目だけが爛々《らんらん》と獣のように濡《ぬ》れ輝いている。

イルミナからしてみれば永遠にも等しい停滞のあと、月に一瞬雲がかかった。

薄暗い部屋がさらに暗くなった、その瞬間だった。

「……！」

闇の奥から放たれたナイフを察知できたのは、ひとえにアラネアの警戒心の高さによるものだろう。

どこからか取り出した針のように細い金属製の杖を振るうと、空気を切り裂くような破裂音と共に閃光《せんこう》が部屋を照らした。

キィィン……。

ナイフは無情に弾《はじ》かれて、硬質な音を立てて床板に突き刺さる。

金属製のナイフなど、雷魔法なら狙わなくても当てられる。この初撃を外したヴィンセントが、短杖《ステッキ》もなしにアラネアの元に辿《たど》り着くことなど不可能に思えた。

しかし、アラネアがひゅうひゅうと笑みを漏らしそうになった、その時だった。

「……なに……ッ？」

聖堂が急に明るくなったのだ。

しかしそれは、雲が晴れて月が露わになったからではない。

吹き荒れる嵐に襲われたかのように、廊下の壁が、天井が轟音《ごうおん》を立てて破壊されていく。

いや、それは実際に嵐だった。

「てめえのちんけな魔法なんざ、吹き飛ばしちまえばこれっぽっちも怖くねえぜ！」

月明りに照らされたヴィンセントの左腕からはだくだくと流血している。

彼が腕を振るうごとに杜若《かきつばた》色の血が飛び散り、そして暴風となって古い教会を蹂躪《じゅうりん》していた。

ナイフを取り出したのは、それを攻撃に用いることが目的ではない。魔法使い最大の武器である血液を取り出すためだったのだ。

辺りの壁や天井を破壊しながら、ヴィンセントが一気にアラネアへと距離を詰める。並の魔法使いであれば、ヴィンセントの放った規格外の風魔法に怯《ひる》んでいたかもしれないが、アラネアもまた戦場という数多くの修羅場を潜《くぐ》り抜けた戦闘のプロである。慌てることなく瞬時に反撃へと態勢を整え、渾身《こんしん》の雷撃を放った。しかし――

「ベットだ」

まさに五メートル先にまで迫ったヴィンセントが両手から放り投げたそれは、安っぽい金属製の、賭博《とばく》に使用するチップだ。

金属に導電して指向性が失われた雷魔法は、ヴィンセントに掠《かす》ることなく中空に消える。

目の前の男の実力を完全に見誤ったのだとアラネアが気付いたとき、ヴィンセントは彼の二メートル手前まで迫っていた。すでに彼はヴィンセントの間合いに入っている。

さすがにここまで接近されては、この身体能力の男に勝つ術《すべ》はない。

アラネアは全神経を打開策の思考に割いたが、それはどうやら間に合わないらしかった。

ヴィンセントはいよいよアラネアの目前に迫り——

「うおっ⁉」

そして床を突き抜けて階下へと落下していった。

もとより、床板が腐っていたのだ。あの勢いで教会の中に豪風が吹き荒《すさ》べば、壁や天井だけでなく、当然床も崩れようというものだった。

「……驚かせやがって……」

義眼の女がただの無能な捕虜ではないことが分かった今、もはやこいつを捕縛しておく必要はない。女を殺して、それから確実に男を殺す。

ヴィンセントが落下していった穴から目を離して、背後を振り向いたとき、またしてもアラネアは動きを止めることになる。

「『地獄からの使者』というのは、少し大げさだったかもしれないね……」

アラネアの視線の先には、縄を抜けて真っ直ぐ立っているイルミナの姿があった。

「どうだい？　この義眼のあまりの美しさに『目が釘付《くぎづ》けになって動けない』だろう？」

何をした、と言葉を発しようとするもアラネアは身動き一つ取ることができない。見れば、義眼の女の足下には切れた縄とナイフが転がっており、右目には怪しい輝きを放つ金色の義眼が嵌められている。アラネアはそこでようやく、金色の義眼をすり取られていることに気付いた。

「これは危険な義眼なんだ。だからこそ、君のような人間に悪用させるわけにはいかない」

イルミナは顔をしかめながら言う。アラネアと目を合わせている間、彼女は脳を押しつぶされるような頭痛に襲われていた。同時に、自分の心の内にどす黒い感情が渦巻くのを感じる。悪意とも狂気とも形容しづらいざわつきを懸命に抑え込みながら、それでもイルミナは懸命に瞼《まぶた》を閉じないよう歯を食いしばった。

アラネアの両目を真っ直ぐ見据えたまま、彼女は時を止められたままのアラネアに言葉を投げかける。

「確かに、恐怖は人を縛り付けるものさ。抑圧し、支配する……でも、恐怖に縛られた人間は、いずれ自立しようと……自分の両足だけで立ち上がろうと決意し、覚悟を決めるものなんだ」

手を伸ばせばその細い首《くび》を縊り殺せる距離……しかしどれだけ念じようが、アラネアは金色の義眼に囚《とら》われて動けない。

「ボクも……そして彼女もね」

アラネアは視界の隅で、赤毛の娘がゆらゆらと近づいてくるのが認識できた。手に持っているのは剝がれた壁板だ。

「君の負けだ、アラネア。恐怖を諸刃《もろは》の剣《つるぎ》だと認識できていなかった、君の負けだ」

「……うわぁぁああああっ！」

イヴァの絶叫と共に振り下ろされた壁板はアラネアの脳天に直撃した。

勢いのままアラネアは床に倒れ込み、そして再び動き出すことはなかった。

★

「こいつも元軍人だ。間違いねえ」

意識を失ったアラネアの手首に彫られた刺青《いれずみ》を確認して、ヴィンセントはそう言った。

「工作兵ってとこだろう……危ないところだったぜ、義眼職人」

床に蹲《うずくま》ったままのレックの手当てをしていたイルミナは、用心棒の言葉に顔を曇らせる。

「上の階からモールス信号で状況を伝えるってのは、あんたにしては考えた方だが……コイツや下の階の連中に気付かれた可能性もあった。そうなりゃ、あんたは真っ先に殺されてたぜ」

「あの場ではそうするしかなかったんだ……君が優秀で助かったよ」

すっかり赤くなった額を摩りながら、イルミナはバツが悪そうにそう言った。

「そう思うなら、俺の忠告にも従うんだな」

「……ボクも懲りたよ」

ひどく傷ついているが、どうやらレックは無事なようだった。

それを確認できたイルミナは、そっと立ち上がった。

「アラネアのことだけど……科学技術に対して強い恨みがあるみたいだった」

「……戦場帰りの連中は、程度の差はあるがどいつもこいつも科学嫌いだぜ」

「科学に限らず、理屈っぽいのはなんでも嫌いだ」

「君も？」

「…………」

二人の会話に隙間が生まれたとき、ヴィンセントの背後から控えめな呼びかけがあった。

ヴィンセントが振り返ると、イヴァが漆黒の杖《つえ》を持って立っている。

「これ……おにいさんの短杖《ステッキ》……ごめんなさい」

「おうよ」

そっけなく杖を受け取ると、ヴィンセントはそれを月明りにかざして検分し始めた。

彼にしか分からない手順であちこちを見てから、ヴィンセントは大きな舌打ちをした。

「乱暴に扱いやがって……軸針が歪《ゆが》んでやがる」

ヴィンセントはトリガーに指をかけてクルクルと杖を回転させ、それから腰のホルスターに短杖《ステッキ》を収めた。

「しかし……どうして杖なんかを集めていたんだろう？　お金になるわけでもないのに」

「興味ねえな……それより、なんかコイツのもんで金になりそうなのはあるのか？」

縛られて床に転がされているアラネアのジャケットに、ヴィンセントは無遠慮に手を突っ込んだ。

「大事なもんってのは肌身離さず持ってるもんだろ？　なら、こいつの大事なもんってのはなんだろうな……お？　なんか奥の方に隠してやがるぜ」

ヴィンセントが取り出したのは、どうやら二通の手紙らしかった。

神経質なアラネアらしく封筒も綺麗《きれい》なままだったが、ヴィンセントがぐしゃぐしゃと中身を取り出したせいで台無しになった。

「なんだこりゃ……ラブレターか？　女々しい野郎だぜ」

月明りの下で手紙に目を通したヴィンセントは、ほんの一瞬だけその目を見開いた。

それから、彼はほんの数秒であったが、服の上から自分の腹部に触れるような仕草をした。

「なにが書いてあったんだい？」

「いや……なんでもねえ。やっぱり下らねえラブレターだった」

ぐしゃりと手紙を丸めて、ヴィンセントはそれをポケットにしまった。

残るもう一通の手紙を読み始めたヴィンセントは、今度はその眉間に皺《しわ》を寄せた。

「こっちは……もしかしたらあんたが読んだ方がいいかもしれねえな」

乱暴に手紙を押し付けると、ヴィンセントは会堂の窓から月を覗《のぞ》いた。もう夜更《よふ》けは過ぎた頃だ。

「手紙を読むのはここを離れてからでいいだろ。ずらかるぜ」

「アラネアはどうするの？」

「ガキどもに任せときゃいい」

ヴィンセントは、部屋の片隅でレックを抱きかかえているイヴァに目くばせした。

「このまま川に放り込んでもいいし、警察署の前に捨てて来てもいい。それはてめえらで決めることだ……せいぜい話し合うんだな」

イヴァは神妙な面持ちで、重々しく頷《うなず》いた。

その険しい眼差《まなざ》しは、ヴィンセントではなくアラネアに向けられている。

「……ねえ、イヴァ。明日、もう一度あの空き地に来られるかい？」

「どうして……？」

「君たちが心配なんだ。君だけでも顔を見せてくれればいい」

「……わかった」

首肯するイヴァにそっと微笑《ほほえ》んで、イルミナはひらひらと手を振った。

ヴィンセントは自分の開けた穴を避《よ》けて、先に階段の方へ向かっている。もう廊下を堂々と歩いても問題ないのだ。

イルミナもその後に続いた。

一階はひどい有様《ありさま》だった。

まさに死屍累々《ししるいるい》といった感じで、破壊されたテーブルやトランプがそこら中に散らばっている。動かなくなった人間がその辺に転がっていた。

「……みんな、死んでいるのかい？」

「殺しちゃいねえよ。それに、大体は仲間同士の相打ちってもんだ。チンピラ同士で連携が取れるわけもねえだろ。まあ……多分客っぽいのも叩《たた》きのめしたかもしれねえが……こんな違法賭《と》場《ば》に来るような野郎はぶん殴ったっていいだろ」

「この中にさそり座の人はいないのかもしれないね……」

イルミナが正面扉に手を伸ばしたとき、背後からヴィンセントの声がした。

「ちょっと待て。今のうちにここの金をかっさらっておく。イカサマとはわかってたんだが、いくらかとられたのが気に食わねえ」

「よしなよヴィンセント……のんびりしていられないと言ったのは君だぞ」

「別に全部運び出そうってわけじゃねえんだ。負けた分だけだぜ。一、二分で済む話だ」

言うや否《いな》や、ヴィンセントはひっくり返ったテーブルを持ち上げて紙幣を拾い始めていた。

「もう……ボク、先に出てるからね」

「おうよ」

言葉通り二分ほど経《た》って、ジャケットのポケットに紙幣やら硬貨やらを詰め込んだヴィンセントは入って来た時と同じように教会の扉を開いた。

彼がそこで目にしたのは、ぞろりと勢ぞろいした荒くれ者どもと、その中心でもみくちゃにされているイルミナの姿であった。

ここで、場面は冒頭へ戻るわけである。

★

明くる日のコルテスタは、よく晴れていた。

イヴァは落ち着かない気持ちで、空き地を行ったり来たりした。

もう二度と、入り組んだ路地を通ってこの空き地までくる必要はなくなった。アラネアに支配される生活以外は存在しないものだと思っていたから、昨日の出来事はあまりにも目まぐるしくて、現実のこととはとても思えなかった。

そういえば、何時に集まるとまでは聞いていなかったから、イヴァは一睡もせずに夜が明けた途端ここへ来ていたのだった。

やがて日も南中しようかというときに、路地の奥から大小の人影が現れた。何時間も待っていたはずだが、イヴァにはその感覚はなかった。

「待たせたかな?」

丸いサングラスをかけたイルミナにそう声をかけられて、彼女は首を横に振った。

「よく来てくれたね。無事なようで安心したよ」

イルミナも、そしてヴィンセントも、手には荷物を携えている。すっかりこの町を離れる準備は整っているようだ。

イルミナは大きな荷物を地面に置いて、その上にちょこんと座った。小さな荷物のほうは地面に置きたくないようで、ヴィンセントから預かるとそのまま膝の上に抱いた。

ヴィンセントのほうは成り行きに興味がないらしく、おととい自分が壊した空き家の瓦《が》礫《れき》にもたれかかるように立っている。

「あの後……どうしたんだい?」

「……あの後は」

イヴァは回答に一拍を置いた。慌てて話して支離滅裂にならないように、彼女はきちんと順序立てて話そうとしていた。

「あの後、帰って来た他の子供たちとも相談して、アラネアは殺さないことにしたの。アイツがたとえあたしたちにどんなひどいことをしようとも、殺人は重い罪で、あたしたちがそれを背負う必要はないと思ったから。だから、あたしたちはアラネアを警察に突き出したんだ。アイツが生きるも、死ぬも、全部が裁きの結果によるなら……あたしたちも、それでいい」

「そうか」

イルミナはそう言って微笑んだ。

「とても勇気のある決断だね。ボクもそれが正しいと思う」

「お前らもさっさとこの町を出た方がいい。執念深い野郎だろうからな」

ヴィンセントからの忠告に、イヴァは頷く。

「あたし、本当にガラス職人になろうと思うの。弟子に取ってもらえるかは分からないけど……」

「きっと大丈夫だよ」

と励ましの言葉を口にしたイルミナは、「そうだ……」と何かを思い出したかのように呟《つぶや》いてから、

「君に渡したいものがあるんだ」

とイヴァに告げた。

彼女は膝に抱えた革の鞄《かばん》を開くと、そこから小さな革袋を取り出す。

何重にも鍵の掛けられたその鞄は、魔法義眼製作のための道具が収められているものだ。

「開けてごらん」

革袋を渡されたイヴァは、おずおずと中を覗いた。彼女はほんの一瞬ぎょっとしてから、眼帯に隠れていない左目を丸くした。

「これ……」

革袋を逆さにして掌《てのひら》にそれを取り出したイヴァは感嘆の声を漏らした。

それは、薄い水色の瞳の魔法義眼だった。

「ガラス職人は目が大切だから、片目が見えないままだと不都合だろう。それはボクからの餞別《せんべつ》だ」

「こ、こんな……いいの？　すごく高価なものなんじゃ……」

「ふふ……いいから、嵌《は》めてごらんよ」

イルミナはそっとイヴァに近付くと、優しく眼帯に手をかけた。

「あ、ヴィンセントはあっちを向いていてくれたまえ」

「……へいへい」

ヴィンセントが面倒くさそうに背中を向けたのを確認してから、イルミナはイヴァの眼帯を取り外す。

「少し沁《し》みるよ」

と言って義眼職人が手にしたのは脱脂綿だった。

「アルコールで、一度眼窩《がんか》を消毒するんだ」

そっとイヴァの頰に手を添えながら、イルミナは眼窩の中をアルコールに浸した脱脂綿で拭き始める。

「眼窩に傷も、膿《うみ》もないようだし、このまま義眼を嵌められそうだね」

その冷たさに体を強張《こわば》らせたイヴァを安心させるようにそう言ってから、イルミナは彼女の手から義眼を受け取った。

「魔法義眼の仕組みは知っているかな？　瞳孔の反対側に、小さな針が付いているだろう？　これを眼窩に刺して少しだけ出血させることで、君自身の血液を義眼に巡らせるんだ。馴染《なじ》むと、義眼に込められた魔力が循環する血液と混じって、君の脳へと映像を伝達する……ちょっと怖いかな？」

「だ、大丈夫……」

イヴァは膝の上で拳を握り込んだまま、こっくりと頷く。今さら針で刺されるくらいで尻込みはしていられない。

「よし、偉いぞ」

イルミナは微笑んでから、義眼をイヴァの眼窩にそっと差し込んだ。

針が眼窩に刺さった時、イヴァは小さく体を震わせたが、声を上げたりはしなかった。

「それじゃあ、目を閉じて、血を巡らせるんだ」

義眼職人に言われた通りに目を閉じたイヴァは、右の眼窩が微熱を帯び始めていることに気が付く。

目を失って以来、あらゆる感覚をも失っていた右目が、流れ出すマゼンタの血液によって温かさを取り戻していた。眼窩へ挿入された際は硬く、異物感のあった魔法義眼が、時が経つにつれて段々と馴染んでいく感じがする。

「……そろそろかな」

と、闇の向こうから義眼職人の声がした。

「目を開けてごらん。きっと見えるはずだ」

イヴァは再び頷《うなず》くと、ゆっくりとその瞼《まぶた》を開いた。

「み、見える……右目も見える……！」

柔らかな日差しの空き地に、少女のはしゃいだ声が響く。

「それに……瞳の色も左目と同じだ。すごいよイルミナさん……あたしの目なんて二、三回しか見てないのに……」

「へへへ……別に、大したことじゃないよ……」

手鏡を掲げたまま笑みを隠しきれないイルミナを、少し離れた場所にいるヴィンセントがジトッとした目で眺めていた。もうそっぽを向いている必要もないだろう。

昨晩あれだけの目に遭った後だというのに、宿の部屋で夜を徹して義眼製作に没頭していたのだから呆《あき》れたものだ。

「精密なものだから、お手入れの方法を教えておくね」

それから十数分ほどかけて、イルミナはメモを用いて魔法義眼のメンテナンス方法をイヴァに教示していた。イヴァの方も真剣な様子で、時折頷きながらそれを聞いている。

その間、ヴィンセントはただ黙ってイルミナの横顔を眺めていた。杖《つえ》を盗まれたあの日の夜、雇い主へ向けたわずかな疑念について、また思い出しているようだった。

しばらくして、どうやら魔法義眼の説明が終わったらしい二人の様子を察して、ヴィンセントはようやく口を開いた。

「……で、材料費、人件費、諸々《もろもろ》……どういう算段で支払うつもりでいるんだ？　お嬢さんよ」

「え、えっと、それは……」

と不安げな顔をしたイヴァの体を、イルミナはとんっと押し出した。

「逃げてイヴァ！　悪徳な取り立て屋に捕まる前に！」

イルミナのその笑顔を見て、イヴァは弾《はじ》かれるようにその場を飛び出した。

彼女と出会ったあの日と同じように、路地の先には明るい出口が見える。

「なんだと！」

ヴィンセントの怒号にも、イヴァは振り返らなかった。振り返ると泣いてしまうと思ったから。

いや……！

いよいよ大きな通りに飛び出すかという間際《まぎわ》で、もうスリではなくなった少女はやはり立ち止まった。

くるりと振り返ると、空き地には背の高い用心棒と、彼に抱え上げられている義眼職人の姿があった。

「ありがとうっ！」

弾んだ声は路地に何度も反響して、やがて澄んだ青空に消えてなくなった。

「親切心とタダ働きじゃ意味が違《ちげ》えぞ……」

「う……ごめんよ」

ヴィンセントに顔を近付けられて、イルミナはたじろいだ。

「ちょっと格好つけたくて……」

「俺への報酬はビタ一文負けねえからな」

「わかっているよ」

いつものようにへの字に口を曲げて、ヴィンセントは大きな行李《こうり》を片手で取り上げた。

「次はイブルウィッチでいいんだな?」

「うん……あの手紙の内容に沿って行こう」

小さな革製の行李を両手で持ち上げると、イルミナはイヴァが消えていったのと反対側の路地に向かって歩き始めた。

「……なあ、あんた、実際のところ……師匠が死んだときにどう思ったんだ?」

背後からヴィンセントに問いかけられて、彼女は小さく「う〜ん」と呟いた。

「解放感が一番で、恐ろしさが二番で……感謝が三番かな」

「感謝?　あんたの仲間を殺して、あんたの両目をえぐって監禁した男だぜ」

「でも、ただの孤児で、スリで、コソ泥だったボクを『義眼職人』にしたのも師匠なんだ」

　イルミナは歩きながらそう答える。

「だからこそ、ボクは二代目イルミナを名乗っているし、先代が遺《のこ》した課題……危険な八つの義眼集めにも命をかけようと思っているんだよ」

「……なら、やっぱりあのガキにも自分を投影してやがったわけだな」

「まあ……うん、それもあるかも」

　背後で、ヴィンセントが鼻を鳴らすのが聞こえた。

「ここまでやったんだ……過去の自分とやらは救われたのかよ」

「ふふ……おかげさまでね。ありがとう、ヴィンセント」

　義眼職人の少女が首だけ振り返ると、用心棒はつまらなそうな顔をしていた。

　くすりと笑ってから、イルミナはまた前を向いて歩き出す。

　古い町の路地は入り組んでいて、二つの影は角を曲がってすぐに見えなくなった。

血眼回収紀行
チマナコ リコール トラベログ
Chimanako Recall Travelogue

episode2.

ようこそ狐の穴へ！

"Welcome to the fox-hole!"

エミグラント連合王国が『日の沈まない帝国』と呼ばれたのも、もう過去の話である。世界各国に抱えていた植民地は次々に独立し、今やエミグラントの国民を名乗る者はエウロパ大陸の隅の島々にいるばかりだ。

だが、栄光あるエミグラント連合王国は決して斜陽の国ではない。彼らは紳士淑女を自認し、伝統を重んじ、しかして進歩を忘れず、今なお大陸における最先進国として名を馳《は》せている。

さて、周辺諸国が羨むエミグラントの鉄道網に乗る……にはそれなりの持ち合わせが必要であるため、義眼職人とその用心棒はコルテスタから北東へ向かう乗合馬車に揺られていた。

「あいたたた……馬車は二時間が限界だね。お尻が痛くてたまらないよ」

「あんたがちゃあんと義眼の代金をもらってりゃ、汽車の一等室だって取れたんだ」

「嘘《うそ》だね。どれだけお金があったって、きみは馬車を選ぶに決まっているよ」

「……どうせ急いじゃいねえんだ、目的地に着くなら安い方がいいだろ」

「それみたことか。これだから粗忽《そこつ》者は困るんだ……」

もぞもぞと体勢を変えながら、イルミナはコートのポケットからよれた紙を取り出した。

「ちょっと整理をしようか」

乗合馬車には彼ら以外の乗客の姿はなかった。少しばかり秘密の会話をしたところで、外にいる御者には聞こえないだろう。

「アラネアが大事に仕舞っていた手紙は、〈鳩《はと》〉を名乗る人物からアラネアに宛てられたもので、そこにはイブルウィッチで行われる謎の『集会』のことも記されている……そして、ボクの右目で確認をしたかぎり、微《かす》かにインキから血液成分が検出された。つまり、この手紙にはなんらかの魔法が掛けられているらしい、と……」

ヴィンセントはイルミナの手から手紙をひょいと取り上げると、面倒くさそうにそこに目を通し始めた。

「なら、この手紙が奪われたことも把握されてるかもしれねえな……で、この〈蜘蛛《くも》〉ってのがアラネアのことだな？　そんでもって集会の主催者ってのが〈狐《きつね》〉か。こいつら、グルでなにかを企《たくら》んでるみたいだが……その内容まではよく分からねえな」

「手紙の内容としては、先月〈狐〉が稼ぎ出した金額をアラネアに伝えるものになっているようだね。売上金を競い合わせているということかな？」

「ギャングどもがよくやることだぜ。出世をかけてアガリを競わせるんだ」

「じゃあ、アラネアはギャングの一員だったってこと？」

そう聞かれて、ヴィンセントは少し考えるそぶりを見せた。

「……なんとも言えねえな。違法賭場《とば》はギャングの十八番《おはこ》だが、町を跨《また》ぐほどのデカいギャングってのは聞いたことがない」

「そうか……」

首をかしげるイルミナに、ヴィンセントは手紙を突き返した。

「とにかく、その〈狐〉ってのが義眼を持ってそうなんだな？」

「うん、手紙の中にある〈狐〉が怪しいよ。『その魅了の眼《め》で信者たちから資金を集める』とあるから……もしかするかもしれない」

「どうだかな……案外、ただの安い詐欺師かもしれないぜ」

ヴィンセントは椅子の上に仰向けになった。彼にとっては硬い木板の椅子などは問題にならないようだ。

「……なあ、他の義眼ってのはどんなもんなんだ？　あんたがあの工房で手に入れた情報が、なにかのヒントになるかもしれねえぞ」

「とはいっても、そこまではっきりしたことが分かったわけじゃないんだよね」

とイルミナは声のトーンを落とした。

「〈天窓の八義眼《オクト・アルカナ・オキュラス》〉が、その名の通り八つの義眼を指しているのは確かだ。そしてそれは、師匠の考える魔法義眼に必要な八つの要素を追求して作られている」

「要素？」

「うん……すなわち、『優美性』、『視認性』、『耐久性』、『快適性』、『拡張性』、『互換性』、『安全性』、そして……『操作性』。この八つのコンセプトに則《のっと》った義眼が存在するはずだ」

「いくつかはまあ、納得できるが……」

とヴィンセントは横になったまま訝《いぶか》しげな声を発した。

「拡張性や互換性なんてのが義眼に必要なのか？」

「……師匠は人の域を超えた天才で、その思考のすべてを理解することは難しいよ。目も六個あったし……」

「目が六個⁉」

イルミナの言葉に、ヴィンセントは思わず上体を起こす。

「うん……自分で体に眼窩《がんか》を『掘って』、そこに義眼を嵌《は》めていたんだ」

その様子を想像したのか、用心棒は露骨に嫌そうな顔をしていた。

「……俺の想像する気色悪さを軽々と更新していくぜ」

「あはは……」

苦笑するイルミナだったが、工房で入手した情報を思い出すと神妙な顔になった。

「ラングトンで手に入れた〈天使の呼声《ロイヤル・オペラグラス》〉は、間違いなく『優美性』をテーマに作られたものだろうね。装着した途端、悪魔が囁《ささや》くというか……頭が悪い考えでいっぱいになる……言葉を選ばずに表現するなら、〈天窓の八義眼《オクト・アルカナ・オキュラス》〉には『毒』があるんだ」

「装着者の魔力に拘《かか》わらず目を合わせただけで相手の動きを止めちまうってのは、実際とんでもない力だ。あんたの師匠が作った〈天窓の八義眼《オクト・アルカナ・オキュラス》〉ってのは、魔法の理《ことわり》からも科学の理からも外れた代物だぜ」

「〈天使の呼声《ロイヤル・オペラグラス》〉を入手したものの、ボクの力じゃそのメカニズムを解明することはできなかった。まったくもって未知の技術だよ……情けないことに、工房で手に入れた情報を整理してみても、すべての義眼の能力を推測することは難しい状況だ」

一つ言えるのは……と、イルミナは自分でも信じられないといった様子でおずおずと言葉を付け加える。

「〈狐〉が持っているという魅了の眼——おそらく『他者を操る』義眼だと思うけれど、他にも『未来を予測できる』義眼なんてものもあるらしい」

「いよいよなんでもありだな……」

どうやら驚き疲れたらしいヴィンセントは、再び手を頭の後ろに組んで寝転がった。

「そんなけったいなもんを、詐欺師風情《ふぜい》が持ってるってのか？　信じられねえぜ」

「だけど、どれだけ頼りない情報であっても、今のボクたちはそれを辿《たど》るしかないよ」

馬車の窓から外を窺《うかが》ったイルミナは、どうやら町が近いことを知ってわずかに安堵《あんど》した表情を見せる。もう一度腰を摩《さす》ってから、彼女は体勢を戻した。

イブルウィッチは、コルテスタほどではないが古い町だ。

南部の首都ラングトンと北方の大きな都市とを結ぶ商業拠点として発展した都市で、どこか埃《ほこり》っぽいコルテスタよりもずっと賑《にぎ》やかだった。

街の中心には大きな川が流れており、ウォーターフロントは観光地にもなっている。

まだ陽も高いうちに宿を探すことにした二人は、事前にある約束を取り交わしていた。

一歩先に部屋のベッドで横になっていたヴィンセントは、少し疲れた様子で現れたイルミナに声をかける。

「許可は取れたか？」

「快諾とはいかなかったかな……」

ふぅ、と小さく息をついて、イルミナは椅子に腰かけた。

「この部屋で『出張義眼工房』として商売をさせてもらう代わりに、利益の半分を宿の主人に払うことになったよ。それでも渋い顔をしていたけどね」

「まあ、いかがわしい理由で客を取られちゃたまったもんじゃねえからな。とにかく、商売ができんならそれでいい。あんたはこの町にいる間、義眼職人として路銀を稼いでくれ。例の〈狐〉とやらは俺が探す」

「もし本当に〈天窓の八義眼《オクト・アルカナ・オキュラス》〉なのだとしたら、君一人じゃ危険じゃないかい？」

「本当に八義眼がらみなら、そんときは一旦戻ってあんたを連れていくさ。それまでは大人しくここにいろ。一人でふらふら出歩くんじゃねえぞ？」

「むむ……そんな子供扱いされるいわれはないよ」

「勝手に突っ走って簡単に捕まったのは誰だ？　ここ二週間で何回も捕まりやがって」

「……半分は君のせいじゃないか」

「俺のせいじゃねえときも、俺が助けてんだろうが」

「……わかったよもう……一人で出歩いたりしないさ」

「いいや、分かってねえな」

ヴィンセントは横になったままイルミナを指さした。

「あんたは見た目より頑固だからな……約束しろ。『ボクは弱くてすぐ捕まってしまうので、優秀な用心棒が働いている間、大人しく宿で待っています』。復唱するんだ」

「い、いやだよ……どうしてそんな情けないことを言わなくちゃいけないのさ」

と拒絶しかけたイルミナは、彼女に向けられたヴィンセントの視線が思いのほか真剣なものであるのに気が付いた。コルテスタでの一件は、神経質な部分もある用心棒を心配させるには十分だったらしい。義眼職人は渋々、口を開いた。

「……ボクは弱くてすぐ捕まってしまうので、優秀な用心棒が働いている間は大人しく宿で待っています……これでいい？」

「上出来だ。次はこうだ……『ボクは日ごろの行いを反省し、優秀な用心棒に払う給金を二倍にして、今後は昼間からお酒を飲んでも決して怒ったりしません』」

「ボクは日ごろの行いを反省し、優秀な用心棒に払う給金を二倍に……って、こら！」

「チッ……」

「バカにしすぎだよ、もう！」

溜息をついて、イルミナは行李《こうり》の中から紙とペンを取り出した。

「君の心配はごもっともだし、そもそも路銀も底が見えてきたからね。ボクはここで臨時の工房を開くことにするよ。広場に開店案内を貼り出さなくちゃいけないから、君も手伝ってくれたまえよ？」

ヴィンセントはなにも返事をしなかったが、イルミナも返答を催促したりしなかった。

しばらくは紙にペンを走らせる音が続いて、それから二人は部屋を出て行った。

翌日の朝、ヴィンセントは一人でイブルウィッチの町を歩き回っていた。

約束の通り、イルミナは宿の一室で待機している。

「『集会』に潜入して〈狐〉を探す、つってもなぁ」

一人で町へ出てきたものの、心当たりがあるわけではない。

チェスターコートの内ポケットから手紙を取り出して何度もその文面に目を通しても、怪しげな集会がこの町のどこかで行われていること以外はなにも分からなかった。

広場の掲示板を見ても、「退役軍人支援ボランティア集会」や「電波塔稼働《かどう》反対派向け住民説明会」「電波塔開設記念セレモニー寄付金に関する説明会」などごく普通の告知しか確認できない。他の集会を隠れ蓑《みの》に開催されている可能性はあるが、その場合は少なくともここに貼られているすべての集会に顔を出さなくてはいけないということになる。

「めんどくせえな……」

ヴィンセントは不機嫌な表情のまま、しばらくはその辺を行ったり来たりしていた。

ここへ来る間、昼間からやっている酒場なんかも目に入った。商業の町だからこそ、社交の場の門扉《もんぴ》というのはいつでも開いていなくてはならないのだろう。

そこにしけこんで『情報収集』というのも悪くないのではないかと考えたが……。

「…………」

ヴィンセントは小さく鼻を鳴らした。

酒場では誰しも口が緩むとは言え、酔っ払いから聞き出した情報の信憑《しんぴょう》性などたかが知れているし、逆にいえば『謎の集会に探りを入れている男』の情報だってすぐに出回るだろう。それに――

「……俺も真面目になったもんだぜ」

ヴィンセントは宿で真面目に働いているに違いない少女の姿を思い浮かべながら、広場を抜けて雑踏の中へ消えて行った。

〈編み物を愛する紳士の集い〉は、人目を憚《はばか》るように小さなフラットの一室で行われていた。

ヴィンセントが戸を叩《たた》くと、ドアの向こうから足音が近づくのが分かった。

足音の主は扉の前に立って、小さな窓からヴィンセントの顔を覗《のぞ》いてから、少し逡巡《しゅんじゅん》したのちドアを開いた。

「……なにか御用でしょうか？」

丸眼鏡をかけた気のよさそうな男だった。ヴィンセントを見上げるその目は不安からか落ち着きなく揺れている。

「ここで手編みの集いがあると聞いたんだが」

廃教会を隠れ蓑にした違法賭博《とばく》場を訪れたときとはわけが違う。ここであまり威圧的な人間だと思われてはまずい。

ヴィンセントは愛想笑《あいそわら》いこそ浮かべなかったものの、気持ち程度腰を落として、そして声音も穏やかに切り出した。

「ええ、その通りですが……」

「旅行でここへ来たんだが、それでも参加できるもんなのか？」

フラットの中をさりげなく覗きながらそう訊《き》くと、眼鏡の男は少し安堵した顔で扉を大きく開いた。

「なんだ、参加希望の方でしたか。質《たち》の悪いいたずらも多いものでして」

どうぞ、ご遠慮なく……と男が言い終わる前に、ヴィンセントはするりと部屋に入った。

「男が編み物なんて……と思う方は今でも多いでしょう？　共通の趣味を持つ人間でも、こうしてひっそりとしか楽しめないのですよ。肩身の狭い思いをしている男性にも手を伸ばしてあげようと思って、こんな集会を定期的に開いているわけです」

「へえ」

当のヴィンセントだって、編み物なんてものは女々しい趣味だと思っていた。彼を先導するこの男だって、どの方向から見てもなよなよしていて頼りない。

居間へ通されると、そこでは大きなテーブルを囲うように五人ほどの男が歓談していた。手にはそれぞれ毛糸の玉やら編針やらを持っている。

丸眼鏡の男と共にヴィンセントが居間に入って来たのに気が付くと、男たちはみなぎょっとした顔をした。

「みんな、今日限りのゲストだ。テーブルを少し空けてくれないか」

少し戸惑いはありながらも、男たちは椅子を引いて一人分のスペースを作り出した。

「ヴィンセントだ。二年前に退役して、今はエミグラントを旅して回ってる。突然の訪問でも受け入れてくれてありがたい」

虚実を混ぜてそう自己紹介すると、ヴィンセントは他の参加者たちの顔を窺った。

元軍人と聞いてヴィンセントの見た目やその身に纏《まと》う空気にある程度納得したのか、彼らは微笑《ほほえ》みを浮かべ始めていた。退役した軍人が慰安のために国内を旅して回るのは、まあよくある話だ。

「編み物は、心の負荷を軽くするのにもいいんだ。ここにいる皆も多かれ少なかれ悩みを抱えているんだよ」

丸眼鏡の男はデントといって、この集いを仕切っているらしい。彼のその言葉が余計に同情を誘ったのだろう、男たちは訳知り顔で頷《うなず》き始めた。

それは『不審な集会』の噂《うわさ》の情報を得ようとしているヴィンセントには好都合だった。

「あんたたちみたいな人間がいてくれるだけで、あの地獄のような戦場を生き残った甲斐《かい》があるってもんさ」

そんなことを言って、ヴィンセントはテーブルの上のかぎ針と白い毛糸に手を伸ばした。

「かぎ針縫いですか？」

「これしかできないんでね」

ひょいひょいと毛糸を左手に巻いてから、ヴィンセントは器用にかぎ針を操って毛糸を手繰り始める。

「ほう、随分手慣れた様子で……戦地で学んだのですか？」

参加者の内、最も高齢らしい白髪の男が目を細めてそう訊いた。

「いや、最後にやったのは十年も前だが……」

とヴィンセントは答えに詰まってから、

「体が覚えてるもんだな」

と答えた。

彼は自分でも驚いたように手元を見て、それからまた手を動かし始める。

「故郷に俺と同じくらいの年の娘がいて……小さい頃は編み物に付き合わされたもんだ」

「退役後に、故郷には帰ったのですか？」

「いや、一度も帰ってない」

ヴィンセントがそう答えたことで、居間は沈黙に包まれた。

いかん。ヴィンセントは内心少し焦燥していた。

本当のことをべらべら話している場合ではない。ここへ来たのは感傷に浸るためではなく、謎の集会への手がかりを掴《つか》むためなのだ。

ここからなんとか理屈をこねて、少しでも情報を引き出さなくてはならない。

「俺は、戦争へ行って地獄に行くことが決まっちまったんだ。そんな穢《けが》れた人間が故郷の土を踏む権利なんてないだろ」

テーブルを囲う面々からは次から次へとそれを否定する言葉が投げかけられて、ヴィンセントはしめしめと思いながら泣きそうな顔を作った。

「俺を赦《ゆる》してくれる、そんな存在が必要なんだ。神以外に縋《すが》れるものがありゃ、ありがたいんだがね……」

ちらりと周りの顔を窺《うかが》うと、ヴィンセントの振る舞いに違和感を覚えている者はいなそうだった。

口々にヴィンセントを慰める面々から、しかし怪しい集会の話は出てこない。手紙の書きぶりだと〈狐《きつね》〉と呼ばれる詐欺師を中心としたカルトのようなものらしいが……。

とはいえ、ヴィンセント自身こんな簡単に狐の尻尾を摑めるとは最初から思っていない。今回は空振りだと諦めて、彼はかぎ針を動かすことに意識を傾けた。魚が釣れないと分かれば、釣り場を変えるほかないのである。

あとは小一時間ほど差し障《さわ》りのない雑談をしながら、ヴィンセントは毛糸で小さな白い花を作り上げた。

放射状に広がった六枚の花弁が立体的に重なり合っている。

それはこの国の人間であれば誰でも目にしたことがある、可憐《かれん》な野花だった。

「ハナニラかな？　こんな短い時間でよくできたね」

「こんなもんしかできないからな」

出来上がった花飾りを見て、ヴィンセントは皮肉っぽく微笑んだ。

「楽しい会を辛気臭くしちまって悪かったな。あんたたちと話せてよかったよ」

出来上がった花を乱暴にポケットに突っ込んでから、彼は立ち上がった。

「もう行くのかい？」

「ああ、故郷に手紙でも書こうかなと思ってな」

「そうか。送るよ」

と、同じく立ち上がろうとしたデントを制して、先ほどまで棒縫いをしていた禿頭《とくとう》の男が席を立った。

「おれが送ろう。ちょうど便所に行こうと思ってたんだ」

そういうことなら、と席に座ったデントを置いて、ヴィンセントと男は居間を後にした。

「息子も西部戦線へ行ったよ」

と、短い廊下の途中で禿頭の男はそう言った。

「あんたと違って、帰っては来なかったけどな」

「……そうかい」

「戦争が終わってまだ少ししか経《た》っちゃいねえのに、恐ろしいことにもう息子は夢にも出て来ない……戦争は終わったんだ、あんたもつべこべ言わず田舎へ帰れ」

「…………」

ヴィンセントがなにも答えないのを見て、男は小さく溜息をついた。

「あんたが言ってた『救い』がどうとかの話だが、噂じゃこの町のどこかで霊的なセミナーをやってるらしい。おれも息子の死亡通知が届いた時にゃそのセミナーとやらに顔を出そうとも考えたもんだが、家内に止められてやめたよ」

「霊的なセミナー？」

「ああ、戦争遺族やら退役軍人やらも多く参加しているらしいんだが……まあ眉唾もんだよ。どうしてもってんなら、あんたも……いや」

と、そこで男は話を打ち切った。

「おい、そこまで期待させて途中で切り上げることはないだろ」

「忘れてくれ、こんな話をするつもりじゃなかった。そもそも、あんたじゃセミナーに参加するのは難しい」

「どういうことだ？」

「おれは『遺族の会』でセミナーに勧誘されたんだ。そこには夫婦で参加する必要がある。あんたは独り身だろう」

「………」

玄関扉を男が開いて、ヴィンセントは玄関先のハンガーラックから自分のハンチングを取って、目深《まぶか》にそれをかぶった。

「戦争に行ったから地獄行きが決まった……ってのは取り消すぜ」

と、ヴィンセントは扉をくぐりながらそう言った。

「戦争を終わらせない奴《やつ》だけが地獄へ堕《お》ちるんだ」

「夫婦、ねえ……」

ウォーターフロント沿いのベンチに、長身の男が体を丸めて座っていた。

手に持った毛糸の花を所在なげに揉《も》みながら、ヴィンセントはもう片方の手で顎の下を摩《さす》ったりしていた。

なんとなく謎の集会の尻尾は掴めそうなのだが、肝心の接触方法が分からない。

『遺族の会』なら、今日の夕方にもやっていることを確認できている。なんとか潜り込めれば集会にぐっと近づけるのだが、『夫婦で』という条件が重い。

イルミナを連れて行くか？

「いやいや……」

ヴィンセントは一瞬だけその光景を想像してみたが、すぐに頭を振って脳裏に浮かんだ映像をかき消した。

あんなちんちくりんを伴って「夫婦です」とでも名乗ってみろ。変態だと思われておしまいだ。百歩譲って夫婦という設定が通ったとしても、イルミナは戦争遺族を名乗るには若すぎる。

自分なら多少の変装と演技でごまかせるだろうが、あの義眼職人では無理だろうとヴィンセントは考えた。演技も大根だと知っている。

顔を上げると、川の向こうに小さく鉄塔が見えた。あれが世に聞くノーリッチの大電波塔だ。戦争が終わるとにょっきりと生えていた。あれだけのものを作っている暇があったら少しでも戦争へ資材も人手も回してほしいものだと、戦場帰りの人間は誰しも思ったものだが、どうやら大多数の人間にとってはそうではないらしい。ノーリッチから首都ラングトンの隅々まで届くラジオ電波のお陰で貧乏人でも楽しみが増えた。これからはテレビジョンの時代が始まるとかなんとかで、世間は大わらわだ。

水晶を用いた占い師の組合が、失業を恐れてそこかしこでデモをしていると、今朝の新聞にも書いてあった。

「くだらねえ……」

ヴィンセントは吐き捨てるように言った。

戦争へ行った連中は皆、道化だ。敬意もなにもあったものではない。堂々と屹立《きつりつ》する鉄塔はまるで兵士たちに向けて立てられた巨大な中指だ。

「……別のルートを探ってみるしかねえか」

溜息をついて空を見上げていると、視界の外からなにかがふよふよと漂ってきた。

丸いフォルムから垂れ下がる糸……風船はゆらゆらと揺れながら空に昇っていく。

ベンチに背中を預けたまま首を仰向けに捻《ひね》ると、茫然《ぼうぜん》と立ち尽くした子供の姿が目に入った。不注意で風船を手放したに違いない。

「………」

首を戻すと、ヴィンセントはホルスターから短杖《ステッキ》を音もなく抜き出す。

誰にも見えない角度で発射口を空に向けると、彼はゆっくりとトリガーを引いた。

なにも、空に浮かんだ風船を撃ち抜いて子供の未練を断ち切ろうと思ったわけではない。

杖《つえ》から霧のように放出されたヴィンセントの血液は風に乗って空に舞い上がり、やがて彼の意思に従って風の渦となった。

どんどんと小さくなっていく風船を捉えた渦が、逆再生のように風船を地上へと引き戻していく。

風船は、やがて子供の手元に届く位置まで舞い戻る。しかし、子供は目の前で起きたその現象に怯《おび》えたような顔をすると、そのまま風船に背中を向けてどこかへ駆けて行ってしまった。

その様子をベンチから見ていたヴィンセントは、つまらなそうに鼻を鳴らす。

こんなところで油を売っている場合ではない。

ベンチにもたれていた体を起こして立ち上がろうとしたその時、彼はベンチの正面に誰かが立っているのに気が付いて幾分か驚いた。

なんのつもりだと思ってその顔を睨《にら》んだヴィンセントは、そのまま両目を丸くする。

「エ……エル……⁉」

旅装の女が彼を見下ろしていた。あんぐりと口を開けたままのヴィンセントとは違い、彼女は微《かす》かな微笑《ほほえ》みを湛《たた》えている。

赤みがかった、少し癖のある髪。琥珀《こはく》色の両目。

「久しぶり、ヴィンス」

田舎というのは大人も子供も少ないもので、必然的に同じ年頃の幼馴染《おさななじみ》というのは貴重なものとなる。

少年時代のヴィンセント・ヒーリィは自分よりも三つ小さいエレクトラ・マーチのことを実の妹のように可愛《かわい》がっていたし、エレクトラも腕白なこの兄貴分のことを少なからず慕っていた。

そんな二人を引き裂いたのは戦争か、あるいはヴィンセントの魔法の才か……ともかく、ヴィンセントが村を飛び出したあの日のあどけなさは、もうどちらにも残っていないのだった。

「どうしてここにいるんだ⁉」

ヴィンセントはとっさに立ち上がると同時に、手に握っていた毛糸の花をコートのポケットに押し込んでいた。それはほとんど反射的な行動だった。

「どうして？」

と、なおも微笑みを残しながら、トランクを携えた旅装の女は揺らぎのない口調でヴィンセントに答えを返した。

「『英雄になる』と言って故郷を飛び出して行った幼馴染が終戦から三年も経つというのに帰ってくるどころか便りの一通も出さないから半分諦めた気持ちでラングトンの軍務局まで行って所属と死亡記録の確認をしたら軍からは除籍になっていることが分かってラングトン中を駆けずり回って目撃情報を集めてどうやら北東の方へ向かったらしいという微かな情報だけを頼りにこのあたりの町を探しまわってもうさすがに無理だから一旦村に帰っておじさんとおばさんに報告だけでもしようと思ってたところに見覚えのある雰囲気の

病気のカラスみたいな男がいたから近づいて顔を見てみれば村の誰もが死んだと思っていた幼馴染その本人だったわけなの。しかも——」

「わかったわかった！　もうやめてくれ！」

滝のように浴びせかけられる言葉に気の利《き》いたことを言うこともできず、ヴィンセントは両手を上げてギブアップの意思を表明した。

夜空を見上げていたら星が頭に落ちてきたような唐突の衝撃だ。

エレクトラの微笑みと、そして強烈な圧力を前にしばらく口をパクパクさせていたヴィンセントであったが、やがて取り繕うように、

「それにしても、いい天気だなァ」

と間抜けなことを言った。

「そうね。幽霊が出るとは思えないほど、晴れ渡った素敵な昼下がりね」

エレクトラの笑みは、まるで摑《つか》んだ鼠《ねずみ》を離さない猛禽《もうきん》のようである。

その笑顔は、幼少の時分にカマキリの卵をエレクトラのバスケットに忍ばせていたことがバレたときと同じものだった。

「か、観光でもしようじゃねえか、なあ？」

帽子をかぶりなおすふりをして額の汗を拭うと、ヴィンセントはエレクトラが両手で持

っていた鞄《かばん》を取り上げた。

その重さにもう一度たじろぎながら、大男は平気を装《よそお》って歩き出した。

その頭上を、真っ赤な風船が漂って行く。

★

一方その頃、イルミナの出張義眼工房は意外な盛況ぶりを見せていた。

いつ閉じるかも分からない臨時の工房ということもあり、あまり深刻な損傷の修理などはできないと掲示していたのだが、それでも暇ができないほどに宿を訪れる人間は多かった。

小柄な少女が工房の主《あるじ》だと知ると皆驚いたが、彼女の手つきを一目見るや、彼らの不安は払拭《ふっしょく》された。

時計職人や芸術家、鑑定士などの視力が重要な職業についている人間、視力を回復させたい裕福な人間。魔法義眼は極めて高価なものであるが、その需要は高い。

そこに付け込んだ悪質な職人や詐欺師も当然のさばっており、適切なメンテナンスを実施することなく買い替えを強要したり、そもそも粗悪な魔法義眼を売り逃げて雲隠れする連中もいる。

それほど懐《ふところ》具合がよくない職人や芸術家が割を食う例も少なくなく、彼らにとってイルミナの存在はまさに救世主そのものだった。

加えて、イルミナの工房を訪れる客の中には、樹脂とガラスでできた通常の義眼の修理依頼を持ち込む者も多い。

魔法義眼は裸眼と変わらない働きをするために基本的には眼球と同じ形状をしているが、通常の義眼は湾曲した半円の板状のものである。嵌《は》めたところで視力が回復するものではないが、容姿を整え、眼窩《がんか》や瞼《まぶた》を守るために重宝される。

当然、魔法義眼だけではなく通常の義眼製作においても練達した腕を持つイルミナは、次々に訪れる修理の依頼をそつなくこなしていた。

「助かったよ嬢ちゃん、町の義眼工房は高いし、腕もそれほどよくないんで困っていたんだよ」

事故で片目を失ったらしい煙突掃除人の男が去り際にそう言ったのを聞いて、イルミナは思わずはにかんだ。

これまでの職人人生では客と直接会話をする機会がほとんどなかったから、こんなふうに直接感謝を伝えられることはイルミナからしてみればこの上なく嬉《うれ》しいことなのであった。

客が去って一人になった部屋で、イルミナは鼻歌を奏でるほどに上機嫌だった。

ここ半年ほどは旅を続けていたせいであまり職人としての仕事ができていなかったから、こうしていると自らの本分を思い出せる。

「う〜ん……！」

大きく体を伸ばしながら、イルミナは窓の外へ目を向けた。

そろそろ日も傾き始める時間だ。

後一人、二人客を取った頃にはヴィンセントも帰って来るだろうな、と、イルミナは息を吐きながら考えた。

例によって勝手な判断で値引きしたりしているので、仕事量に対して利益はほとんどなかった。またヴィンセントにどやされるだろうから、ほとんど客は来なかったことにしようかな、と義眼職人が自らの従業員に対して粉飾決算の報告をしようと意志を固めたその時、部屋の扉を控えめにノックする音が聞こえた。

「どうぞ！　開いていますよ」

いそいそと居住まいを正したイルミナがそう呼びかけると、ドアがゆっくりと開かれる。

「あの……」

と顔を出したのは、色眼鏡をかけた妙齢の淑女だった。例に漏れず、彼女もイルミナを見るなり、ほんの少し困惑したような表情をした。

「こちらが義眼工房でしょうか？」

「ええ、そうですよ。ボクが職人のイルミナです」

「まあ、そうでしたか」

淑女は静かに入室すると、帽子をそっとドアの脇のハンガーに掛けた。

所作やその話し方だけで、イルミナは彼女が教養のある上流社会の人間であることがわかった。だが、その装いは決して佳良なものではない。

それに、どうやら顔色もあまり優れないようであった。

歩く姿もどこか力がなく、イルミナの前に据えられた椅子に腰を下ろすと、彼女はふぅと息をついた。

「まだ肌寒いですわね」

「紅茶でもお出ししましょうか？」

「いいえ、お気になさらないで」

嫋《たお》やかに笑ってみせた彼女のその顔には憔悴《しょうすい》の色があり、イルミナは不安にならざるをえなかった。

「本日はどのようなご用向きですか？」

それでも職人としての仕事をするべくそう切り出すと、婦人は年季の入ったハンドバッグから小さな木箱を取り出す。

「魔法義眼のメンテナンスをお願いしたいの。随分前から見えにくくなってしまって」

手渡された箱を開くと、魔法義眼が一つ入っていた。確かに彼女の言う通り古びた一品で、彼女の血によって少し青みがかっている。

「これなら一時間もかからないでしょう。すぐに取り掛かりますよ」

器に水を入れて、そこに特殊な洗剤を加える。泡立たないように混ぜてから、魔法義眼をそっと浸《つ》ける。しばらくすると義眼に刻まれた細い溝にこびりついた血液が浮いてくる。

普段から手入れをしていても、細かい部分に血が溜《た》まってしまうのは仕方のないことだ。

依頼者の名前はグレースといって、当初の見立て通り男爵家の夫人であるらしかった。

色眼鏡を外した彼女の右目には樹脂製の義眼が嵌められており、話している時も左目だけが動いていた。

「この右目は、子供の頃に病気でなくしたの。魔法義眼がなければ結婚もできなかったわ」

　グレースは細い声でそう言った。

「この義眼はそのときから使っているものですか？」

「ええ、そうよ。わたくしと一緒に色々なものを見てきたものです」

「では、大切なものですね」

　すっかり汚れの落ちた義眼を器から取り出すと、イルミナは清潔な布でそれを丁寧に拭き始めた。

「本当は義眼が作られた工房へ持っていくべきなのですが、もうその職人は亡《な》くなられていて……他の魔法義眼を扱う工房はどこも、その……かなり『上等』でしたから」

　言い澱《よど》むのは、彼女が上流社会の人間であるからに他ならない。

　貴族と言えど、当然永遠の栄華が約束されるものではない。ここ最近は科学技術の発展もあり、旧態依然とした魔法貴族たちは没落の一途《いっと》であるから、グレースの家もその例に漏れず財布事情が厳しいのだろう、とイルミナは推察した。

「安心してください。うちは安さがウリですから」

　ヴィンセントが聞いたら怒るだろうなと思いながらそう言うと、グレースは目を細めて笑った。

　磨き終えた魔法義眼をランタンの光に透かしたイルミナは、眉間に小さく皺《しわ》を寄せる。

「これ、最後にメンテナンスをしたのはいつですか？」

「そうねえ……二十年ほど前になるかしら」

「……なるほど」

と、イルミナは小さく覚悟を決めるように呟《つぶや》くと、真剣な面持ちでグレースと向き合った。

「魔法義眼は十年おきに溝を加えることが推奨されています。年を重ねるごとに血液の質は変わりますし、血圧の変化もあります。よろしければボクにこの義眼の手入れを任せてもらえないでしょうか？」

「まあ……そこまでの持ち合わせがあったかしら……」

「いいえ、もちろん洗浄分の代金で構いません。ボクが言い出したことですから」

そんな申し出は予想外だったのだろう、グレースはしばらく逡巡《しゅんじゅん》してから、

「最近見えにくくなっていたのはそのせいもあるのでしょうね。お願いしようかしら」

とイルミナの提案を受け入れた。

「ありがとうございます。そこまでお時間もとらせませんから」

そう言って、義眼職人が工具箱から取り出したのは細長い棒だった。

棒の先端は針のように鋭く、金属でできている。もう一方の端は木製であり、小さな針

が付いていた。

これこそが、義眼職人イルミナの短杖《ステッキ》である。

右手で持ち手を握ったイルミナは、中指の腹を針に押し付けた。

じんわりと滲《にじ》みだしたルビーレッドの血液が、短杖《ステッキ》に開けられた穴を通じて針のような先端まで流れていく。

数秒すると、杖《つえ》の先から白く細い湯気が立ち上り始めた。

大がかりな魔法の行使は望めないイルミナの赤い血液だったが、役に立たないわけでは決してない。雷型の血液によって短杖《ステッキ》の金属芯が発熱することで、魔法義眼の表面を包む樹脂への加工が可能となるのだ。

すでに刻んである溝から枝を伸ばすように、一ミリにも満たない隙間に溝を刻んでいく。杖の先端は髪よりも細く、力加減を誤ればすぐに折れてしまいそうなものだ。それでもイルミナは迷いのない手つきで作業を進めていく。表情には少しの緊張も、そして慢心もない。

その様子を間近に見ていたグレースは思わず感嘆の声を漏らした。動いたこともない貴族の彼女でも、イルミナのその技巧が生半可なものではないことは明確に理解できる。

息が詰まるような十五分の後、イルミナは小さく息をついて杖を義眼から離した。どうやら溝彫りの作業は終わったらしい。

「義眼を少し冷ましてから、試しに装着してみましょうか」

あっけらかんとした表情でそんなことを言ったイルミナに、グレースはただ頷《うなず》くだけだった。

★

「これなんかもいいんじゃねえか」

宝飾店でヴィンセントが指さしたのは大粒のエメラルドが嵌めこまれたブローチだった。

「お前の赤い髪によく似合うと思うぜ？」

静かな宝飾店には数組の客しかいない。誰も彼も整った身なりをしている中で、明らかに旅装のエレクトラは気まずそうな顔をしていた。

しかし、そんな彼女の機嫌を取ろうと必死のヴィンセントはそれに気付いていないようだ。

ちらりとエレクトラの表情を窺《うかが》ったヴィンセントは、その苦い顔の真意を汲《く》み取れずに余計に前のめりになった。

「あんな田舎じゃ、宝石なんて売ってねえだろ？　俺はラングトン暮らしが長いんだ、都会のセンスってのを身に着けたんだよ。兄ちゃんに任せときな」

「ヴィンス……」

いよいよいたたまれない気持ちになったエレクトラは、ガラスケースにかじりつく幼《おさな》馴染《なじみ》にそっと耳打ちをする。

「いらないわよ、宝石なんて……そんなにお金も持ってないんじゃないの……？」

「バカ、男に恥かかせるんじゃねえよ……あの戦場から五体満足で帰ったんだぜ？　ラングトンじゃ貴族の護衛に、示談屋——じゃねえや、大手の保険会社の……孫請けの……まあ、立派な仕事に引っ張りだこだぜ。金なんざチリ紙にするほど持ってる」

チェスターコートのポケットに手を突っ込むと、しわくちゃになった紙幣を鷲掴《わしづか》みにして取り出してみせる。

エレクトラはその手をポケットに押し戻してから、少し責めるような目でヴィンセントを見上げる。

「じゃあ、どうして今はイブルウィッチにいるの？　一人で旅行？」

「ん？　いや……」

とヴィンセントは口ごもった。

この状況で、ただでさえ心配性のエレクトラに『危険な義眼を集める旅をしている』と説明するわけにもいかない。

「その、なんだ……酔狂な女の、旅の用心棒をしてるんだ」

「……女の人の？」

と、これまでとは違う色の不機嫌さを顔に浮かべたエレクトラであったが、ヴィンセントがその理由を推測できるはずもない。

「二人きりで旅をしているの？」

「？　そうだが……」

「……どんな人？　若いの？」

「そ、そんなに気になるのか？」

「いいから教えて」

有無を言わさぬ様子のエレクトラに戸惑いながらも、ヴィンセントは己の雇い主の姿を脳裏に浮かべた。

「若いっつうか……ガキだな」

「子供……⁉」

と、思わず大きな声を上げたエレクトラは、店内の注目を一身に受けていることに気が付いて慌てて口元を押さえた。

「女の子に雇われてるってこと……？　今はどこにいるのよ？」

「泊まってる宿屋で客を取らせてるぜ」

「宿屋で子供に客を取らせてるの⁉」

　エレクトラは反射的にヴィンセントの胸ぐらを摑《つか》んで彼を揺さぶりだした。

「最低っ！　最低だわヴィンス！　そんな人間になっていたなんて思わなかった！」

「お……おちつけエル……！　多分誤解だ……！」

　ぐわんぐわんと揺さぶられるヴィンセントの言葉に冷静になると、エレクトラはハッとして辺りを見回した。

　非難に満ちた眼差《まなざ》しが二人に集中している……。

「い、行きましょう、ここはわたしたちには高級すぎるわ」

　エレクトラに引きずられるようにして、ヴィンセントは強制的に店を出ることになった。

★

「まあ、本当によく見えますわ。初めてこの義眼を贈られたあの時みたいに……」

部屋中をぐるぐると見回しながら、グレースは感心した様子でそう言った。

心なしか顔色もよくなっているようだった。

「まだお若いのに、大変な技量の持ち主ですのね」

「へへへ……」

でれでれと照れるイルミナに対して、グレースは幾分か申し訳なさそうな顔をした。

「ごめんなさいね、本当にあまり持ち合わせがなくて……」

「いいんですよ。喜んでいただければ」

「これで……息子にも綺麗《きれい》な姿で会えると思うと本当にうれしいわ」

「別々に暮らされているのですか？」

「ええ、あの子は今天国にいますから」

「……え？」

イルミナは思わず頓狂な声を出した。

天国？　綺麗な姿で会える？

「は、早まってはいけませんよ……！　息子さんが悲しみます！」

「まあ！　うふふ……言葉選びがよくありませんでしたね。わたくしも天国へ行くという意味ではありませんよ」

「な、なんだ……よかった」

「息子――ジョージは戦場で死にました。名誉ある死です」

と、グレースのその言葉に、イルミナはちらりと用心棒の姿を思い浮かべた。

「……そうでしたか」

「ですが、あの方がわたくしとジョージを引き合わせてくれますの」

ほっと胸を撫《な》で下ろしかけたイルミナであったが、グレースの話に違和感を覚えて再び心配そうな顔をした。

「引き合わせてくれる……とは？」

「つまり、交霊術ですわ。マダム・アレプの儀式は本当に素晴らしいの」

これはきな臭い話になってきたぞ……とイルミナはひっそりと冷や汗をかく。

明らかに何らかの詐欺の餌食《えじき》になっている人間をどのようにして救うべきなのか、イルミナにはその術《すべ》がまったくなかった。

「あの『眼《め》』に見つめられた途端、わたくしの目の前にはジョージが現れたの。あの向日葵《ひまわり》のような笑顔でわたくしを迎えて、そして抱きしめてくれて……」

夢見心地の様子でそう語るグレースは、どうやらマダム・アレプという人物に全幅の信頼を置いているらしかった。

そして──

「『眼』？　その、マダム・アレプという人の目が特別なのですか？」

思わぬキーワードの出現に、イルミナは別の意味でも緊張し始めた。怪しげな儀式に、特殊な『眼』の持ち主……。

アラネアの手紙にあった謎の集会のことじゃないか！

そうとなればすぐにでもヴィンセントに知らせるべきであるが、彼はまさにその調査に出かけていて、ここにはもうしばらく戻ってこないはずだ。

「ええ、『霊水』を飲んで、彼女のその目に見つめられると、途端に幸せな気持ちになれるの」

「へ、へえ……」

イルミナは愛想笑《あいそわら》いを浮かべながらも思案を巡らせた。

グレースの連絡先を聞いて、後からヴィンセントと改めて話を聞きに行くべきだろうか？

いや、財政的な苦境に立っていようと貴族は貴族……上流社会の人間に対してそのような無礼は許されない。とはいえ、このままマダム・アレプに関する足掛かりを失うわけにもいかない。

それに——

それまで両目をぐるぐるとさせていたイルミナは、決意を固めるように口を結んだ。

目の前に騙《だま》されている人間がいるというのに、それを黙って見過ごすわけにはいかない。

「……実は、その、ボクも戦争で父を亡《な》くしているんです」

「まあ……そうだったのですね……」

とっさに吐《つ》いた嘘《うそ》だったが、グレースはそれを真に受けたようだった。沈痛な顔をする彼女に、イルミナの心も罪悪感で痛む。

だが、躊躇《ちゅうちょ》している場合ではない。可能な限りここでマダム・アレプとやらの情報を集めてヴィンセントへ繋《つな》がなくてはならない。

「お母さんの稼ぎだけじゃとても暮らせなくて、ボクも職人をしているんです。でも、本当に苦しいのは貧しいことではなくて、愛する家族と二度と会えないことなんだと思います……」

だから、よろしければマダム・アレプを紹介してもらえないでしょうか、とイルミナが続けようとしたとき、温かい感触がイルミナの手を優しく包んだ。

見れば、グレースが涙を浮かべて手を握っている。

「なんて健気《けなげ》なんでしょう……そうですわよね、まだまだお父様に甘えたいこともあるでしように……」

実際のところ、戦争で死んだどころか両親には会ったこともないが、イルミナはただ同調するように悲しげな顔をした。この上なくデリカシーのない嘘を吐いている自覚はあるのだが、ここで退《ひ》くわけにもいくまい。

素行の悪い用心棒の姿を思い浮かべながら、イルミナは自身が少なからず彼の影響を受けているのではないかと不安になる。

「……魔法義眼のお支払いの代わりと言ってはなんですが、今日の夜マダム・アレプの儀式がありますの。わたくしは上級会員ですから、イルミナさんを招待させていただくことも可能ですわ」

「き、今日……⁉」

「ええ、マダム・アレプの儀式は満月の夜に限られますの。ちょうどこれから向かおうとしていましたのよ。是非ご一緒しませんこと？」

「えっと……」

イルミナは激しく逡巡《しゅんじゅん》した。

このままだと一人でマダム・アレプの儀式に飛び込むことになる。

あれだけヴィンセントから一人で行動するなと釘《くぎ》を刺されていたのに、宿にいないことがバレたら何を言われるか分かったものではない。

「どうかされました？」

「い、いや……」

ふんっ！　とイルミナは気合を入れるように息を吐いた。

これは緊急事態なんだからしかたないことなのだ。困っている人を見かけたら助けるべきだと、ヴィンセントも言っていたような気がする。いや、絶対に言っていなかったけど、言っていたことにする。

「お父さんに会いたい……！　ボクもマダム・アレプの儀式に参加したいです！」

「ええ……行きましょう！」

握った手に一層力を入れて、グレースは立ち上がる。

部屋を出てからイルミナは一瞬不安げにドアのほうを一瞥《いちべつ》したが、先を行くグレースの背を追って早足で階段を下りて行った。

★

「なんだ、義眼職人の子なのね……びっくりした……」

宝飾店を飛び出した二人は、ウォーターフロント沿いのカフェに入っていた。

ウェイターにチップをたっぷりと握らせて二階のテラス席に陣取ったヴィンセントは、メニュー表からありったけのケーキや焼き菓子を頼んでエレクトラの顔色を窺《うかが》っている。

各種スイーツの甘い香りに交じって、淹《い》れたての紅茶の暖かい芳香が漂っていた。

「見ろよ、ノーリッチの大電波塔がよく見えるぜ。あんなもの、田舎にゃねえだろ」

「……ええ、新聞でしか見たことがないわ」

ケーキをつつきながらも、エレクトラのヴィンセントへ向けられた視線はどことなくジトッとしている。

「立派だけど、あまりいい印象はないわね。テレビジョン放送が始まると言っても、うちの方まで電波が届くわけでもないし、都会の人たちが盛り上がっているだけよ」

「まあ、そうだな……」

「それに……ほら、ノーリッチ市長の汚職だとかで随分荒れていたじゃない？　大電波塔建設資金の着服だかで、前のエルフェール市長が辞めて……それでも市民の怒りが収まらなくて、お屋敷《やしき》に火までつけられて……はぁ」

エレクトラは溜息《ためいき》をついた。彼女はその後の顛末《てんまつ》までは口にしなかったが、新聞や市民からのバッシングを受け続けたエルフェール前市長は、火災からは生き延びたものの、そののちに自ら命を絶っている。

「新しい市長になって、電波塔は建設できたみたいだけど……前の市長のときにあれほどヒステリックになっていた人たちが、電波塔ができたとたん掌《てのひら》を返したように歓迎ムードだなんて……なんだか少し気持ちが悪いわ」

気まずいのはヴィンセントである。

辺鄙《へんぴ》な農村からやって来たエレクトラの歓心を買おうとここまで来たのに、これでは逆効果である。六年ぶりに再会した幼馴染《おさななじみ》は、都会ではしゃぎまわる少女ではなく、分別あるレディーとしての入り口に立っていた。

カップを持ち上げたり置いたりして落ち着かない様子のヴィンセントを一瞥して、エレクトラはもう一度小さく溜息をついた。

「杖《つえ》、見せて」

「……なに？」

「いいから、杖を出して。持ってるでしょ」

有無を言わさぬ態度のエレクトラに気圧《けお》されたのか、ヴィンセントは右の腰に手を伸ばしてホルスターから杖を抜き出すと、そのままテーブルの上にゴトリと置いた。

漆黒の杖は、天井の照明を受けて一層闇色の光沢を放っている。

そっとテーブルから杖を取り上げたエレクトラが、その杖身《バレル》を擦《こす》ったりトリガーの部分を眺めまわしたりしている間、ヴィンセントはただ緊張した表情でエレクトラの名前の由来にもなったその琥珀《こはく》色の瞳を眺めていた。

「杖軸《シャフト》が歪《ゆが》んでいるわ。これじゃ照準も合わないでしょ」

「……ちょっとしたトラブルでつい昨日歪ませたんだ。乱暴に扱ってるわけじゃねえよ」

「分かるわよ。どれだけ大事にされていたかぐらい」

エレクトラは、まるで我が子を愛《め》でるかのように杖に視線を落としていた。

「渡したときは、まだ黒檀《こくたん》の木目が見えるくらいには若い色だったのに、ここまで育てたんだ」

作りたての杖というのはまだ木材の色合いがそのまま残っているものだが、長年の使用で持ち主の血が沁《し》み込むと段々とその色は深みを増していき、やがては光沢を湛《たた》えた漆黒の杖となる。こうなればもうその杖は使用者の体の一部と言っても差し支えのないものとなる。

黒檀の杖身と金属の杖軸を分解して、エレクトラは歪んだパーツを丁寧に修理していた。

その淀《よど》みのない手つきを、ヴィンセントはカップに口を付けながらじっと見つめている。

「……お前、杖職人にはならなかったのか」

「誰かさんが『俺が英雄になってお前の杖を有名にしてやる』って言うから待ってたのに、気付いたら六年も経《た》ってたのよ」

「…………」

墓穴を掘ったヴィンセントは苦い顔をした。

手を動かしながらもちらりとその表情を仰いだエレクトラは、いたずらっぽく笑う。

「冗談よ。今は杖も大量生産の時代だし、オーダーメイドの高級杖職人なんてわたしみたいな田舎娘が叩《たた》ける門じゃないわ」

「そうか」

「……ねえ、ヴィンス」

修理を終えて、銀でできた杖のグリップ部分を磨きながら、エレクトラは神妙な面持ちでそう切り出した。

「羊毛の需要は増える一方だし、ハダースフィールドも今は景気がいいのよ？　おじさんのところも人手が足りないみたいだし、やっぱりヴィンスも帰ってきたらどう？」

「……言ったろ、今は雇われて旅の用心棒をしてるんだ。まだ帰れないさ」

「……嘘よ」

声を低くして、エレクトラはそう言った。

「旅をしているのは本当だとしても、帰ってこない理由はそれだけじゃない」

「…………」

黙り込んだヴィンセントの目の前で、エレクトラはてきぱきと杖を組み立て始めた。

「分かるのよ、何年経ったって。ヴィンスが何かを誤魔化そうとするときは、空気で分かる……田舎へ帰ってこない本当の理由を教えてくれない？」

「いや、それはできねえな」

そこまでは渋い顔をしているだけだったヴィンセントも、その問いにだけははっきりと拒絶で返した。

「俺には用心棒としての仕事がある。田舎で羊を追いかけるなんてごめんだぜ」

「へえ……そう」

エレクトラは杖を組み立て終えた。

磨き上げられた銀のグリップは、細かな傷はあるもののまるで新品のようだ。

その杖を、エレクトラはするりと自らのトランクへしまい込んで、

「じゃあ、この杖だけでも持って帰るわ」

とすました顔で席を立った。

「久しぶりに会えて嬉《うれ》しかったわ。おじさんとおばさんにも伝えておくわね」

「お、おい！　どういうつもりだ！　杖を返せ！」

慌てて立ち上がって彼女を通せんぼするようにしたヴィンセントが大きく椅子を鳴らしても、エレクトラはまったく表情を動かさなかった。

「返してほしいなら自分で奪ったらどう？　力には自信があるんでしょ」

「……エル、真面目な話をしてるんだ、あんまりふざけてると――」

「ふざけてるように見える？」

エレクトラは真っ直ぐ幼馴染の目を見据えていた。

琥珀色の瞳に潜む激情に、さすがのヴィンセントでも気が付いていた。

「本当はね、あのベンチでヴィンスを見つけたとき、駆け寄って抱きしめたかったの。生きててよかった……また会えてうれしいって……！　でもね、わたし……我慢して、そうはしなかった……どうしてか分かる？」

「エル……」

「怖かったの……いろんな噂《うわさ》を聞いたから……戦争のトラウマで記憶をなくしちゃった人とか……戦場に行くことを止めなかった家族を憎んでいる人とか……」

気丈にヴィンセントの前に立ちながらも、彼女の声は震えはじめていた。

琥珀色の瞳の輪郭がゆらゆらとしている。

「ヴィンセントに拒絶されたらと思うと……わたし――」

ついに感情を決壊させそうになるエレクトラを前に、ヴィンセントは自身でも不思議なほど自然に、彼女を抱き寄せていた。

「……悪かったよ」

力強くエレクトラを抱きしめたヴィンセントを、彼女もまたそっと抱きしめ返した。

「……俺が悪かった。心配をかけてすまない」

それは逃げ腰でも誤魔化しでもない言葉だった。

「……寂しかった」

そう答えたエレクトラからは、微《かす》かに石鹸《せっけん》の香りがした。彼女はヴィンセントを許すとも許さないとも言わなかったが、彼の背中に回した腕にぐっと力を込める。

「帰りたいと思わなかった日はねぇよ。お前の言う通り、それでも帰れない訳があるんだ」

抱擁を解いてヴィンセントの顔を見上げたエレクトラの目は、すっかり赤くなっていた。

「……教えてくれるんでしょうね？」

「こうもされちゃ黙ってもいられねぇよ」

はあ……と、エレクトラは脱力しきった様子で溜息をついた。

「紅茶がすっかり冷めちゃった」

「人を探してんだ」

新しいポットから紅茶を注ぎながら、ヴィンセントはそう言った。

「戦争が終わったから軍をやめたわけじゃない。俺は終戦を待たずに除隊になってる……それからはラングトンで抜け殻のようにその日暮らしってわけだ」

「ラングトンでずっと人を探していたの？」

「いや、そうじゃねえ。そいつを探そうと決めたのはついこの前だ」

「……よく分からないわ」

首をかしげるエレクトラに、ヴィンセントは一瞬逡巡《しゅんじゅん》したような顔をしてから、声を潜めて話しはじめた。

「びっくりすんなよ」

なおも怪訝《けげん》な表情のエレクトラの前で、ヴィンセントは座ったままシャツの前をたくし上げる。

「……っ！」

青白いヴィンセントの腹には、見るも醜い大きな火傷《やけど》の跡が残っていた。

「俺にこれを刻んだ男を探してる」

ヴィンセントは服を戻すと、いたって平常な手つきでカップを摑《つか》んだ。

「俺の所属は特殊な小隊だった。鼠《ねずみ》のように敵陣に忍び込んで……まあ、相手方の嫌がることをすんのさ」

微に入り細に入りエレクトラに説明することではないと判断して、ヴィンセントは言葉を濁した。

「『英雄』なんてこれっぽっちも掠《かす》らねえような任務ばかりだったが、結束の強い部隊だった。俺にも相棒と呼べる奴《やつ》ができたんだ」

彼はカップの中身を一気に喉に流し込んで、それをソーサーの上に乱暴に置いた。

ガチャリと大きな音が響いて、それから一拍置いてヴィンセントは話を続ける。

「で、その『相棒』が裏切った。ある晩、全員が寝ているときに小隊の皆を魔法で焼き殺してそのままどこかへ消えやがった……俺の火傷跡もそのときのもんだ。運が良かったのか、野郎に俺を殺すつもりがなかったのか、俺だけが生き延びて別の隊に拾われたのさ。魔法の痕跡から俺が犯人じゃねえってことが証明できたわけだが、それでも戦線復帰はできねえってことで軍を放り出されたわけだ」

ヴィンセントは一旦話を区切ると、苦虫を噛《か》み潰したような顔でもう一度口を開く。

「俺は変わったよ……疑い深くなった。本当に信頼している人間に裏切られたのは、あれが初めてだった」

「……だから、わたしとか、家族のことも信じられなくなって帰ってこなかったの？」

「いや……」

と、エレクトラを一瞥《いちべつ》してから、ヴィンセントは故郷へ帰らなかった本当の理由を語り出した。

「俺が信じられなくなったのは『俺自身』だ。あいつが俺たちを裏切った理由が、今でも本当に理解できない。人はああも簡単に信頼している人間を傷つけられるのか？　俺がそうならねえ根拠は？　俺はあの戦争で人を殺しすぎた……戦場から、自分の中に『獣』を連れて帰った気がする……」

ここで、彼はエレクトラの瞳を真《ま》っ直《す》ぐ見つめなおした。

「怖かったのさ。故郷へ帰って、お前たちを傷つけるかもしれない俺のことが……」

しばらくの間、エレクトラはなにも言えないでいた。

何度か口を開こうとして、そのたびに考え直して、ようやく彼女が言葉を発したのは数分が経過した後だった。

「でも、どうして最近になってその人を探そうと思い立ったの？」

「……今の俺の雇い主に中《あ》てられたってところだな」

ヴィンセントは少し照れくさそうにした。

「俺とはまるっきり違う事情だが、そいつはそいつの『人生を縛るもの』に決着を付けようとして旅をしてんのさ」

「そんなの……危なすぎるわ」

「……夜になると火傷の跡が疼《うず》き出すんだ。あの夜のことは毎晩夢に見る」

不安な表情でヴィンセントを見つめるエレクトラに、ヴィンセントはこの上なく真剣な眼差《まなざ》しを返した。

「俺の戦争は終わっちゃいねえ。野郎を探して、あの夜俺を裏切ったワケを聞き出すことができれば、俺もまた変われる気がする」

「…………」

エレクトラは不安げな顔はそのままに、しばらくの間黙っていた。

「あてはあるの？　もう遠くへ逃げているかもしれないわよ」

「……あては、ある」

ヴィンセントはジャケットの内ポケットから、くしゃくしゃの紙を取り出した。

「昨日、たまたま見つけた手紙だ」

それは、アラネアが大切にしまいこんでいた手紙のうちの一通だった。あの場ではイブルウィッチに繋《つな》がる一通のみをイルミナに渡していたヴィンセントだが、イルミナに怪しまれまいと丸めてポケットに突っ込んだもう一通の手紙こそが、彼にとって重要なものだった。

「しみったれたチンピラに宛てられた手紙だが、この筆跡は間違いなくあいつのもんだ。見間違うわけがねえ」

恐る恐る手紙を取り上げたエレクトラは、その中身を見て眉根に皺《しわ》を寄せた。

「時候の挨拶……？　友達に送るような気軽な内容よ」

「暗号化されてんだ。一部しかわからなかったが、野郎がまだ生きていて、〈義眼〉に関わってるってことはわかった。最近まで国内にいたこともな」

「〈義眼〉……なるほど……だから雇い主の旅に同行しながら、その人を探すのね」

「そうだ」

エレクトラはテーブルの上に視線を落としてから、静かに話しはじめる。

「……わたしは反対よ、そんなこと。直接雇い主に言って、ヴィンスの代わりの用心棒を探してほしいと思うくらい」

「………」

「でも、言っても無駄なのよね……これぱっかりはおじさんとおばさんの教育のせいだわ」

「……おい」

「はあ……やっぱり、戦争になんて行かせるんじゃなかったわ。ふん縛ってでも羊飼いをさせるんだった」

「……悪かったって」

「いい？　約束よ。必ず、定期的に手紙を送ること。あと、絶対に死なないこと。これだけは守って」

「へへ……死んだら地獄から絵葉書でも送るさ」

「……バカ」

呆《あき》れた様子のエレクトラがやけに懐《なつ》かしく感じられて、ヴィンセントは薄く笑みを浮かべた。

「さあて、そろそろ行くか……雇い主も待ってるだろうしな……」

と、ヴィンセントがコートの内ポケットから財布を取り出そうとしたとき、なにかがひらひらと漂い出てテーブルの上に落ちた。

「なにこれ……メモ？」

「ん？　それは——」

「『戦争遺族の会』？　『夫婦じゃないと参加できない』？　『妻役が必須』？」

メモを読み上げるエレクトラの声に張りが戻っていることに嫌な予感を覚えたヴィンセントは彼女の手からメモを取り返そうとした。

「おい、返せ。お前と関係ない」

しかし、メモを握るエレクトラの握力はまるで万力のようだ。ヴィンセントがどう引っ張ろうがまるで意味をなさない。

「これ、協力してもいいけど？」

「ふざけるな、遊びじゃねえんだぞ。わかるか？　あぶねえんだよ。お前を巻き込むわけには——」

「これ、協力、しても、いいけど？」

エレクトラの目を見て、ヴィンセントは久しく忘れていた六年前の光景を思い出した。

この目をしたエレクトラの頼みを振り切れたことが今までにあっただろうか？

答えは明白だった。

★

グレースが手配した馬車に乗せられたイルミナは、半刻《はんとき》ほどしてから古い屋敷《やしき》の前で降ろされた。

まだ辛《かろ》うじて陽は残っているが、石造りのカントリーハウスは鮮烈な橙色《だいだい》に染め上げられており、どことなく不気味だ。

「ちょうどいい時間ですわね。行きましょうか」

どことなくそわそわしているグレースに手を引かれて、イルミナは小さく頷《うなず》いた。

カーテンの閉め切られた馬車の中で、イルミナはグレースの家が財政難に陥っている理由を知った。

マダム・アレプの儀式に参加するには、多額の『寄付』が必要なのだそうだ。儀式に新しく参加するためには、グレースのような『上級会員』からの紹介状が必要ということもあり、どうやら上流社会の人間ばかりを囲い込んでいる様子だった。

アラネアの手紙にあったように、資金集めが目的であることは間違いなさそうだった。

グレースは、死んだ息子にまた会えることを楽しみにしていた。仮にマダム・アレプが

〈天窓の八義眼《オクト・アルカナ・オキュラス》〉を保持しているのだとしたら、彼女は儀式の際に幻惑をかけられていることになる。まやかしの安息のために大金を搾り取られているのだとしたら、それは許されない凶行だ。

このようなことが、先代イルミナの遺《のこ》した八義眼が原因で起きているのだとすれば、責任の一端はイルミナにもあることになる。

すでに旅の中で手に入れている〈天使の呼声《ロイヤル・オペラグラス》〉もそうだったように、〈天窓の八義眼《オクト・アルカナ・オキュラス》〉の異常な力は所有者の人格を歪《ゆが》めてしまう。強大な力を得ると、高潔な人間でもつい魔が差してしまうものだ。

屋敷の中には、極彩色《ごくさいしき》の異国感漂う衣装に身を包んだ人間たちが控えており、グレースを見ると恭《うやうや》しく頭を下げた。髑髏《どくろ》を模した面を被《かぶ》っているため、その容貌は確認できない。

「この匂い……」

思わず呟《つぶや》かずにはいられないほど、屋敷の中には強烈な芳香が漂っている。薄煙が目に見えるほどの香が焚《た》かれており、イルミナはいよいよその警戒を強めた。

グレースにとってはもう慣れたものなのだろう、上気した顔で、髑髏面たちについていく。

「……よし」

虎穴に入らずんば虎子を得ず。東洋の故事だ。イルミナは覚悟を固めて足を進めた。

★

当然と言えば当然だが、『遺族の会』は、『編み物の集い』とは比べ物にならないほどに『公的な』集会だった。場所も市庁舎の近くのホールだし、イブルウィッチ市が一部費用を負担しているようだ。

夕暮れに差し掛かって町が橙に染まる中、ホールの受付の前に陰気な恰好《かっこう》をした男女が並んでいた。

ねずみ色のチェスターコートにハンチングの男はいかにもやつれた様子でその長身を縮こまらせていた。

彼と腕を組んだ女性の方は黒いドレスを身に纏《まと》い、頭にはトークハットを被っている。その顔の半分は黒いチュールによって隠されており、表情を窺《うかが》うことはできない。

「お名前をお訊《き》きしても？」

受付の男に問いかけられるとハンチングの男は深く沈んだ声で答えた。

「実を言うと、リストに名前はないのです」

腕を組んだ女を自らの体に引き寄せながら、男は震える声で語りだした。

「つい三日前にラングトンの軍務局へ行って、息子の死を知ったのです。妻は悲しみのあまり涙も涸《か》れる始末でして……田舎へ帰る前に少しでも慰めになればと思い、この集会に……」

真に迫るその言葉に、受付の男は涙ぐみさえした。

物言わぬ俯《うつむ》いた女にも目を向けてから、受付の男はそっとホールの入り口を指し示した。喪に服した男女は軽くお辞儀をして、疲弊した足取りでホールへと入っていった。

「ねえ、ヴィンス。これがすごく無神経でデリカシーに欠けたお願いだということは分かってるのよね？」

「……もちろんだ」

「それならいいわ。『念のため』買っておいた喪服が無駄にならずに済んだもの」

ホールに繋がる廊下を歩きながら、黒いドレスに身を包んだエレクトラは皮肉たっぷりにそう言った。

「付け髭《ひげ》も似合ってるじゃない」

やっぱりやめときゃよかったかなと今更思うヴィンセントだったが、ここまで来てはもう引き返せない。

「……どうも」

「……相変わらず嘘《うそ》が上手ね、あなた？」

「ガキのころ、わがままなお姫様のままごとに散々付き合わされたもんでね」

ホールに入ると、そこにはすでに大勢の遺族たちが集まっていた。ある程度コミュニティーはできているらしく、あちこちから話し声が響いてくる。

「これだけ多くの人が亡《な》くなっているわけよね……」

「……ああ」

チュールの奥からその言葉が聞こえて、ヴィンセントは重々しく首肯するほかなかった。

さて、感傷に浸って本題を見失うわけにはいかない。怪しい集会についての情報を集めなくてはならないことはエレクトラにも伝えているが、どうにかして会話の輪に入ることから始める必要がある。

しかしどうやらそれはさほど難題ではなかったらしい。明らかに手持ち無沙汰にしている二人を見て、ホールの奥から赤いロングタイトスカートを穿《は》いた女が近付いてきた。

いかにも上流社会の住人といった様子のその女は、一目でこの集会を取り仕切っている人物であることが分かった。

「こんばんは。ようこそおいでなさったわ……初めてお見掛けしますわね？」

「ええ、普段はオルクシャール州に住んでいるもんでして」

「まあ、『神の恵みの土地』からはるばるおいでなさったの？」

「それが……」

わざとエレクトラの方を見遣《みや》るような仕草をしてから、ヴィンセントはエレクトラと口裏合わせをしていた『悲劇』を語り始めた。

てきぱきと話すこの女はオリヴィアといい、実際にこの集会の面倒を見ているらしかった。子爵家の令嬢で、名のある将校と結婚したらしいが、先の大戦で旦那は戦死し今は未亡人ということらしかった。

彼女は時折相槌《あいづち》を打ちながら、偽《にせ》の悲劇に心を痛めたような顔をした。それが本心かどうかに拘《かか》わらず、彼女のその傾聴力に救われた遺族は少なくないだろうことは想像に難《かた》くなかった。

「ああ、なんということなの……まだお若い夫婦なのに、そんなことが……」

「……息子は、英雄になると言って故郷を飛び出して行ったのです」

と、それまで黙っていたエレクトラが憔悴《しょうすい》しきった様子で話し始めた。

「故郷から送った手紙にも全く返事がなくて、戦争が終わって三年が経《た》っても、わたしたちはただ彼が生きていることを信じて故郷で待っていたの……」

ヴィンセントは打ち合わせにないことを話し出した幼馴染《おさななじみ》を肘でつついてみたが、彼女のヒールに足を踏まれて小さく呻き声を上げた。

それを嗚咽《おえつ》と勘違いしたのか、オリヴィアの眉間にはより悲しげな皺《しわ》が刻まれる。

「うぅ……っ。夫婦で遺品管理所を何度も何度も歩き回って、死亡記録を恐る恐る確認して……最後に見つかったのは……わたしたちの写真が入った小さなロケットだけだったんです……ねえ、『あなた』……」

「あ、ああ……そうだな……」

ヴィンセントが六年分の不孝に対する手痛い仕返しを食らっているとはつゆ知らず、オリヴィアはそっとエレクトラを抱きしめた。

「さぞお辛《つら》いでしょう。わたくしも夫を失ったときには茫然自失《ぼうぜんじしつ》となったものですわ。お二人も、くれぐれも気を強く持っていてください」

さて、身の上話も済んだところで、そろそろ本題の探りを入れなくてはならない。この集会から謎のセミナーとやらに繋《つな》がることができるらしいが、まさか主催のオリヴィアがそれの窓口になっているわけもないだろう。彼女は国から支援を受けている集会の代表だ。

彼女から別テーブルへと紹介をしてもらい、各テーブルで地道に話を聞くしかあるまい……。

ヴィンセントとエレクトラが目くばせしていると、その沈黙を重く捉えたらしいオリヴィアは、軽く辺りに目をやってから、二人にしか分からない角度でホールの隅を指さした。

「……少しいいかしら」

今一度顔を見合わせて、二人は頷いた。

オリヴィアに先導されるまま、ヴィンセントたちはホールを出て薄暗い応接間に案内された。

「おかけになって」

と先に二人を座らせると、オリヴィアは部屋の角の棚からスコッチのボトルとグラスを三つ取り出した。

ソファに腰かけたまま、ヴィンセントは彼女の様子を静かに目で追っている。

細やかな手つきでウィスキーを注ぎ終えると、オリヴィアはグラスをトレーに載せて自らもヴィンセントたちの前に腰を下ろした。

「出会いに感謝ですわ」

とグラスを掲げたオリヴィアに、二人もグラスを手に応じる。

グラスを呷《あお》りながらちらりと右隣のエレクトラの様子を窺ったヴィンセントは、六年ぶりに再会した幼馴染が酒のグラスに口をつけているのを見て複雑な顔をした。

「〈マダム・アレプ〉はご存じかしら？」

そう切り出したオリヴィアに、ヴィンセントはすぐに視線を戻す。

「……存じ上げませんな」

「オルクシャールからいらしたのですから、無理もありませんわ」

オリヴィアは微笑《ほほえ》んでから、ぐっと身を乗り出した。

「マダム・アレプは当代一の霊能力者ですのよ。霊魂と心を通わせ、わたくしたちと霊的な世界との橋渡しをしてくださるの」

「……オリヴィアさんはマダム・アレプとお会いしたことがあるのですか？」

エレクトラの質問に、オリヴィアは静かに頷《うなず》いた。

「主人の戦死を知った時、思いつめたわたくしを救ったのがマダム・アレプでしたわ。彼女の執り行う儀式の中で、わたくしは主人と再会できましたの」

テーブルの下で、エレクトラがヴィンセントの足を軽く蹴った。ヴィンセントも踵《かかと》を当ててそれに反応する。

マダム・アレプの儀式……まさしく今日、一日中探しまわっていた集会そのものだ。長期戦になるものと思っていたが、まさかこれほど簡単に辿《たど》り着くとは……とヴィンセントはテーブルの下で手を握ったり開いたりした。

「……息子に、息子にもう一度会えるんですか……！」

感極まった風のエレクトラに、オリヴィアは何度も頷く。

「ええ、必ず……」

「是非、是非……！　マダム・アレプを紹介していただきたい」

「喜んで紹介いたしますわ。ほんとうは条件がいくつかあるのですが……」

「条件、ですか？」

「ええ、『上級会員の紹介状が必要』というものと、セミナーに参加するもう一つの条件としてお布施《ふせ》の用意が必要ですの」

「へえ、具体的にはどれくらい必要なので？」

ヴィンセントの問いに対してオリヴィアが提示した額は、驚くべきものだった。役人の給料で言うところの二か月分といったところだろうか。田舎暮らしの夫婦が払えるものではない。

この未亡人の厚意はまさしく渡りに船だった。

「いきなりこのような話を勧めておいて、お金がなければ諦めてくださいだなんてひどい話ですから、今回はお布施もわたくしのほうでご用意いたしますわ」

「ありがとうございます。なんと感謝したらいいか」

と、ヴィンセントは心にもないことを言ってみせた。

「……さすがによくないんじゃないかしら」

エレクトラが顔を寄せてそう呟《つぶや》いたが、ヴィンセントはどこ吹く風だ。

詐欺まがいのセミナーに誘っているのだから、こちらの分まで金を払わせることにいささかの罪悪感もない。ヴィンセントはそんな男だった。

「では、セミナーの日時を教えていただけますでしょうか？　旅費もかさんだもので、あまりイブルウィッチには長く滞在できないのです」

「あら、お伝えできておりませんでしたわね」

とオリヴィアは腰を浮かせた。

「これから馬車を呼びますから、すぐに集会に向かいますわよ。たまたま本日が儀式の日ですから、今日を逃しますと次は一か月も後になります」

「今から？」

と、これにはさすがにヴィンセントもたじろいだ。

エレクトラを儀式まで巻き込むつもりはない。この流れだとエレクトラの同行も余儀なくされる。

しかし、意外にも次に口を開いたのはエレクトラだった。

「ええ、心の準備はできています。今から行きましょう」

「……おい、ここからはお前を連れて行くわけには――」

今度はヴィンセントが顔を寄せてそう言うも、エレクトラは「いいから」とつっぱねた。

最後にグラスに残ったウィスキーを飲み干すと、三人は席を立った。

★

奇妙なお面が並べられた廊下を通り、壁に不気味な動物の剝製が掛けられた階段をいくつも登ると、グレースとイルミナは広いホールへと通された。

ホールの奥には舞台があり、見たこともない陶製のオブジェや猿の骨格のようなものが並べられている。

すでに何十人もの参加者が集まっており、皆派手な絨毯《じゅうたん》の上に跪《ひざまず》いていた。

「さあ、わたくしたちも空いている場所へ……」

するりと進んでいくグレースの後を、予想外の規模感に気圧《けお》されていたイルミナはおずおずと追っていく。

やがて、舞台の近くにスペースを見つけた二人は、そこに並んで膝をついた。

「マダム・アレプが来るまでは、ゆっくりと心を鎮《しず》めましょう。ふふ……お父様とどんなことをお話ししたいか、この間に考えておくのもいいですね」

「え、ええ……ありがとうございます」

イルミナは曖昧に微笑んだ。

グレースが交霊術を心待ちにしているのを見るたびに心が痛む。この儀式が本当に霊的なものであったほうがよっぽどいいような気さえした。

これからどう動こうか、とイルミナが思索していると、舞台の上で動きがあった。

ここまで二人を案内していた髑髏《どくろ》面の四人に加えて、スーツ姿に極彩色《ごくさいしき》のケープを羽織っただけの二人組もいる。

そしてその二人組の内の一人、初老の男についてはイルミナにも見覚えがあった。

「儀式にお集まりの皆さん」

舞台の上から声を発したのは上等なスーツを着込んだ初老の男性である。

日に焼けた肌はまるでなめし革のようだ。新聞の写真では装着していなかったはずの眼帯が、その左目を隠している。

彼は芝居がかった様子で舞台下の儀式参加者と同じように舞台上で跪いて、両手を合わせながら話し始めた。

「ノーリッチ市長のウィリアム・パーマストンでございます。本日は私もこの神聖な儀式に参加させていただけることになり、いやはや、まったくもって身に余る……大変栄誉なことだと感じ入っております」

演説慣れした、よく通る声だった。

ウィリアム・パーマストン。

彼は言わずと知れた大都市ノーリッチの現職市長である。

八年前に汚職事件を起こした先代の市長の座に収まる形で頭角を現した彼は、貴族出身ではない叩《たた》き上げの政治家であり、そのハンサムな容姿と政治的手腕から庶民からの支持は極めて厚い。晴れた日はラングトンからも見えるノーリッチの大電波塔は、まさに彼の権力的象徴である。

ノーリッチ市長になってから数年で市をエミグラントでも有数の経済都市へと成長させたその実績は、彼のカリスマ性と権力的な地盤を確固たるものにしている。新聞でもたびたび取り上げられる彼の動向によると、ゆくゆくは首都ラングトンへ進出し、国政にも一枚噛《か》もうと狙っているようだった。

人の好《よ》さそうな笑顔に見えて、その瞳の奥で何を考えているのかが分からないこの男のことが、イルミナはどうにも好きになれそうになかった。

そんな男がなぜこのような怪しい集会に？　と、イルミナは怪訝《けげん》な顔をした。

常識的に考えて、政治家はクリーンなイメージを維持するためにこのような詐欺まがいのセミナーには顔を出さないはずだ。

庶民と比較すると貴族からの支持はそれほど高くないパーマストンだからこそ、グレースのような貴族も多く参加するこの儀式に顔を出して、支持基盤を固めようという考えなのかもしれないが……それも無理があるような気がする。

それに、なぜ彼がノーリッチではなくイブルウィッチ近郊のこの儀式に参加しているのかもイルミナには分からなかった。ここに参加している人間の支持を得られたとしても、パーマストンの利益には繋がらない気がするが……。

「何を隠そう……私も息子を、あの忌々《いまいま》しい戦争で失っているのです。世界の秩序を守るための戦いとは言え、大切な家族を失うのは身を裂かれるような思いでした」

声を震わせながらそう語るパーマストンに対して、グレースはうっすらと涙を浮かべていた。

「マダム・アレプの交霊術は本物です。太陽が東から昇るように、月が満ち欠けするように、それは当たり前のことなのです」

よどみなくぺらぺらと話しながら、パーマストンは一層声を張り上げた。

「しかして、皆さまに手を差し伸べるのはマダム・アレプだけではございません。私には力があります。神秘的なものではなく、皆さまからお預かりしている力です。当然のことながら、皆さまからお預かりしたものはお返しせねばなりません。それはまさに今、多くの人間が救いを求めている今だと、私は考えているのです」

会場からパラパラと響く拍手は、ますますこの黒光りする男を勢いづかせた。

「いよいよ三日後に迫った大電波塔でのセレモニーにおいても、私は約束します！　忌々しい戦争からこの国を守ることを！　あの戦争で命を散らした英雄たちの尊い犠牲を、私は決して無駄にしない！」

それからしばらくつらつらと言葉を並べ終えた後、パーマストンはわざとらしく黙祷《もくとう》を捧《ささ》げてみせた。

黙祷を終えると、彼は立ち上がって後ろに侍っていたスーツ姿の青年に顔を向けた。

「コンラッド！　もたもたするなッ！」

横暴なその声に力なく反応した青年は、何も言わずにただ静かに立ち上がる。

連れ立って舞台を降りた二人は、舞台下の参加者たち一人一人に握手を求めているようだった。

パーマストンの演説に心を打たれたのか、参加者たちはみな彼の握手に応じている様子だ。

「さすがはノーリッチ市の市長ですわね。本当に市民のことを理解されている、立派なお方ですわ」

「……そうですね」

やがて、パーマストンはイルミナたちの前にやって来た。

「ウィリアム・パーマストンです。どうぞお見知りおきを」

分厚い手で握手を求められ、イルミナは仕方なく手を差し出した。

顔を上げると、白い歯を見せながらパーマストンが目を合わせてきた。

「ここでお会いしたのも何かのご縁。是非ともご支持をいただけると幸甚《こうじん》ですな」

「……ええ、どうも。天国の父にも伝えておきます」

こちらの目を覗《のぞ》き込むようなパーマストンのその仕草に不気味さを感じながらも、イルミナは慇懃《いんぎん》に答えを返した。

張り付いたような笑顔のままパーマストンは移動し、隣のグレースへと握手を求め始めた。

「パーマストン先生の秘書を務める……コンラッドです」

隙間風のような冷たい声がして、パーマストンを目で追っていたイルミナはびくりと体を震わせた。

正面に目を向けると、金髪の青年が前髪の奥からイルミナを覗いている。

端正な顔には陰があり、自尊心のようなものは欠片も見当たらなかった。

差し出された手は氷のように冷たく、イルミナは思わず身震いした。

「美しい瞳ですね、まるで芸術品のようです」

「……ありがとうございます」

冬の空のような、感情の籠らない洞《うろ》のような青い瞳がイルミナを見つめている。

「他の人間には見えないようなものが見えているのですか？」

ふいにそんなことを訊かれて、イルミナは呆気にとられた。

「眼は人体の内で最も重要な器官だと、僕は考えています。場合によっては、心臓よりも」

言葉を返せないでいるイルミナを前に、コンラッドと名乗った青年はどこか虚ろな様子で話し続ける。

「正しい眼を持つ者は物事の本質を見抜き、美しい眼を持つ者は人々の心を掴む……そういう意味で、市長は特別な『眼』を持っていると、僕は思うのです」

「は、はあ……」

「どうぞ、パーマストン先生のご支持をお願いします」

戸惑うイルミナに対してそう言ったきり、コンラッドは立ち去った。

舞台上では髑髏面たちが大きな甕《かめ》のようなものを運び出している。

いよいよ、儀式が始まろうとしていた。

★

オリヴィアが呼んだ馬車のカーテンは、常に閉められていた。

霊的な儀式の場所を秘匿するのもそうだが、儀式の場を訪れる『客人』の姿を隠すというのも目的の一つなのだろう。

馬車に乗っている間は全くと言っていいほど、ヴィンセントたちもオリヴィアも言葉を発さなかった。

エレクトラと再会してからとんとん拍子に話が進みすぎている。さしものヴィンセントも、この状況には多少の緊張を感じていた。

何はともあれ、セミナーに潜り込んだら目立たず、マダム・アレプとやらの正体を確認し、義眼絡《がら》みであることが分かればさっさと退散してイルミナと合流する。これだけを念頭に置いて、後はとにかく、エレクトラを守ることだけを考えればいい。

また小一時間ほどしたころに、馬車はようやく止まった。

開いた扉の外はすっかり夜の様相だ。馬車に揺られている間に、陽は落ちたらしい。

こりゃあ一旦宿にもどってイルミナに報告をしてから遺族の会に行くべきだったな、とヴィンセントは少し苦い顔をした。無論、用心棒としての報告義務を果たそうという崇高な職業意識が彼に備わっているわけではない。あまり帰りが遅くなると、身の程知らずにもあの雇い主は『用心棒を心配して』宿を飛び出していく可能性があった。

「さあ、どうぞこちらに。すでに儀式は始まっている時間ですわ。少し急ぎましょう」

改めて馬車の止められた場所を見回すと、そこが立派なカントリーハウスの庭先であることが分かった。イブルウィッチ近郊であることを考えれば、もともとは要塞だったような建築物を改築して屋敷《やしき》にしたものだろう。

薄暗くてよく見えないが、建築様式を一目見ただけでかなり古い建物だと分かる。

懐古主義をこじらせた貴族が古い建物をそのままにしているものなのか、それとも、抜け殻になった屋敷を誰かが悪用しているのか……。

「行きましょう、あなた」

エレクトラに腕を引かれて、ヴィンセントは思考を中断した。

ランタンを手にしたオリヴィアを先頭に、三人は芝生を踏んで進んでいく。

館の中には、嗅いだことのない香の煙が漂っていた。

そして、屋敷の外にいたときには気が付かなかったが、なにやらひしゃげた喇叭《らっぱ》のような不気味な音が微《かす》かに聞こえる。

うっすらと靄《もや》がかかったような館内には、顔の上半分に髑髏《どくろ》の面を被《かぶ》った若い男が二人待ち構えていて、オリヴィアの姿を認めるや無言で館の中を先導し始めた。身に纏《まと》っているのは、原色が眩《まぶ》しい毛織《けおり》のケープのようなものだ。派手な刺繍《ししゅう》がびっしりと覆い尽くしている。

「マダム・アレプは南の……ネフリリア大陸でブードゥー魔術の修行を積んだ魔女なのです」

前を歩くオリヴィアがそう言った。

ヴィンセントは彼女の目がどこかトロンとしているのに気が付いて、エレクトラの耳元に口を近付けた。

「……あまり煙を吸い込むなよ」

エレクトラがこくりと頷《うなず》いて、ヴィンセントは姿勢を戻した。

「ああ、感じますか？　この多幸感……まるで故郷に帰ったかのような……」

もはや振り返りもせず、オリヴィアは恍惚《こうこつ》とした様子で言葉を漏らす。

「人類の起源はネフリア大陸にあると言います。マダム・アレプの魔法も、つまりは母なる魔法なのですわ……」

仮面の男たちに連れられて、ヴィンセントたちは四階建ての屋敷の階段をひたすらに登り続ける。壁には見たこともない不気味な仮面や動物の剥製などが掛けられている。これが『ネフリア大陸のブードゥー魔術』に関する品々なのだろう。仮にデタラメだとしてもヴィンセントたちには知る由《よし》もない。

階を上がるごとに屋敷の照明は減っていき、最上階に達したときには、男たちが手にした燭台《しょくだい》だけが辺りを照らす光源であった。

一方で、階段を登るごとに喇叭のような音は大きくなり、そしてお香の匂いはますます強くなっている。

「いよいよですわね」

男たちが立ち止まり、その手の燭台が古びた大きな扉をぼんやりと照らし出していた。

「儀式はもう始まっておりますわ。お二方とも準備はよろしくて?」

「……ええ」

興奮を抑えきれない様子のオリヴィアにエレクトラがそう答えると、男たちは静かに扉を開いた。

扉の向こうは大きなホールだった。

床には男たちが身に着けているような派手な布で織られた絨毯《じゅうたん》が敷き詰められており、等間隔に蝋燭《ろうそく》が立てられていた。

ホールの奥には舞台があり、中心にはなにやら大きな甕《かめ》が据え置かれている。

ざっと見た様子では五十人ほどの儀式参加者がいるようで、皆一様に舞台に向かって床に跪《ひざまず》くような姿勢で微動だにしない。

ホール後方の扉から入室した三人は、空いているスペースを見つけるとそこに潜り込んだ。それぞれのスペースの前には、なにやら陶製の器が据えてある。

躊躇《ためら》いもなく周囲と同じように床に跪くオリヴィアを見て、ヴィンセントとエレクトラも戸惑いながらその横に並んだ。

「マダム・アレプはまだ来ていないようね」

「この暗さじゃ顔も分からねえな」

お互いにのみ聞こえるような声でひそひそと話していた二人は、屋敷に入って以来ずっと鳴り続けていた喇叭の音が止まったのと同時に会話をやめた。

ちらりと顔を上げて舞台の方に目を向けたヴィンセントは、いつの間にか甕の前に派手なドレスを着込んだ髑髏仮面の女が立っていることに気が付く。間違いない、あれがマダム・アレプだ。

色合いこそ他の髑髏仮面の連中と同じだが、そのドレスのつくりは大きく違う。豊満な胸元も足元も大きく開いたデザインで、蝋燭に照らされた白い肌が艶《なま》めかしく輝いていた。

「おっ……」

と思わずつぶやいたヴィンセントは、隣のエレクトラから肘で強く突《つつ》かれた。

「ちゃんと頭を下げなさい」

少し頭を下げて、それでも視線は舞台上から外さずにいたヴィンセントは、マダム・アレプがいかにも神秘的な呪文を唱えながら、腰に差していた儀式用の小さな剣を頭上に掲げたのを見た。

どういうつもりかと思っていると、マダム・アレプはその刃《やいば》を自らの掌《てのひら》に押し当てて傷をつけ、そこから滴《したた》る青い血を目の前の甕の中へと垂らしている。

剣をしまい、手の血を拭ってから、彼女は脇に置いてあった大きな木の匙《さじ》を甕の中へ突っ込んだ。そのままかき混ぜていると、舞台の袖から小さな甕を抱えた下っ端《したっぱ》らしき髑髏面の男が数人現れて、マダム・アレプを囲うように甕を掲げた。

彼女は甕の中を混ぜていた匙でそのまま中身を掬《すく》い出すと、男たちが抱えるそれぞれの甕にそれを分けていく。

自分の目の前に置いてある陶製の器を見て、ヴィンセントは「げっ」と小さく声を漏らした。あの甕の中身がどこへ行きつくのか、もはや想像するまでもない。

(こりゃ、義眼絡みじゃなさそうだな)

ヴィンセントは内心で溜息《ためいき》をついた。どう見たって魔法を悪用した似非《えせ》宗教でしかない。あの液体だけは飲まずにこの儀式は凌《しの》いで、さっさと退散するのがいいだろう。

そうこうしているうちに、甕の中身を移し終えたであろう男たちが舞台を降りて、ホールの隅に散らばった。

完全に頭を下げたヴィンセントは、やがて自分の目の前の器にも液体が注がれたのを確認すると、エレクトラにそっと耳打ちした。

「この液体は絶対に飲むな。マダム・アレプの血が混ぜられてやがる」

「……じゃあ、オリヴィアさんは魔法で騙《だま》されていたってこと？」

「そういうことだ」

「許せない……」

「お前が気にすることじゃねえ。とにかく、この場は何事もなく切り抜けるぜ。いいな？」

「……わかってるわよ」

納得しきれていないエレクトラをよそに、再びひしゃげた喇叭のような音がホールに響き渡る。さきほどまでとは違う、より不協和音が強調されたような旋律だ。

脅迫的な音楽と共に、周りで跪いていた儀式の参加者は一斉に器に手を伸ばした。跪いたまま、彼らはなんの躊躇《ちゅうちょ》もなく血の混ぜられた液体を飲み始める。

「飲んでいるふりだ。ごまかしてやり過ごすぞ」

傍《そば》ではオリヴィアも浴びるように液体を飲んでいる。ここで悪目立ちしてはまずい。器を持ち上げて口元へ近付けつつ、ヴィンセントは辺りを見回した。

皆一様に器を掲げるような姿勢を維持しているのだが、ホールの奥、ヴィンセントたちがいるところのちょうど反対側で、ふらふらとしている不審な影があった。

どうやら隣の人間が液体を飲もうとしているのを止めようとしているらしかった。

馬鹿だな……とヴィンセントは呆《あき》れた顔をした。

一度この似非宗教の毒牙《どくが》にかかった人間は、そう簡単には抜け出せない。

仮に止めたいとしても、こんな場所で暴れて目立っては自らの身を危険に晒《さら》すだけだ。

いかにも焦燥を隠せない様子の参加者の姿を見て、ヴィンセントは宿にいるに違いない雇い主の姿を思い浮かべた。

まさか、まさかこんな場所にいるわけがあるはずもないが、イルミナもこういった場面では短絡的にもほかの参加者を止めようとするだろう。

そうなれば彼女を制止するのに多大な労力が必要になる。見かけによらず頑固だし、大して強くもない癖に正義感は一人前だからだ。

ヴィンセントは胸を撫《な》で下ろした。イルミナを連れて来なかったのは不幸中の幸いだった。

それにしても、七年間もあんな地下に閉じ込められていたために世間を知らないあの義眼職人ならともかく、あれ以外にも向こう見ずな『親切者』がいるとは驚きだ。

こんな場所にイルミナがいるわけもないから、本当に赤の他人に決まっているのだが……。

なんとなく嫌な予感がしてふらつく人影から目を離せないヴィンセントの視線の先で、いよいよ愚かな参加者の悪目立ちが極まって髑髏面の男たちが動き出した。男たちは件《くだん》の参加者に近付くと、抵抗するその人物を押さえつけようと腕を掴《つか》んだようだった。

ぐらりと体勢が傾いて、蝋燭の光が参加者の顔を照らし出した。

青い魔力の光を湛《たた》えた右目に、黒地に金色の意匠が施された左目……美しい両目はまるで宝石のようで――

「って、いるじゃねえかあのバカッ！」

叫ぶや否《いな》やヴィンセントは液体の入った器を放り捨て、床に膝をついたまま右腰のホルスターから短杖《ステッキ》を抜き出した。

風弾の発射音は、陶製の器が床に叩《たた》きつけられて粉々になる音に紛れて聞こえなかったが、ホールの反対側では儀式装束の男が倒れ込んでいた。

「ヴィンス⁉」

「伏せてろッ！」

驚きを隠せないエレクトラを押さえ込んで、ヴィンセントは飛び上がった。

ぎょろりと辺りを見回すことおよそ二秒、ヴィンセントは杖《つえ》を構えた儀式装束の男たちの位置を正確に把握して瞬《また》く間にその手足を撃ち抜いた。

「エル！　完璧な調整だぜ」

「それはどうも！」

口笛を吹きながら得意げな様子のヴィンセントに対して、床の上で頭を抱えたままのエレクトラからやけくそ気味の返事が飛んで来る。

込められていた血液を撃ち尽くしたヴィンセントは、リロードのために短杖《ステッキ》を回転させながらもう片方の手でエレクトラを立ち上がらせた。

「悪いが作戦変更だ！　めちゃめちゃにしてから逃げるぜ！」

「ええっ⁉」

エレクトラの手を引きながら、ヴィンセントはイルミナのいる方向へと駆け出した。

これほどの騒動をもってしても、床に跪いた信者たちはそのままの姿勢でいる。液体に混ぜられていた血が原因であることは間違いないだろう。

「この狼藉《ろうぜき》者たちを捕らえなさい！」

低い女性の声が舞台上から響き、それに呼応するようにホール全体に器の割れる音が響き渡る。

数十人分の顔が一斉にこちらを向いたのを見て、エレクトラは小さく悲鳴を上げた。

ヴィンセントが舞台上へ目線を向けると、マダム・アレプがそそくさと舞台袖へ逃げていくのに気が付いた。

液体に混ぜられていた血液……あれが水型の血であることをヴィンセントは見抜いていた。戦場での経験から、体内に取り込まれた血液によって相手を幻惑したり、操ったりするような魔法があることを彼は知っている。

しかしあの少量の血液でこれだけの人数を一度に操るとは、想像よりもやり手の魔法使いだ。あまり舐《な》めていると痛い目を見そうだと判断した彼は、イルミナを回収し次第いち早くこの場を離脱しようと決意を固める。

足に摑みかかろうとする信者たちを容赦なく蹴り飛ばしながら、ヴィンセントはイルミナの元まで辿《たど》り着いた。

「た、助けてくれてありがとう、口髭《くちひげ》のおじさん……ボク一人じゃどうしようもなくって……うわぁあ⁉」

駆け付けた勢いそのままにイルミナの襟首を摑むと、ヴィンセントは子猫のように彼女を摘まみ上げてそのまま舞台上へ駆けあがった。

舞台の奥へイルミナとエレクトラを押しやると、ヴィンセントはそこからホールを見渡す。生気のない動きで舞台に迫りくる参加者の様子を見て、彼は口をへの字に曲げた。

どうやら、マダム・アレプの魔法と言葉によって操られてはいるようだが、「捕らえろ」という単純な命令しかこなせないようだった。

若干の余裕があることを確認したヴィンセントは、怒気を孕《はら》んだ様子で舞台の奥のほうを振り向いた。

「宿から出るなと言っただろうが！」

「や、宿？　どうしてそれを……」

と困惑気味にヴィンセントを見上げていたイルミナは、その不機嫌そうな顔とねずみ色のジャケット、そして腰にぶら下がった漆黒の大型短杖《ステッキ》を見て徐々に顔を青くした。

「ヴィンセント……どどどうしてここに……」

「こっちのセリフだッ！」

両の握り拳でイルミナの頭を挟み込むと、ヴィンセントは彼女のこめかみをぐりぐりと圧迫しはじめた。

「ぁいたたたたっ！」

「犬だってもう少しは躾《しつけ》を守るもんだぜ！」

「だ、だってだって！　騙されそうな人がいたんだもん！」

「何回繰り返せば分かるんだこのボケナス！」

「ひぃんっ！」

「ちょっとやりすぎよヴィンス！　こんな小さい子に……」

見かねたエレクトラに引きはがされたヴィンセントは、なおもイルミナを折檻《せっかん》しようと息巻いていた。

「放せエル！　こいつは痛くないと覚えねぇんだ！」

舞台の床にへたり込んで頭を押さえていたイルミナは、ビシリとエレクトラを指さした。

「き、君だって仕事をすると言いながら女の人とデートをしているじゃないか！　口髭まで付けて！　こんなに綺麗《きれい》な人と──」

と、抗議の意向を示すために勢いよく糾弾を始めたイルミナだったが、エレクトラの姿をしっかりと確認するにつれてその口調に戸惑いが混じる。

「どうして口髭……？　こんなに綺麗な人と……喪服で……？　付け髭をして、喪服の美女と、デート……？　ど、どういう……？　未亡人をナンパ……？　君にそういうフェチズムがあるということかい……？」

イルミナは混乱のあまり目を回していた。怒るべきなのか、それとも特殊な性癖に対して理解を示すべきなのか、彼女の胸中では二つの感情がせめぎ合っていた。

そのとき、舞台下の方で異音がして三人はホールの方を振り向いた。

見れば、舞台下で渋滞していた信者たちがぞろぞろと舞台に登り始めている。

「……話は後だ。さっさとずらかるぞ」

舞台の反対側から逃げようと動き出したヴィンセントを、しかして二つの声が遮った。

「だめよ！」「だめだよ！」

「ああ？」

イライラとした表情で振り向くと、イルミナとエレクトラが同じような顔でヴィンセントを睨《にら》んでいた。

「あんな詐欺師を野放しにするつもり⁉」

「そうだよ！　これだけの人が騙されているんだよ⁉」

「そんなこと言ってる場合か！　どうせ戦うのは俺だろうが！」

怒鳴り声を上げたヴィンセントに対しても、エレクトラは毅然《きぜん》とした表情を崩そうともしない。

「『英雄になる』って言ったのは誰よ！」

「こんなに暴れたらマダム・アレプだってしばらくは隠れちゃうよ！」

「だァ！　うるせえ！　これだから雷型の女は……！」

付け髭を剝がすと、ヴィンセントはそれを床に叩きつけて靴で踏みつけた。

なおも爆発しそうになる怒りを抑え込むようにわなわなと震えてから、ヴィンセントは覚悟を決めたようにジャケットの襟を正した。

「仕方ねえ、付き合ってやるよ……」

「それでこそよ、ヴィンス。誇らしいわ」

「なんでも協力するからね！」

「黙れ！　この跳ねっかえり女ども……やるからには俺の指示に従ってもらうぜ」

こくこくと頷《うなず》く二人を見て、ヴィンセントは踵《きびす》を返してマダム・アレプが消えて行ったほうの舞台袖へと足を進めた。

一見して舞台の裏を回り込んで部屋の出口に繋《つな》がっているように見えるものの、そこから堂々と逃げるとは思えない。

「イルミナ、右目で抜け穴がないか確かめてくれ」

ヴィンセントがそう言った意図をすぐに悟ったイルミナは、左目を閉じて舞台袖の辺りを注視した。

「……あ！　隠し扉がある！　血に含まれた魔力の跡がそこに繋がっているんだ」

イルミナがそう言うや否や、ヴィンセントは彼女が指し示した辺りを思い切り蹴り飛ばした。薄い木の板は簡単に破壊されて、薄暗い空間が現れた。

まさに義眼職人が言う通り、そこは隠し扉がついた抜け穴だった。

「よし……エルは俺についてこい。あんたは……〈天使の呼声《ロイヤル・オペラグラス》〉は持ってるよな？」

「うん！」

「それを嵌《は》めてくれ」

「わ、わかった……！」

ヴィンセントがホールのほうに目を向けると、儀式の参加者たちがぞろぞろと舞台に登ってこちらに向かってきているところだった。杖を使わずとも全員ぶちのめしてしまえばいい話だが、彼らの中にオリヴィアのような戦争遺族が含まれると思うと、さすがのヴィンセントも乱暴な真似《まね》に及ぶのは気が引けるというものだった。

その横ではいそいそと右目の義眼を付け替え始めたイルミナを見て、エレクトラがぎょっとしていた。

「……義眼を付け替えたよ！」

「よっしゃ」

そう言うと、ヴィンセントはイルミナを抱え上げて舞台袖とホールの間まで彼女を運ぶ。

「しっかり目をひらいてろよ」

「へ？」

事態を呑《の》み込めないでいるイルミナをよそに、ヴィンセントは思い切り声を張り上げた。

「カモども！　この女の目を見ろッ！」

瞬間、数十の視線がぎょろりとイルミナに注がれ、彼女は悲鳴を上げて身を竦《すく》ませた。

同時に、イルミナは彼女の用心棒の目的も悟った。

びたりと動きを止めた信者たちの視線は、一様にイルミナの右目に嵌められた金色の義眼に注がれている。

「あんまり瞬《まばた》きをするなよ？　どんどん近付いてくるからな」

「ま、まさか……」

「マダム・アレプを始末すりゃ、そいつらの洗脳も解けるだろうよ。パパッと片付けるからあんたはそこで待っていてくれ」

「冗談だよね……？　君はボクの用心棒だろう？〈天使の呼声《ロイヤル・オペラグラス》〉なんて五分も使ったら倒れちゃうよ……！」

「なぁに、三分で片付けるさ」

震える声で抗議するイルミナだが、迫りくる信者たちと目を合わせなくてはならず、振り向くこともできない。

そんな彼女をよそに、ヴィンセントはそそくさと抜け穴をくぐっていた。

「エル、行くぜ」

「あ、あの子本当に大丈夫なの？」

「他人のためならいくらでも根性を見せられるヤツなんだよ」

さっさと行ってしまったヴィンセントと舞台上のイルミナの姿を交互に見てから、エレクトラは後ろ髪を引かれた様子ながらもヴィンセントを追うことにした。


魔法の素質というのは、間違いなく個々人の血質によるものであり、これは覆《くつがえ》しようのない事実だ。

血の青さこそが『力』であり、太古より世界のルールを創ってきたのは魔力の高い者であった。今でこそ科学技術の発展によりその土台も揺らごうとしているが、依然として魔力の多寡はその人物の社会的地位に大きく影響している。紫色の血を持つ貴族よりも、血の青い乞食《こじき》のほうが一目置かれることすらあるのだ。

一方で、その者の『魔法』については、遺伝だけに依《よ》って定められるものではない。鍛錬・性格・心的外傷……魔法使いが成長していくにつれ、様々な要因によって個々人の得意とする魔法は形作られていく。魔力の多さが強さに直結するわけではないということは、魔法使い同士の戦いの中でもっとも留意しなくてはならない点だ。

人類が四つの血液型——すなわち炎型、水型、風型、雷型に分けられるということはもはや論じるまでもないことであるが、この中でも水型の血液を持つ者の魔法は最も変化に富んでいる。

炎型や風型と比較すると攻撃力に劣り、雷型と比較すると実用性に欠けるが、変幻自在の性質はまさに可能性の宝庫であり、見ようによっては水型の魔法使いこそが最も『才能』に恵まれていると言ってもよい。

「あれはただのチンケな詐欺師じゃねえ」

抜け穴の先、屋敷《やしき》の廊下を走り抜けながらヴィンセントはそう言った。

「明らかに訓練された魔法使いだ。人を幻惑する水魔法は戦場でも見たことがある」

「……なおさら、野放しにはできないわね」

廊下の先には下り階段がある。あの派手な民族衣装に付いていた飾り羽根が階段の先までぼろぼろと落ちているから、他にも抜け穴があるとは考えにくい。マダム・アレプはこの階段を下って行ったに違いなかった。

堂々と痕跡を残しているのは、しかし、決して慌てて逃亡しようとしているからではない。

ほんの少しの血液で数十人もの人間を支配下に置く魔法使いが、ここで冷静さを失うわけがない。

「俺から離れるなよ」

「ええ、付いていくから全力で走って」

もはや気を遣うような間柄ではない。ここへ来て、二人のリズムは完全に六年前のようにピタリと同調していた。

飛び降りるように階段を下ると、ヴィンセントはそのまま廊下を駆け出した。

罠《わな》を警戒していないように見せる。これが罠を潰すために最も有効な方法だ。

「！」

案の定、三階の廊下には例の民族衣装に身を包んだ髑髏《どくろ》面の人間が数人待ち構えていた。

手にしているのは、杖《つえ》ではない。

こちらへ向けられた複数のアトマイザーを一瞬で認識したヴィンセントは、短杖《ステッキ》を引き抜きざまに三人の髑髏面を撃ち抜いた。

合図もなしにヴィンセントの後方からエレクトラの魔法が放たれ、一条の閃光《せんこう》が髑髏面の一人に直撃する。

致命的な雷撃魔法ではないが、食らった方はたまったものではない。床に倒れ込んだまましばらく動けないだろう。

残りの髑髏面を倒すには時間が足りないと判断したヴィンセントは、短杖《ステッキ》の先を頭上へ向けてゆっくりとトリガーを絞った。

プシューーーーッ！

とアトマイザーから発射された青紫の霧は決して香水などではなく、一息でも吸い込めばたちまち持ち主の操り人形と化す危険な血液だ。

残る髑髏面はあと三人。半分は地面に倒れ伏しているが、アトマイザーによる血液散布は遂行できた。これで不躾《ぶしつけ》な追跡者も始末できたであろうと安堵《あんど》する髑髏面たちは、数秒経《た》った後に戸惑った仕草を見せた。

糸の切れた操り人形のように地面に崩れ落ちるはずのヴィンセントとエレクトラは、彼らの目の前に平然と立っている。

得意げなヴィンセントの背後で、エレクトラは不思議な光景を目にした。

周囲に青紫色の霧が漂う中、二人を囲むように透明なドームができている。それが危険な血液から二人を護《まも》っていた。

シュララララ……。

トリガーにひっかけた人差し指で短杖《ステッキ》を回転させて血液を再装填しながら、ヴィンセントは口端を吊《つ》り上げて笑っていた。

「血の霧ってのはあんたらの専売特許じゃねえぜ？　この杖がありゃ風のドームだって簡単に作れちまう」

「ヴィンス！　自慢はいいから！」

「……おっと」

たまらず逃げ出した髑髏面たちを撃ち抜こうとしたヴィンセントだったが、廊下の壁をぶち抜くようにして現れた大男が髑髏面たちを吹き飛ばした。

塵《ちり》や埃《ほこり》が辺りに立ち込める中、大男は鈍重な動きでヴィンセントたちのほうを振り向いた。

「こりゃまた単純明快だな……」

焦点の合わない虚《うつ》ろな目で、大男は虚空《こくう》を見つめている。

「あれ、もしかして信者の人なんじゃ……」

「コレクションってところだろ。悪趣味なこって」

見るからに木偶《でく》の坊だ。二、三発ぶち込んでどかして通り抜けよう。

そう考えたヴィンセントは、立ち尽くしたままの大男の肩を目掛けて風弾を撃ち込んだ。

「……げ」

攻撃を外すわけもなく風弾は狙った通りの場所を直撃したが、大男はびくともしなかった。

ギョロリと、大男の虚ろな視線がヴィンセントに注がれる。

「────ッ!」

声にならない咆哮《ほうこう》を上げた大男は、肩から噴き出して地面にできた血溜《ちだ》まりに両手を突っ込んだ。

「まずいわヴィンス! 逃げ場がないわよ!」

「んなもんいらねえよ」

大男の正面に立ったヴィンセントは、ただ静かに杖に血液を込めていた。

その間にも大男は、その足元の血溜まりから巨大な氷塊を作り出している。

「だめよ! あんな大きな塊……風の弾じゃ押し返せない!」

「なにも、空気弾を撃つだけが芸じゃねえ」

いよいよ完成した氷塊は、小さな象ほどもある代物だ。あんなものを転がされてはぺしゃんこになるだろう。

ヴィンセントはそれに対し、短杖《ステッキ》を両手で構えた。

「来いよデカブツ。サーカスに帰してやるぜ」

「──────ッ!!」

咆哮と共に投げつけられた氷塊目掛けて、ヴィンセントは思い切りトリガーを引いた。

ドシュンッ！

重々しい音と共に放たれた風弾は、見た目には通常のそれとさほど変わらないもののように思えた。

とても巨大な氷塊を押し返せるようには思えないその風弾は、氷塊の中心に小さな穴を開けた。

「……っ！」

思わずしゃがみこんだエレクトラだったが、ヴィンセントの背中越しに起きたその現象に彼女は瞠目《どうもく》することになる。

爆発。それが彼女の第一印象だった。

轟音《ごうおん》と共に氷塊が空中でバラバラに砕け散ったのだ。

まるで内側から切り裂かれたようなその破壊のされ方に、エレクトラは何が起こったのかを悟った。

着弾後、無数の風の刃《やいば》に変化する炸裂弾《さくれつだん》！

「とても人間相手に撃てるもんじゃねえぜ」

続けざまに撃ったもう一発の風弾は、大男の体の側面を狙ったものだ。

時間差で炸裂したその弾は、今度は刃に変化することはなかった。

巨体がまるで木っ端《こっぱ》のように吹き飛んで、廊下の側面に取り付けられている窓をぶち抜いていく。

二人は窓辺に近付き、大男の行方を確認した。落下した先はどうやら大きな池のようだった。

二階まで届く水しぶきと共に、巨大な波紋が眼下の池に広がる。

「……これで頭も冷えるだろ」

「行きましょう、あと少しよ」

エレクトラに急《せ》かされて、ヴィンセントは窓辺から離れた。

走り出しながらも余念なく短杖《ステッキ》のリロードをする。炸裂弾は強力だが、血液の消費が激しいのが玉に瑕《きず》だ。

「あっ！　あれ……！」

一階の廊下に辿《たど》り着いたとき、反対側へ向かって駆けていく派手な後ろ姿が目に入った。

エレクトラが指さしたその人物は、マダム・アレプに違いない。

どうやらとうとう追いついたらしい。

「殺しちゃだめなんだろ？」

「『できれば』、そうして」

「……舐《な》められたもんだぜ」

次の瞬間にはマダム・アレプのヒールが弾《はじ》け飛び、廊下の先で詐欺師はうつ伏せに倒れ込んだ。

なおも立ち上がろうとする彼女に駆け寄ると、ヴィンセントはその腕を後ろに回して抵抗を封じた。

「観念しな。俺は最初から見逃すつもりだったんだが、ツレがうるさいんでね」

ぐっと体を引き起こして顔を覗《のぞ》いたヴィンセントは、浮かべていた薄ら笑いを瞬時に引っ込めた。

この女……目が虚ろだ。

己の油断に気付いたヴィンセントはすぐさま後ろを振り向いたが、どうやら一瞬遅かったらしい。

「杖を捨てて両手を上げなさい」

そこに立っていたのは『本物の』マダム・アレプだった。

「これだけの信者がいるんだもの、私に似ている娘だっているわ」

背後からエレクトラを取り押さえた彼女は、アトマイザーをエレクトラの顔のすぐそばに構えていた。

「……普通に考えりゃ、逃げるのがこんなに遅いわけがねえよな」

ヴィンセントは自分に対して呆《あき》れたようにそう呟《つぶや》くと、短杖《ステッキ》をそっと床に置いて、それから両手を頭の上に掲げた。

「次はあんたの番だぜ、その女を離しな」

マダム・アレプはヴィンセントのその言葉に思わず噴き出した。可笑《おか》しくてたまらないという様子だ。

「馬鹿ね、人質を離すわけないじゃない。あなたは中々強そうだから、私のコレクションに加えてあげるわ。儀式をぶち壊しにした分ちゃあんと働いてもらうわよ」

「勘違いすんじゃねえぞ色ボケ女。俺はあんたのタメを思って忠告してやってんだ。あんたのその行動はオススメできねえって言ってんだよ」

エレクトラを人質に取られているというのに、両手を上げたままのヴィンセントはまったくもってリラックスしていた。もう仕事は終わったとでも言いたげだった。

「坊やにしてはハッタリを利《き》かすじゃない。褒めてあげるわ。この娘を大事に守りたいから一緒に連れてきたみたいだけど、それは逆効果だったみたいね。まずはあなたから私の奴隷に――ごはッ⁉」

突然腹部を襲った激痛に、女詐欺師はただ短い悲鳴を上げて目を白黒させるしかなかった。

あまりの衝撃に肺の中の空気がすべて口から吐き出される。

エレクトラの右肘が深々とみぞおちに突き刺さったマダム・アレプは、抵抗する間もなく手に持ったアトマイザーを床に落とした。

「てぇいッ！」

マダム・アレプの襟首と袖口を摑《つか》むと、エレクトラは裂帛《れっぱく》の気合と共に詐欺師を床に叩《たた》きつける。

床板が割れるほどの衝撃に、マダム・アレプの意識は嵐の中の蝋燭《ろうそく》のように搔《か》き消えた。

白目を剝《む》いて泡を吹く女詐欺師を見下ろしながら、エレクトラは埃を払うようにパンパンと手をはたく。

「羊のジェーンはまだ元気か？」

床で伸びたマダム・アレプを憐《あわ》れむように見下ろして、ヴィンセントはそう訊《き》いた。

「今年も仔羊《こひつじ》を二頭産んだわ」

再び儀式ホールへ戻ると、舞台の上に人の山ができていた。

マダム・アレプが気絶したことによって幻惑の効果が切れたのだろう。折り重なるように倒れた儀式参加者たちは皆寝ているようだった。

「あの子、大丈夫かしら……」

エレクトラが心配そうにそう言うと、ヴィンセントは人の山に向かって声を張り上げた。

「イルミナ！　生きてるかぁ？」

耳を澄ませると、人の山のこんもりした場所からくぐもった小さな声が聞こえてきた。

「おぉい……ヴィンセントぉ……ここだよぉ……謝るから助けてくれよぉ……」

聞くも哀れな声と共に、人の山から細い手がにゅるりと突き出されて、力なく己を主張していた。

「な？　見た目よりずっとタフだろ？」

「いいから、早く助けてあげて……」

ヴィンセントは肩に担《かつ》いでいたマダム・アレプを床に放ると、エレクトラと協力して倒れ伏している儀式参加者たちをどかし始めた。

少しして、憔悴《しょうすい》しきった顔のイルミナが人の山から『発掘』された。

操られていた参加者たちに揉《も》みくちゃにされていたのだろう。髪も服装もめちゃくちゃに乱れている。

「ひぃん……」

「よく頑張ったな。それでこそ俺の雇い主だ」

「えっ⁉」

ヴィンセントの横でエレクトラが驚嘆の声を上げた。

「この子が雇い主なの⁉」

「……言ってなかったか？」

稲妻のような速度で動いたエレクトラは、仰向けになっていたイルミナを子猫のように抱え上げると、その姿を頭のてっぺんからつま先までつぶさに観察して、鬼気迫る表情で呟いた。

「可愛《かわい》い……」

状況を摑めないでいるイルミナをよそに、エレクトラはどこからか取り出した櫛《くし》でイルミナの亜麻色の髪を梳《す》きはじめた。

「あなた、いくつなの？　こんなに小さいのに旅をしているなんて大変でしょ。うちのバカが迷惑をかけてない？　いいえ、答えなくてもいいわ、きっと迷惑をかけているから」

「おい」

「え、えっと……」

瞬《また》く間に髪も服も整っていくことに困惑を隠せないでいるイルミナに、エレクトラはそっと微笑《ほほえ》みかける。

「わたしはエレクトラよ。あそこにいる細長い男の幼馴染《おさななじみ》なの」

よろしくね。と言われて、イルミナはこくこくと頷《うなず》いた。

結局、意識を失っている参加者全員を運び出すのは不可能と判断したヴィンセントたちは、マダム・アレプとオリヴィア、そしてイルミナの客だという老婦人を連れてイブルウィッチに戻ることにした。

警察にこの一件のことを通報して、後の始末は彼らにつけてもらえばいいだろう。

マダム・アレプが逃走に使おうとしたであろう馬車を見つけた三人は、御者を脅してイブルウィッチへと急いだ。

「ノーリッチの市長？　本当か？」

「間違いないよ。パーマストンを名乗っていたし、新聞でも見た顔だ」

目を覚ましたオリヴィアと老婦人をなんとか言いくるめて家へ帰し、エレクトラを上等なホテルまで送り届けた後、それよりも数段下等な宿へヴィンセントとイルミナは戻って来た。

二人とも疲労困憊《ひろうこんぱい》であったが、床に転がしたマダム・アレプをどうすべきか議論をせねばならない。

「……だとしたらこいつをそのまま警察に突き出しても意味はねえかもな」

「どういうこと？」

「……パーマストンの権力は首相をも凌《しの》ぐって噂《うわさ》で、イブルウィッチの市長も奴《やつ》の元秘書だって言うじゃねえか。イブルウィッチにまでわざわざ詐欺師の招待客として現れたからには、警察にも息がかかっているに決まってるぜ」

「……となると、アラネアの一件の裏にも市長が関わっているかもしれないってこと？」

「かもしれねえな」

どうやら、想定していたよりも大きな犯罪計画に首を突っ込んだ可能性があるらしい。

イルミナは苦い顔をした。

「でも、どうして市長がこそこそ杖《つえ》を集めたり、怪しい儀式でお金を巻き上げたりしているの？　あれだけ支持されているんだから、政治資金だってたっぷりあるはずなんじゃ……国を相手にクーデターでも起こす気なのかな」

「大量の武器に巨額の金とくればその可能性もありえるが、わざわざ市長がそこまでするか？」

欠伸《あくび》をしながらそう答えたヴィンセントは、つま先でマダム・アレプを軽く蹴る。

「問題はこいつだぜ。こんなところまで連れてきちまったが……パーマストンだか誰だかは知らねえが、裏にいる黒幕にチクられちゃ困る。エレクトラも巻き込んじまったし、場合によってはこいつを――」

「い、いや、だめだよそれは……！」

剣呑《けんのん》な目をしていたヴィンセントを制止すると、イルミナは腕を組んで思案し始めた。

「まずは……話を聞いてみようよ」

「言うと思ったぜ……」

ヴィンセントは呆れた顔で頰を掻く。

「目が覚めねえうちに袋に詰めて川に放り込んだ方がいいと思うけどな」

「は、話してダメなら……」

「駄目なら？」

ヴィンセントに問われて、イルミナは視線を彷徨《さまよ》わせた。

「えっと……え～っと……」

眠い頭を必死に回転させてから、イルミナはおずおずと口を開く。

「小舟に乗せて……海に流す……とか？」

「そっちのほうが残酷じゃねえか」

「ち、違くて……とにかく！」

イルミナは一拍置いて、それからヴィンセントの目を真《ま》っ直《す》ぐ見つめた。

「ボクたちは裁かない……そうでしょ？」

「だが、あんたやエレクトラの身の安全のためなら――殺しは最終手段にせよ、俺は手を選ばねえ。思いやりとかそういうのじゃなく、これは用心棒としての責任だ」

「わかっているつもりだよ……だけど――むぐっ⁉」

それでも思案をやめようとしないイルミナの口に、棒付キャンディーが乱暴に突っ込まれた。

「なにも思いつかねえなら、そいつを舐《な》めて寝とけ」

「も、もう！　仮にも雇い主に対してなんて態度なんだ！」

「ガキは寝る時間だって言ってんだよ」

「……また歯磨きしなきゃいけないじゃないか」

ヴィンセントの意図を汲《く》んでか、イルミナはふてくされたようにベッドに横になった。

そんな彼女を一瞥《いちべつ》すると、ヴィンセントも自分のベッドにごろりと寝転がる。

「俺ももう寝るぜ。ヘトヘトだ」

「……マダム・アレプはこのままでいいの？」

「縛ってあるし問題ねえだろ。縄から抜けようったって、俺が気付くさ」

そのまま目を閉じたヴィンセントと床に転がったままのマダム・アレプを見比べてから、イルミナはサイドテーブルのランタンを消す。

「ねえ……ヴィンセント」

暗闇の中、イルミナは小さな声で呟《つぶや》いた。

「ボクもヴィンスって呼んでもいいかい？」

「なんだって？」

「……ううん、なんでもない」

もぞもぞと布団《ふとん》をかぶると、イルミナも目を閉じた。

少しすると、小さな寝息が聞こえ始める。彼女も疲れていた。

イブルウィッチでの長い一日は、ようやく終わりを迎えようとしていた。

episode3.

鳩と透明な死体

Pigeon and transparent corpse

「わあ！　町が一瞬で遠ざかっていくよ！」

少女の弾んだ声が車内に響く。

イブルウィッチとノーリッチを結ぶ鉄道の二等室は実に快適なものだった。戦争中には完全に政府の管掌下に置かれた鉄道だったが、終戦後、鉄道会社の強い抵抗によって国営化は断念され、結果的に多数あった鉄道会社は四つの大会社に集約されることになった。競い合うようにサービスの質は向上し、今や二等室ですらそこらの安宿よりも居心地の好《よ》いものとなっている。

「布張りの席も柔らかくて素敵ね」

窓の外を夢中で眺めるイルミナの横ではエレクトラが微笑んでいる。

ノーリッチを次の目的地と定めたイルミナ、ヴィンセントと、故郷のオルクシャール州へ帰るために大都市ノーリッチを経由するエレクトラは、こうして同じ汽車に乗っているわけだ。

「そうそう、馬車はずっと座っているとお尻が痛くてたまらないんだ……鉄道で移動しようって言っているのに、ヴィンセントってば全然聞いてくれないんだよ？」

「あいつに気遣いなんて期待するだけ無駄よ」

通路を挟んで斜め前に座るヴィンセントを呆《あき》れた顔で見つめながら、エレクトラはそんなことを言った。

聞き取りやすくて、どことなくキレのある北部の訛《なま》りだ。そういえば、ヴィンセントも酔ったときなどは同じような北部訛りが出るな、とイルミナは思い出したりした。

荷物を横に置いたまま、ヴィンセントは手も足も組んで窓に寄り掛かっていた。顔を覆うようにハンチングを被《かぶ》って、窓の外の風景を見ようともせずに眠っている。

「ヴィンセントの杖、エレクトラが作ったって本当なの？」

「ええ、そうよ。昔は杖職人になりたかったの」

「あれだけのものを作れるのに……どうして杖職人にならなかったの？」

「そうねぇ……」

揺れる車内で、エレクトラは薄く微笑みながら天井を仰ぐようにした。

「一本作ってしまえば、それで満足だったのかもしれないわね」

「それって……」

魔法使いの杖を作る技術は一朝一夕で身につけられるものではない。製作物は違えど同じ職人であるイルミナからすれば、その言葉の意味は重かった。

ここへ来るまでのふとした会話でも、エレクトラとヴィンセントの親密な関係性は透けて見える。普段、ヴィンセントは自分のことを全く語ろうとしないから、彼の過去をよく知る人物が当たり前に存在するというその事実が、イルミナにとってはなんだか不思議なのであった。

そして、エレクトラが親しげにヴィンセントに話しかけるのも、それに対してヴィンセントがつっけんどんに返すのも、見ていてなんだか胸がざわつくような、切ないような心持ちがした。

「そもそも杖職人になりたいなんて言ったのも、どこかの馬鹿が『英雄になりたい』とか言い出したからで……別に他の誰かのために杖を作ろうだなんて思っていなかったのかも」

「……そうなんだ」

「あら、職人を甘く見ているわけじゃないのよ？　大変だったから諦めたというのも当然あるわ」

「ううん、そう思ったわけじゃなくって……ただ――」

イルミナはそこまで言ってから、ちょっと俯《うつむ》いたり、そして窓の外にちらちら目を向けたりした。胸中の思いが、なんとなく言葉にしづらかった。

「ただ……なんだか羨ましいなと思ってね……」

「わたしが？」

「うん……ボクは確かにいろんな人のために義眼を作って来たし、たくさん感謝もされて来たけど……『この人のために作りたい』って思ったことはなかったかもしれない」

そう言ってはみたものの、イルミナはそれが自らの感じている悶々《もんもん》とした気持ちの理由ではないことに気付いていた。

車窓の外に見えるノーリッチの大電波塔は、着実に大きくなってきている。

イルミナは自分の感情に戸惑っていた。

不安？　恐怖？　悲しみ？

これまでに感じたことのない胸のざわめきがあった。

窓から目を離して通路の反対側で行儀悪く寛《くつろ》いでいるヴィンセントに目を遣《や》ってから考えるが、どうにもしっくりこなかった。アラネアの館に忍び込んで、あまつさえ彼に捕まってからですら怖くはあったけれど、ヴィンセントが近くにいてくれたから……それほど不安はなかった。

自分は、ヴィンセントをエレクトラに取られるのが嫌なのか？　とイルミナは考えてみた。言葉にしてみれば、それが答えなのかは分かる気がした。

「ねえ、エレクトラ。ヴィンセントをボクの用心棒として雇ったままでも、本当にいいの？　本当は……すぐに帰って来てほしいよね？　エレクトラが言うなら、ボクは別に

「……」

「う～ん……あいつの親も、わたしの親も心配はしているから……顔ぐらいは見せてやりたいけど」

素直にそう答えてから、エレクトラは優しく微笑《ほほえ》んだ。

「でも、イルミナちゃんと旅をしてほしいとも思っているわ。ヴィンスは――」

そこで一旦話を区切って、言葉を探すような素振りを見せてから、

「あの戦争から帰った人はみんな……心に重しを付けているものよ。ヴィンスのは特別重いみたいだから、村にも帰って来られなかったんじゃないかしら。ああ見えて……信じられないかもしれないけど、繊細な部分もなくはないのよ」

と彼女は言った。

「ヴィンスには、『誰かのために』努力をしてもらうことが必要なのよ。イルミナちゃんと旅を始めてからは、少しずつ元気になっていってるんじゃない？」

「それは……そうなのかな？」

なにぶんいつでも不機嫌そうな男なので、『心の重し』がどうなっているのかは想像に任せるしかないのだが、幼少期を共にしたエレクトラの言うことならそれは正しいように思えた。

「エレクトラは……ヴィンセントのことが好きなの？」

と、不意に口をついたその言葉にイルミナ自身が一番驚いた。

「じゃ、じゃなくて……！　ごめん……なんか急に変なこと訊《き》いちゃって……」

「好き……って、その、『そういう』意味で？」

「……う、うん……」

おずおずと首肯してエレクトラのほうを見上げると、彼女はほんのりと頬を染めていた。

「ま、まあ……そうね……うん……好き、かな……同じぐらいの年の若い男なんてあいつしかいなかったし……危ない目に遭いそうなときはいつでも守ってくれたし……」

澄ましたような顔でそう言ってから、エレクトラはぐっとその顔をイルミナに近付けた。

「絶ッ対にあいつには言わないでね……調子に乗られたらたまったもんじゃないわ」

「い、言わない言わない……」

はぁ……と溜息をついてから、エレクトラは少し呆れたように呟く。

「てっきり死んだのだと思ってたら、ピンピンしてるんだもん……手紙も寄こさないのよ？　信じられる？　そんなやつに好きと言ってやる義理はないわ」

「あ、あはは……」

「大丈夫？　あいつのせいでひどい目に遭ってない？」

低い声でそんなことを訊かれたイルミナは、顎に人差し指をあてて記憶を探り始めた。

「う～ん、そこまでひどい目には遭ってないけど……義眼修理の売り上げとか、ボクの貯金とか、『用心棒代の追加経費だ』とか言って持って行っちゃうんだよね……」

「………」

「大体はギャンブルとか、お酒に使ってお金はすぐになくなっちゃうんだけど……でも、たまに飴《あめ》とかを買って来てくれるんだ。たまにそういう優しさを見せられると、怒りづらくなっちゃうよね」

「…………………」

「あれ？　エレクトラ、どうしたの？　そんな怖い顔して……短杖《ステッキ》まで出して……」

「ごめんねイルミナちゃん……新しい用心棒、いっしょに探してあげるからね……」

「……うわあ！　だめだめ！」

オーラを纏《まと》って席を立とうとするエレクトラにしがみつきながら、イルミナはなんとかして列車内の悲劇を食い止めたのであった。

「旅の途中、近くに行くことがあったら、エレクトラの故郷に寄ってもいい？」

その後もヴィンセントへの愚痴でしばらく盛り上がったのち、イルミナはそう切り出した。

「なにも遠慮することはないわよ。どんといらっしゃい。あいつは嫌がるでしょうけど、近くに来たらわたしを呼んで……引き摺《ず》ってでも連れて行くから」

「うん……きっと行くよ」

「それと──」

エレクトラは少し真剣な顔をして、そっとイルミナに顔を近付けた。

「わたしのことは『エル』って呼んで……」

「い、いいの……？」

「ええ、こんなに気が合う人と出会えたなんてとっても嬉《うれ》しいわ。今まであいつの愚痴を言える相手なんて、周りにはいなかったから」

「う、うん！　ボクも嬉しいよ、エル……」

ふふ……と、エレクトラは花のように微笑んだ。

「いい？　イルミナちゃん。お姉ちゃんからのアドバイスよ」

ノーリッチ市の駅に間もなく到着することを、汽笛が告げていた。

「独りだと思わないこと。わたしはいつでもイルミナちゃんの味方よ。ヴィンスも……ガサツで鈍感で気遣いの欠片《かけら》もないヤツだけど……絶対にイルミナちゃんを裏切ったりはしないから」

胸のわだかまりが少し晴れたような気がして、イルミナはこくこくと何度もうなずく。

速度を落とす汽車に気が付いたのか、向こうの席でヴィンセントがもぞもぞ動き出した。

大都市ノーリッチ。

大電波塔が見下ろす町は、汽車の中からでも喧騒《けんそう》が聞こえるほどの賑《にぎ》わいだ。

イブルウィッチよりは幾分か上等な宿の部屋で新聞を広げていたヴィンセントは、軽快なノックの後に部屋の扉が開いたのに伴い、『テレビジョン放送範囲拡大に伴うセレモニー』に関する記事から目を離した。

「ただいま！　帰ったよ、ヴィンセント」

「おう」

鼻歌交じりに部屋の鍵を閉めたイルミナに対して、ヴィンセントはそっけなく返答した。

イルミナの方はいつも通りのその態度にこれといった文句はないようで、手に持った大量の紙袋やケースを嬉々《きき》としてベッドの上に並べ始めた。

「……随分機嫌がいいじゃねえか」

「あはは。エル――エレクトラと随分楽しませてもらったよ」

「そりゃ、よかったな」

「バタースコッチキャンディーを買ったんだ。君も一つどうかな？」

「いや、俺はいい」

「……そうかい？」

 やや残念そうに、小さな包みから取り出した飴を口に入れると、イルミナはわくわくした様子で紙袋の中に手を突っ込んだ。

「いやはや……エレクトラには申し訳ないんだけど、色々と買ってもらってしまったんだ。なにか彼女へお礼をしたいと思うんだけど、なにがいいかな？」

「いらねえよそんなもん。あいつだって『妹ができた！』とか言ってはしゃいでたんだ。着せ替え人形になったつもりで付き合ってやれよ」

「そういうわけには……」

「田舎は儲《もう》かってるらしいし、ケーザイを回してもらわねえと困るぜ」

心にもないことを言ったヴィンセントは、新聞を乱暴に畳んでその辺に放り出した。

「それに、あいつが紅茶に砂糖を入れるのは本当に機嫌のいい時だけだ。普段は泥のように濃い紅茶しか飲まないからな」

「へえ！　確かに喫茶店では紅茶にお砂糖を入れていたけど……って」

イルミナは荷物を広げるのをやめてヴィンセントへ驚いた顔を向ける。

「どうして君がそれを知っているんだい……?」

「……」

げ……と、顔を歪《ゆが》めたヴィンセントを見て、イルミナはさらに目を見開いた。

「もしかして、付いて来てたの⁉」

「……市長が関わってるってんだろ。あんたらだけで出歩いてちゃ危なっかしくて落ち着いてもいられねえよ」

「いっしょに遊べばよかったじゃないか!」

「そういうのはいいんだよ、俺は……」

「……いいや! 『そういうの』が大事なんだ、君には」

しかつめらしい顔でヴィンセントの座る椅子まで歩み寄ったイルミナは、躊躇《ちゅうちょ》なく彼に覆いかぶさった。

「お、おい……」

イルミナの突然の行動に戸惑っていると、半開きになったヴィンセントの口に何かがねじ込まれる。

反射的に吐き出そうとしたヴィンセントだったが、口内に広がる優しい甘みに思わず黙した。バタースコッチキャンディーだ。

「美味《おい》しい？」

「……おう」

「それはよかった。まだあるからね」

満足げに言って、イルミナはヴィンセントの上から降りると、またベッドの上に荷物を広げ始めた。

「ふふ……付いて来ていたなら知っているかもしれないけど、洋服を買ってもらったんだ」

紙袋から取り出したのは白いドレスだった。

ヴィンセントには女性服のことなどさっぱり分からなかったが、フリルが沢山ついたそれはいかにも少女趣味的だった。イルミナが着たいというよりも……エレクトラが着せたがったのだろうということはすぐに分かった。

「よかったじゃねえか。パスタのソースを飛ばしたりすんなよ」

「まったく……すぐにそういうことを言うんだな、君という男は……」

小さく溜息をついてから、イルミナは大事そうにドレスをハンガーに通した。

ラックにそれを掛けた後、彼女はその前にちょこんと座って愛おしそうな眼差《まなざ》しを向ける。

「へへへ……」

うっとりとドレスを見つめるイルミナを、ヴィンセントはキャンディーを口の中で転がしながら眺めていた。確かに、七年も地下に監禁されていたとあれば、ああやって誰かになにかをプレゼントされた経験はないのだろう。

軽くホルスターに手を伸ばすと、そこには冷たくも手に馴染《なじ》んだ短杖《ステッキ》の感触があった。

ふと思い出して肩に掛けたコートのポケットに手を突っ込むと、柔らかい毛糸の塊がそこにあった。あの時に作ったハナニラの飾りだ。

「………」

杖《つえ》と釣り合うものであるわけもない。と、ヴィンセントは一瞬頭をよぎった想像をかき消した。それに、そんなこっ恥ずかしいことができるはずもなかった。

「それにしても、マダム・アレプが言ってやがった『動き』とやらはさっぱりだったな」

「うん……ボクのほうでも気付いたことはないよ」

「担《かつ》ぎやがったか……？」

「いや、それはないと思うけど……」

イブルウィッチを発《た》つ前、二人は拘束していたマダム・アレプから驚くべき計画を聞き出していた。彼女の協力を取り付けた二人は、計画に関わるなにかしらの『動き』があることを聞いていたのだが……。

「もう一度整理してみるかい？　エレクトラを巻き込んでしまった以上、このまま指を咥《くわ》えて待つというわけにもいかないだろうし……」

イルミナの提案に、ヴィンセントは小さく唸《うな》った。今朝のことだ、なにがあったのかはすぐに思い出せる。

★

明け方、ベッド下のくぐもった声に気が付いたのはヴィンセントだった。

枕の上で手を頭の後ろで組んでいた彼は、のそりと身を起こして床に目を向ける。

「ぐぐぐ……」

身を捩《よじ》りながら呻き声を上げているのは、昨晩宿に担ぎ込まれたマダム・アレプだ。

「よう、女狐《めぎつね》。いい朝だな」

こちらを睨《にら》みつける女詐欺師に笑いかけてから、ヴィンセントは彼女を挟んだ向こうのベッドを覗《のぞ》いた。

イルミナはアイマスクをしたますますやすやと寝息を立てている。

義眼も外している上にそもそも目が見えないはずなのに、アイマスクなどする意味があるのかとヴィンセントは疑問に思っていたのだが、どうやらそちらのほうが落ち着くということらしかった。

ともかく、マダム・アレプが逃げ出そうとしていたとしても、どうやら義眼職人がそれを察知することはできないようだ。

気だるげにベッドに腰かけると、ヴィンセントはマダム・アレプの口を塞いでいた布の猿轡《さるぐつわ》を外した。

「なんか言いたいことがあるなら言ってみろ。一晩考えたんだろ？」

ヴィンセントの言葉に、マダム・アレプは疲れ切った顔で小さく呟《つぶや》いた。

「……トイレを貸してちょうだい」

マダム・アレプがトイレに行っている間に、イルミナはヴィンセントに起こされた。

ロングスリーパーである彼女は眠気に抗《あらが》うことができないらしく、アイマスクをしたままベッドの縁《ふち》に座ってうつらうつらとしている。

やがて用を足したマダム・アレプが現れると、ヴィンセントはさきほどまで彼が寝ていたベッドに彼女を座らせて、自分はイルミナの傍《そば》に腰かけた。

「悪いが、色々と話してもらうぜ。場合によっちゃ――」

「私を殺すことになる、でしょ。分かってるわよ」

「いや、あんたを小舟に乗せて川に流すことになる」

「……それはつまり、殺すということなのではなくって？」

「楽には死ねねえってこったよ」

「いいわよ、そんなに脅さなくても。話すから」

投げやりな様子でそう答えると、マダム・アレプはおもむろに身に着けていた民族衣装を脱ぎ始める。

「こんなのはもううんざり。重いし、洗濯もできないから臭くなってきたし……ねえ、ハーブティーとかないかしら？」

そのあまりの厚かましさにヴィンセントは呆《あき》れるばかりだ。

だが、一方で、彼としてもマダム・アレプのその態度は歓迎すべきものであった。腹を割って話せる性格だと知れたのは、この場においては有利なことだった。

「あんた、なんて呼べばいい。マダム・アレプなんてババ臭いのは嫌だろ」

「あら、気が利《き》くわね……『エイダ』でどうかしら」

すっかり下着姿になった彼女は、さきほどまでヴィンセントが寝ていたベッドの上に横座りした。煽情《せんじょう》的であることを目的に作り上げられたその艶《なま》めかしいプロポーションを、カーテンの隙間から漏れる微《かす》かな光が彩《いろど》っている。

その素足に刻まれた刺青《いれずみ》を見て、ヴィンセントは眉を顰《ひそ》めた。

「『スパイ』か……あんたも戦場帰りってわけだな」

「ええ、そうよ。この美貌と魔法で相手の将校さんもコロリというわけ」

自らのボディーラインを指でなぞりながらそう言うと、エイダはヴィンセントのことを上から下まで値踏みするように眺めた。

「あんたもそうなのよね。寝る時だって手放さないその短杖《ステッキ》に……目で分かるわ。その空っぽの目でね」

「…………」

ヴィンセントはなにも答えなかった。

その代わりに、傍に置いていた件《くだん》の手紙をエイダに向けて掲げて見せる。

「戦争帰り共がつるんでなにを企《たくら》んでやがるんだ？　ノーリッチの市長まで抱き込んで……蜘蛛《くも》野郎よりはあんたのほうが話が通じそうなんで生かしてやってるんだ。とっとと吐きな」

「……アラネア」

手紙を確認して、エイダは少し暗い顔をした。

しかしてすぐにその悲愴感を表情から消し去ると、彼女は顎でヴィンセントの横を指し示した。

「『それ』はなによ。昨日の女じゃないわよね」

「『これ』か？　俺の雇い主だ」

うとうとしながら自分の体に寄り掛かっているイルミナを同じように顎で指して、ヴィンセントはそう答える。

「なに？　あんたベビーシッターってワケ？」

小馬鹿にしたようなエイダの反応を受けて、ヴィンセントはイルミナのアイマスクを無造作に外した。

「……俺の雇い主は戦争を知らねえが——」

そのまま、閉じられていた彼女の瞼《まぶた》を左手でそっと開く。

「お花畑ってわけじゃねえ」

空っぽの眼窩《がんか》が二つ、突如としてエイダの視界に現れた。

「……！」

さすがに気圧《けお》されたような顔をしてから、エイダは気味悪そうに向かいのベッドに座る主従を見比べる。

用心棒の乱暴な行いに、さすがのイルミナも目を覚ましたらしい。

「うぁぅ……なんだい……？」

「起きろっつってんだろ。女狐が逃げるところだったぜ」

「……マダム・アレプ？」

「『エイダ』と呼んでほしいんだと」

盲目の状態ながらも器用にベッドの反対側に移動すると、イルミナは何重にも鍵の掛けられた義眼の収納箱を慣れた手つきで開け始める。

その様子を目《ま》の当たりにしたエイダは、疲れ果てたように溜息をついた。

「『大電波塔』の破壊よ」

あっさりとそう発言したエイダに対して、ヴィンセントもイルミナもぽかんとするほかなかった。

「大電波塔って……あのノーリッチの大電波塔？」

「それ以外になにがあるのよ」

ふてくされた様子のエイダを前に、義眼職人とその用心棒は顔を見合わせた。

「テロを起こそうってのか……いや、待て、大電波塔は市長の権力の象徴だろ？　ノーリッチじゃテレビジョンの試験放送も始まってるってのに、破壊するメリットが市長にあるとは思えねえが……」

「大電波塔にはね、それはもう目の飛び出るような額の保険金が掛けられているのよ。破壊されたとして、大電波塔を放棄する選択肢はノーリッチ市に存在しない……裏を返せば、破壊したってどうせ再建されるから問題ないってワケ。そこから見事に大電波塔が復活すれば、はい！　市長の評判はうなぎのぼり。おまけに保険金のキックバックも懐《ふところ》に入るんだから、『権力の象徴』は何度しゃぶっても美味《おい》しいわよね」

それに……と、エイダは眉をひそめながら話を続ける。

「なにも徹底的に破壊しようってわけじゃないわ。あの醜い鉄塔の一部でもへし折ってやれば、私たちの目的は達成できる。その場しのぎでも、この計画で山分けされる保険金があれば、真っ当な暮らしに戻れる戦場帰りもいるの。市長も金が貰《もら》えてウィンウィンね」

「『私たち』ってのは……退役軍人どもか」

「そうよ。国のために戦って、そして国に捨てられた馬鹿な負け犬たち。科学だなんだと騒ぎ立てる連中から、私たちは毛布を取り返したいだけよ」

「馬鹿どもが……」

と、心底厭《いや》そうな顔をしたヴィンセントだ。

「そんなことをしたところで、世間がペコペコしてあんたらのために居場所を用意してくれるとでも思ってんのか？　退役軍人がテロなんてしでかしたとバレちゃ、真っ当にやってる連中が割を食うんだ」

「……それに――」

義眼を装着し終えてヴィンセントの傍に腰かけたイルミナも、眉間に皺《しわ》を寄せながら声を上げる。

「グレースさんもオリヴィアさんも……家族を戦争で失って本当に悲しんでいたんだ。そんな人たちからお金を騙《だま》し取るなんて、許されないことだよ」

「なに、あんたたち、私に説教をするためにわざわざここに連れ込んだわけ？　許せないならさっさと小舟にでも乗せて川に流せばいいじゃない」

口元に笑みすら浮かべてそう煽《あお》るエイダを見て、イルミナは悲しそうな顔をした。

「世の中を変えようだとか、そんなことはどうでもいいの……少なくとも私はね。アラネアもそうだと思うわよ。科学の時代が来る？　結構なことじゃない。だからと言って私たちには下水溝やゴミ捨て場でひっそり死ねというの？　用は済んだから『死ぬ時は誰にも迷惑を掛けずに死んでくれ』って？」

そんなのは御免よ。と、軽薄な笑みを浮かべたままでありながらも、にエイダはその目に灰暗《ほのぐら》い炎を潜ませていた。

「精一杯後ろ足で砂をかけて、日の当たる往来で死んでやるのよ。そうしたくてもできない連中のために、私は協力したかっただけ。同じ地獄にいた人間としてね」

「あんたらがどこで野垂れ死のうが俺はどうでもいい」

ヴィンセントはベッドに座ったまま上半身を乗り出した。

「電波塔が破壊されようが、市長が小金を稼ごうが……そんなことはどうでもいいぜ。俺たちは面倒を回避できりゃ、それでいい」

まだなにか言いたげなイルミナを抑えるようにして、ヴィンセントはエイダに詰め寄る。

「俺たちは、幸か不幸かあんたらの計画のいくつかをぶち壊しちまったらしいが、なにもあんたらの邪魔をしたかったわけじゃねえ。これ以上お互いに干渉しないようにしようじゃねえか」

「自分たちから乗り込んで集会をぶち壊しておいて、よく言うわ……」

「言っておくが、片腕や片足のねえチンピラ連中が徒党を組んで来ようが、俺はそう簡単には死なねえぜ。明るいところで死にてえなら、計画の『核』であるあんたがよく伝えておけ」

エイダはヴィンセントのすぐ傍《そば》に置かれている短杖《ステッキ》を一瞥《いちべつ》した。昨晩垣間見《かいまみ》たヴィンセントの実力を鑑《かんが》みれば、彼の言葉に誇張はない。場合によっては自分にも危害が及ぶことを、エイダは理解していた。

「……わかったわよ。どうせ、計画はもう最終段階に入っているし、私ももうこの計画から抜けるわ。これ以上できることなんてないし」

「ああ、それでいい」

下着姿のまま大きく体を伸ばしてから、エイダは思案顔になった。

「とはいえ、私だって簡単に市長に連絡が取れるような関係じゃないわ。計画の指令はいつだって仲介役から届いていたから」

「……〈鳩《はと》〉だね」

「正解よ、お嬢ちゃん」

イルミナがぼそりと呟《つぶや》いたのに対して、エイダは首肯した。

「〈鳩〉にあんたらのことを伝えることはできるわ。あんたらだって、なにかしらの『確証』は欲しいでしょ？」

ヴィンセントは頷《うなず》く。テロリストどもの逆恨みを買って、大電波塔破壊の計画が終わった後もいつ誰に襲われるか分からない状況になるよりも、はっきりとテロリストを取りまとめている人物に釘《くぎ》を刺しておくべきだろう。

「私も直接会ったことはないけど、〈鳩〉はノーリッチにいるわ。彼に会いたいのならノーリッチへ向かうことね」

「なんだと？　なんだってわざわざテロが行われる場所に行かなきゃならねえんだ」

「別に、電波塔に近付かなければいいじゃない。それに、作戦決行はテレビ放送範囲拡大のセレモニー当日よ。それまでに〈鳩〉と会って話を付ければいいわ」

「セレモニー当日って……二日後じゃないか！」

「だから、明日〈鳩〉に会えばいいじゃない。最悪の場合間に合わなくても電波塔に近付かなければいい話よ」

「……この女の言う通りだぜ、イルミナ。どうやらそれが一番いい方法だ」

「話が早くて助かるわ。私から〈鳩〉に連絡が行けば、なにかしら『動き』があるはずよ。それを待つことね」

エイダの説明に、ヴィンセントとイルミナはもう一度目を合わせてから小さく頷いた。

★

こうして、ヴィンセントたちはエレクトラと共にノーリッチへやってきたわけだ。当然、エレクトラにはこのことを伝えてはいない。

例の儀式は義眼とは無関係で、マダム・アレプは警察へ突き出したことにしている。

エレクトラはセレモニーを楽しみにしていたが、二日後の朝、セレモニーよりも前の列車でエレクトラを田舎へ帰す予定だ。本当は明日にでも帰したかったが、北方へ向かう汽車の便は明後日《あさって》まで埋まっている。ノーリッチ以外で北方まで繋《つな》がっている路線を探すとなると、首都ラングトンまで引き返さねばならなくなる。

「とはいえ、エイダが言っていた『動き』とはなんだろうね……」

今日一日を思い出しながら、イルミナが小首をかしげる。

いつの間にか紅茶を淹《い》れていた彼女は、ヴィンセントの傍のテーブルにもカップを置いてから、自分のカップにふうふうと息を吹きかけ始めた。

「エイダのこと、本当に信用しても大丈夫だったのかな……」

「なんだ、人のことを疑うなんて珍しいじゃねえか」

「……君はいつでもボクを世間知らずの間抜けなお人よしみたいに言うけど、ボクだって疑心暗鬼になることはあるんだよ？　ただ、ボクはリスクを負ってでも人を信じたいだけで……」

「ご立派なこって……」

「また馬鹿にして……いいもんね。君に理解されなくたって……あちち……」

いじけたように紅茶に口をつけるもまだ熱かったようで、イルミナはすぐにカップから顔を遠ざけた。

小さく息をついてから、彼女は何の気なしにテーブルの上に置かれた件《くだん》の手紙を手に取った。

「この手紙に随分と振り回されたものだよ……まったく」

と、何度も読み返したその文面に目を向けたその時だった。

「……うわぁぁあっ⁉」

カシャンッ！　とカップがテーブルに落ちる音がして、それからイルミナが椅子から転げ落ちる鈍い音が続いた。

「あっつぅ〜っ！」

「何やってんだ……」

面倒くさそうに椅子から立ち上がったヴィンセントは、熱い紅茶を被《かぶ》って床に転がるイルミナを呆《あき》れた目で見下ろした。

「紅茶からも守ってやらなきゃいけねえのか？　なら、保育士を雇うんだな」

「だって……手紙が……」

目を白黒させながら、イルミナは興奮気味にテーブルの上を指さした。

「手紙？　なんべんも読んだじゃねえか。大した内容は──」

と、悪態をつきながらも手紙に目を向けたヴィンセントは、半開きだった目を丸くした。

何度も読み返してしわくちゃになった手紙のその内容が、まったく覚えのないものになっている。

すり替えられたわけではない。まるで、文字が生き物のように紙の上を移動したかのような──

「これは……住所だ。ノーリッチ市の、どこかの住所」

長々と綴《つづ》られていた文章のほとんどは紙面から消え去り、手紙の隅でただ黒い染《し》みの塊となっていた。

唯一残されたのは、ノーリッチ市の高級な住宅街の一角を指し示すアドレスと、意味深なメッセージ──

「『望みはここにあり』だとよ……どうやら、『動き』はあったみたいだぜ」

「どうだい？　似合っているかな？」

「でけえガチョウみてえだぜ」

「……君に訊《き》いたボクが間違っていたよ」

どんよりとした曇り空の下、真新しい少女趣味なドレスを着たイルミナが頬を膨らませていた。

明くる朝、主従の二人は手紙に記された住所に向かうべくノーリッチの町を歩いていた。

「これからテロリストどもの黒幕と会うかもしれねえってのに、よくそんなフリフリした服を着ていられるもんだぜ」

「仕方がないじゃないか。今日着ようと思っていた服には紅茶をこぼしてしまったし、それ以外の服もしばらく洗濯できていなかったし……」

「まあいい、どうせ話を付けるだけだ。エイダの言った通りなら、切った張ったとは無縁のはずだぜ」

「……そうだといいね」

「正直なところ、ここ何日かで血を使いすぎた。あんまり荒事が続くのは避けたいってのが本音だな」

「分かっているよ。手紙に書いてあった住所は高級住宅街だそうじゃないか。ボクたちを罠《わな》に嵌《は》めて袋叩《ふくろだた》きにする算段ではないはずだよ」

「『望みはここにあり』……エイダの連絡とやらが正しく届いているんなら、俺たちの『望み』ってのは〈鳩〉との会話だと向こうさんも知っているはずだ。正直に受け止めるなら、この住所には〈鳩〉がいるはずだぜ」

「ただ、厳戒態勢を敷いているはずのテロリストたちの首魁《しゅかい》が、そう簡単に居場所を明かすかどうかは怪しい……というわけだね」

「まあな……」

とはいえ、大電波塔破壊の作戦がまさに決行されようとしている今、それを疑って尻込みしている暇はないだろう。

いざというときに備えて短杖《ステッキ》のメンテナンスも行ったうえで、ヴィンセントは〈鳩〉からの招待に応じようとしていた。

繁華街から離れて住宅街を進んでいくにつれて、人出は少なくなっていく。

重たい曇り空がそうさせるのか、二人は言葉少なに通りを進んでいった。

「……ねえ、ヴィンセント」

二人分の足音がコツコツと響く中、イルミナがおずおずと話を切り出す。

「エイダが言ってた、その……死ぬときは後ろ足で砂をかけて、日の当たる往来で死にたいっていうの……もしかして、君もそう思ったりするのかい？」

「あん？　馬鹿にすんじゃねえ。んなことは負け犬根性のクズどもが言い出すことだ。俺はそうじゃねえ」

ヴィンセントは、イルミナが彼の答えに若干安堵《あんど》したような顔をしたのに気が付いた。

「おい、あんた……前から思ってたんだが――」

これまでも戦争の話をすると、イルミナはどこか寂し気な、そして申し訳なさそうな顔をする。ヴィンセントは、てっきり彼女が戦災孤児であるからそんな反応をするものだと思っていたが、アラネアの一件で彼女の生い立ちを聞いた限りでは、どうやらあの戦争の間、彼女は地下に監禁されていて世俗のことはほとんど知らないらしかった。

「戦争を知らねえってのを負い目に感じてんのか？」

そう訊くと、イルミナは少し傷ついたような顔をする。

「まあ……うん、そうだね……そうかもしれない……」

こくこくと小さく頷く彼女の様子を見る限り、自分でも感情を整理できていないらしかった。

「ボクは戦争を知らないし……仲間を殺されたことはあったけれど、本当に大切な家族を失った経験はないから……」

ヴィンセントの横を歩くイルミナの歩調が少しゆっくりになる。

「もしかしたら、グレースさんに同情することも、エイダやアラネアに共感することも間違っていることかもしれない、なんて考えたんだ。この国の人間はみんな、どこかしら戦争と関わりがあって……だからこそ他の誰かに寄り添えるはずだけど、ボクは違う」

イルミナはふいに立ち止まると、一歩前を行ったヴィンセントの顔を見上げた。

不安げだった。

「だから、ヴィンセントがもし……もしだよ？　テロリストたちと同じ傷を抱えていて……そして彼らの気持ちを理解できるのだとしたら、ボクはそれに寄り添いたいと思ったんだ。だけど……」

「…………」

ヴィンセントはちょっとの間イルミナの揺れる瞳を見つめて、そして鼻を鳴らした。

「へっ……」

「あっ！　笑った！　笑われるかなとは思ったけど、本当に君ってばなんて無神経な男なんだ……人が真剣に悩んでいるというのに……！」

「頭のいい奴《やつ》ってのは遠回りするもんだな」

　ヴィンセントはイルミナを無視して歩き始めた。

　少し遅れて、後ろからイルミナが早足で付いてくる音がする。

「あんたの『ビョーリ』ってのは、もっとシンプルだ。戦争を知ってるとか、知らねえだとか……誰に肩入れしていいか分からないとか、そういうどうでもいいことじゃねえ」

「ボクの『病理』？　それってどういうこと……？」

「俺が言うことじゃねえよ」

「……いじわる」

　ヴィンセントは歩きながらも、イルミナを見下ろした。

　彼と目が合ったイルミナは、エイダが『空っぽ』と評したその瞳に、微《かす》かではあるが確かに光が宿っていることを認めた。

「俺が言ったら『うそ』になる。あんたが自分で気付かなきゃ意味がねえのさ」

「……よく分からないよ」

「考えるから分からなくなんのさ。あんたが正しいと思ったことをすりゃいい。俺と意見が違うってんなら、あんたが大好きな『会話』でもすればいいじゃねえか」

　行くぜ。

と、そっけなく話を終わらせて、ヴィンセントはつかつかと歩き出した。

煙《けむ》に巻かれたような表情のイルミナもそれに続く。

町並みはいよいよ瀟洒《しょうしゃ》なものとなってきた。

ヴィンセントが立ち止まったのは、目的地から一ブロックほど離れた場所だった。

「ヴィンセント？　目的地はもう少し先のはずだよ」

「いや……」

イルミナが見上げると、彼は険しい顔をしていた。

短く息を吸う彼は、どうやら辺りの匂いを嗅いでいるらしかった。

「この匂い……」

「匂い？　このあたりは綺麗《きれい》だし……下水の臭いもしないけど」

「あんたが知らねえはずがねえんだがな……」

またも意味深なことを言ってから、ヴィンセントはずいっとイルミナよりも一歩前に出た。

「こいつは……もしかしたら面倒なことになるかもしれねえぜ。あんまり俺から離れるなよ」

「わかったけど……」

理由は不明だが警戒度を上げたヴィンセントの様子に不安を覚えながらも、イルミナは彼の背中にくっつくように歩き始めた。

やがて、二軒先、一軒先と目的の邸宅が近付くにつれて、イルミナにもヴィンセントが感知した『それ』の正体が分かってきた。

臭いだ。それもとびきり不快な臭い。

ヴィンセントの言った通り、イルミナはその臭いを知っている。

最後に嗅いだのは、そう……およそ半年前。

コルテスタの義眼工房。

「……着いたぜ」

砂糖菓子のように洒落《しゃれ》た邸宅の門の前。

氷のように落ち着き払ったヴィンセントの言葉に、イルミナはなにも返せないでいた。

噎《む》せ返るような腐乱臭の中、蠅《はえ》の羽音が微かに響く。

「……俺の陰から出るなよ」

低く呟《つぶや》いてから、ヴィンセントは左手で扉をノックした。右手はすでにホルスターに据えられている。その臨戦態勢に、イルミナは思わず息を呑《の》んだ。

ドアが開いた瞬間、戦闘が始まるかもしれない。その緊張感にイルミナの心臓が早鐘を打つ。

ややあって、玄関扉の向こうからせかせかした足音が響いた。

がちゃりと扉が開かれたその瞬間、ヴィンセントの体が急速に強張《こわば》って、そしてそのまま固まった。

「どちらさまでしょうか？」

と、顔を出したのは、薄化粧の女性だった。

あまりの邪気のなさにヴィンセントも面食らったようだったが、それでも警戒を緩めることなく彼女を睨《にら》みつける。

「〈鳩《はと》〉ってのはてめえか？」

「鳩……？」

ヴィンセントに凄《すご》まれて心底怯《おび》えた表情を見せたその女性に、いよいよヴィンセントは脱力したようだった。

「いや……」

呆気《あっけ》にとられて言葉を失っていると、やがて家の奥から高い声が聞こえてきた。

「お母さん、誰が来たの？　郵便屋さん？」

「違うわ、スチュアート……郵便屋さんじゃないみたい……」

家の中を振り返ってそう答えた女性は、不安げにヴィンセントへ視線を戻す。

「俺たち――我々は、その……」

左手で顎を摩《さす》り始めたヴィンセントは、数秒してからツラツラと話しはじめた。

「我々は……パーマストン市長の部下の者です。大電波塔セレモニーも近いので外からの旅行者も多いでしょう？　とくにこのような邸宅の並ぶ地域ですと騒音や治安を気にする方も多いもんですから、ここ最近のお悩みなどをお伺いしようと思いましてね……」

よくもまあこんな短時間でもっともらしい理由を並べられるものだとイルミナも感心せざるを得ない状況だが、出会い頭にあれほど乱暴なことを言った以上は騙《だま》し通せないだろう。

ヴィンセント自身ですらそう考えていたのだが、意外にも女性は心底安心したように微《ほほ》笑《え》みを浮かべると、扉を大きく開いた。

「そういうことでしたか……市長のお遣いの方でしたら拒む理由もございませんわ。どうぞ、中へ」

「……突然の訪問で、どうも申し訳ございませんね。お邪魔させていただきます」

愛想笑《あいそわら》いの後、一瞬だけイルミナに目をあわせ、ヴィンセントは家の中へと入っていく。

イルミナもほんの数秒後ろを振り返って、辺りの沈黙に不安げな表情を見せてから彼に続いた。

「うっ……」

家の中に充満する不快な甘ったるい臭いに、イルミナは思わず呻き声を上げた。

当然だが、家の中と外ではまとわりつくような腐乱臭の濃度が大違いだ。

「あなた、お客様よ。市長の部下の方がいらしてるわ」

二人を客間に通してから、女性は家の奥へと消えて行った。亭主を呼びに行ったのだろう。

表情を歪《ゆが》めながらもソファに座ったイルミナが横を見上げると、ヴィンセントは平然とした様子で顔に愛想笑いを張り付けていた。

「見ろ、テレビジョンがあるぜ……」

ヴィンセントに耳打ちされて、イルミナは彼が顎で示した先に目を向ける。

部屋の隅、立方体の箱に足がついたような装置が置かれている。箱の上から飛び出した針金のようなものは、おそらく電波受信用のアンテナだろう。

箱の正面——画面に映っているのはどうやら舞台劇のようだ。

床に座り、その白黒の画面を食い入るように見つめているのは、見たところ五、六歳の男の子である。

「ヴィンセント……この臭い——」

「死体だ」

すっぱりと言い切ってから、ヴィンセントはひそひそと話し続ける。

「だが、どうやらこの家の連中に『やましい』ところはないらしいぜ」

「それって……どういうことだろう？」

「さっぱりだ……手紙はどうだ？」

ヴィンセントに促されて、イルミナは手紙を取り出した。開いてみても、文面はそのまだ。

「〈鳩〉の野郎……どういうつもりだ？」

やがて、部屋の奥から三つの影が連れ立って現れた。

「お待たせして申し訳ない。ようこそお越しいただきました」

と穏やかに声をかけてきたのはいかにもホワイトカラー風の男だった。この家の主《あるじ》だろう。年のころは三十過ぎといったところだ。

ヴィンセントがすぐに立ち上がったのを見て、イルミナも慌ててソファから腰を上げた。

「市庁から来ました……ヴァンサンです。こちらは今年から部署に入った新人のイルマといいます」

「スティーブン・ネイルスだ。こちらは妻のデイジーと、娘のアリル……あそこでテレビにかじりついているのは息子のスチュアートだ。よろしく」

「スチュアート！　お客さんがいらしているときはテレビを消すという約束でしょう？　ご挨拶しなさいな」

家主のスティーブンとヴィンセントが握手をしている横で、デイジーは困った様子でテレビの前に座る息子に声をかけていた。

母親にテレビを消されてしまった小さな男の子は、渋々といった様子で立ち上がってイルミナたちを上目遣いに窺《うかが》って、そしてぺこりとお辞儀をした。洟《はな》が垂れている、寒い日が続いたから風邪をひいているらしかった。

イルミナがそっと微笑みかけると、スチュアートははにかみながらデイジーの陰に隠れてしまった。

つづいてイルミナは、人の輪から一歩離れたところに立っている少女に目を向ける。

スチュアートよりは年上に見える、十二、三歳の少女だ。他の家族と同じように金髪に碧眼《へきがん》の標準的なエミグラント人だが、リラックスしている親たちとは違い、どことなく不安そうにヴィンセントを見つめていた。胸に抱えているのは、魔法制御に関する論文誌のようだ。見た目の幼さに反して聡明《そうめい》な少女なのかもしれなかった。

「失礼ですが、この臭い……」

と、意外にも単刀直入に切り込んだヴィンセントに対して、スティーブンとデイジーはきょとんとした顔になった。

「臭い……ですか？　つい最近隣の家がリフォームをしたばかりでね。壁材や塗料の臭いかもしれない。申し訳ないけど、少し我慢してもらうことになるよ」

「なるほど、リフォームですか……」

納得したような口ぶりのヴィンセントだが、ピクリと動かした眉にその本心が表れていた。

「ご家族は……四人で？」

「ああ、ここにいる四人だよ」

「ペットの類いは？」

「スチュアートがアレルギーなんだ。動物は家には入れないよ」

「そうですか、そうですか。戸籍台帳の登録と同じですな」

ヴィンセントは頷《うなず》くと、少し腰を落としてスティーブンとデイジーの目を交互に窺うようにして再び愛想笑いを浮かべた。

「折角の土曜の朝です。あまり長居してもご迷惑でしょうから、用件は早く済ませましょう。重ね重ね恐縮なんですがね、ご家族様お一人お一人に『忌憚《きたん》のない』お話をお伺いしたいもんでして……小さなお部屋をお借りして、お一人ずつお話をさせていただけないでしょうかね？ よく言うでしょう？ 『クリケットと政治の話はディナーテーブルに上げるな』」

「もちろん、構わないよ。書斎がいいだろう」

「おっと……その前に……」

「？ どうしたのかな？」

ヴィンセントはバツの悪そうな顔をした。

「ちょっとお手洗いをお借りできませんかね？ 場所を教えていただければ自分で行けますから」

書斎の二人掛けソファに小さく座っていたイルミナは、不安げな様子で室内に視線を彷徨《さまよ》わせていた。古風で落ち着いた、趣味のよい書斎だった。汗牛充棟《かんぎゅうじゅうとう》というほどではないが、十分に知識人的な本棚に囲まれて、華美ではないが実用的な執務机がある。二人掛けのソファは来客用だろう。壁にはいくつも額が掛けられており、中には新聞記事の切り抜きが収められている。

なんとなく額の中の記事の内容が気になっていたイルミナだったが、ヴィンセントが入室するやソファから立ち上がった。

彼女から投げかけられた視線に込められた意味に、ヴィンセントが気が付かないはずもない。

「……リフォームなもんか。二階の奥の部屋に『あった』ぜ。あんたは入るんじゃねえぞ」

「それって……」

「死体と部屋の様子を見たところ……どうやら女、それも老人だろうな。争った形跡はないし、目立った外傷もない……考えにくい話だが、俺の見立てじゃ、ありゃ餓死だな」

「餓死⁉ でも、じゃあ、そのおばあさんはどうして家で死んだまま放置されているんだ……？」

「そこが問題だぜ」

ヴィンセントは書斎の扉の向こうをちらりと気にしてから話し始める。

「ここの家族は、どいつもこいつもまったく『まとも』だ。簡単に話しただけだが、これっぽっちもやましい様子はねえぜ。堂々としてやがる。そこが一番、まともじゃねえところだ」

「彼らもテロリストで……家族を偽装している可能性はないのかい？　……いや、だとすれば意図が分からないな……」

「手紙は？」

もう一度手紙を開いてみても、そこに書かれている内容に変化はない。

ヴィンセントは口をへの字にしたまま舌打ちをする。

「こいつは……明らかに〈鳩《はと》〉からの『挑戦状』だぜ。ナメくさりやがって……この状況の謎を解かねえ限り、野郎の正体にも近付けねえってわけだ」

「…………」

イルミナは小さく震えていた。拳を握り込み、俯《うつむ》き、口を噤《つぐ》み、眉間に皺《しわ》を寄せていた。

「……怖いのか？　あんたはここにいればいい。俺がなんとかしてやる」

「違うよ……ボクは……ボクは怒っているんだ」

ヴィンセントを見上げるその目には、言葉に違《たが》わず静かな炎が宿っている。

「アラネアにしろ……マダム・アレプにしろ……無関係の人を踏みにじることに、どうして躊躇《ちゅうちょ》をしないんだろう……この状況が〈鳩〉によって作り出されたものなのだとしたら、ボクは許せないし……とても悲しいよ」

「そうか。ちょうどいいぜ」

ヴィンセントは不敵な笑みを浮かべると、気炎を上げるイルミナの頭上にぽんと手を置いた。

「謎を解くと言っても、どうしていいか分からねえんで困ってたところだ。全員タコ殴りにして吐かせてやろうと思ってたんだが、あんたなら冴《さ》えたやりかたを知ってそうだな」

言うや否《いな》や書斎のソファにでんと座り、ヴィンセントは放任の構えだ。

「冴えたやりかたは知らないけど……やっぱりここは『会話』しかない。さっき、君が客間でスティーブンさんに言っていたことは正しいよ。家族たち『一人ずつ』に話を聞いて、なにが起きているかを探り出す」

イルミナは執務机の上の紙とペンを手に取った。書斎にあるものは自由に使っていいと、家主からは許可を得ている。

「インタビューに入る前に、状況を整理しなくちゃ」

さらさらと紙にペンを走らせると、紙の上には端正な字が並ぶ。

■ネイルス家
・スティーブン：家主　三十代後半
・デイジー：スティーブンの妻　三十代前半
・アリル：一家の娘　十代前半
・スチュアート：一家の息子　五歳程度
・老女：家族との関係性は不明　故人（二階の部屋で発見。激しく腐敗）

■状況
・死体が放置されたまま、ネイルス一家は平然と生活を続けている
↓　隠蔽しようとする様子は見られない。死体にそもそも気が付いていない？

■解かなくてはならない謎
①なぜ死体が放置されているのか
②〈鳩〉の目的
↓　自分の正体を明かすに値するか、ボクたちを試している？

「今分かっていることはこれくらいかな……誰から話を聞くべきだろう?」

「そりゃ、スティーブンだろ」

メモを見ながら首をかしげるイルミナに、ヴィンセントは間髪入れずそう答えた。

「あくまで、俺たちは市長の遺いとして来てるんだ。家主から話を聞くのがマナーだろうよ」

「……それもそうだね」

「俺が質問をしよう。あんたは書記をやってくれ。一言一句漏らさず頼むぜ」

イルミナが頷いたのを見て、ヴィンセントはソファから立ち上がった。スティーブンを呼びにいくためだ。

およそ十五分後、スティーブンがインタビューを終えて書斎を出ると、室内には苦い顔の二人組が残されていた。

「いよいよ分からなくなってきたぜ」

「……もはや不自然なことしか起こっていないよ」

ヴィンセントは横に座るイルミナの手元を覗《のぞ》き込んだ。そこには先ほどのインタビュー内容を書き留めたメモがある。

「新しく分かったことと、それからおかしなところがそれぞれあるようだね」

インタビューのメモに目を通しながら、イルミナは状況整理のためのメモを書き足していく。

「分かったこと……それは二階の死体が、ナタリアというスティーブンさんの母親であることだ。ただし、君の見立てだと一週間前に亡《な》くなったはずの彼女が八年前に死んでいると、彼は信じているらしい」

「あれは間違いなく八年前の死体じゃねえな。もしそうならとっくに白骨化してないとおかしいぜ」

「ふむ……」

それに、とヴィンセントは言葉を続ける。

「いくらなんでも市長のことを盲信しすぎちゃいねえか？　質問に対する答えもそうだが、突然現れた俺たちを疑いもしねえってのは不自然だぜ」

「それはボクも同じことを考えていたよ。ボクたちの恰好は、どう見たって市庁に勤める人間のものではないからね……君が出会い頭にデイジーさんに乱暴なことを言ったことも、まるで気にしていない様子だし」

「どうも、こいつは探偵ごっこじゃ解決しそうにねえぜ？　なんらかの魔法が関わっていると見て間違いない」

「彼らに催眠のような、なにかしら認知の歪《ゆが》みが生じる要因がある、ということかい？

マダム・アレプの魔法のような……」

「ああ……だが、マダム・アレプの幻惑魔法みてえなチャチなもんじゃねえな。洗脳が一週間持続しているようで、しかも見かけ上はまともに俺たちと会話ができる……そんな高度な魔法は戦場でも聞いたことがねえ」

「……もしかして、〈天窓の八義眼《オクト・アルカナ・オキュラス》〉……！」

「ああ……俺も同じことを考えてた。『人を意のままに操る』義眼ってのがあったはずだろ？　というか――」

と、ヴィンセントはその細長い指でイルミナの右目を指した。

「あんたの右目、魔力が見えるようになってんだろ？　その魔法のお目々でこの状況をなんとか分析できねえのか」

「魔力が見えるからといって、なんでも分かるわけじゃないんだよ」

「チッ……意外と使えねえな……」

「むっ……いいかい？　この義眼はどんな微量の血液からでも、そこに含まれる魔力量や特性を99・９９９９９％の精度で分析できる超高性能義眼なんだ」

ちなみに、とイルミナは例の手紙に目を向ける。

「あの手紙のインクに混ぜられているのは水型の血だね」

「……話がとっ散らかって来たな」

「……そうだね。一旦情報をまとめてみようか」

イルミナは淀《よど》みのない手つきで紙にペンを走らせ始めた。

■状況
・死体が放置されたまま、ネイルス一家は平然と生活を続けている
↓ 隠蔽しようとする様子は見られない。死体にそもそも気が付いていない？
↓ なにかしらの認知の歪みが発生している

■ネイルス家の認知の歪み
①ナタリアの死について
・スティーブン氏：ナタリアは八年前に死んだと認識しており、二階奥の部屋に死体があるとは思っていない
②市長への盲信

・突然現れた我々に対しても不信感を露《あら》わにすることなくすべて言う通りに対応をしてくれる。スティーブン氏の話を聞く限り、かなり熱心な市長支持者のようだ

↓ なんらかの洗脳魔法にかかっている？　歪み①と②の関係については不明

また、それが〈鳩〉の仕業によるものであるかも不明

「こんなものかな。デイジーさんに訊《き》くべきこともはっきりしてきたかもしれない」

「ナタリアの死についてどう思ってんのかは訊いておかねえとな。それと、市長に対する盲信が魔法によるものなのか、それともただ単に熱烈な支持者なのかもはっきりさせておいた方がいいぜ」

「……よし、ボクがデイジーさんを呼んで来るよ」

小さく息をついてから、イルミナは書斎を出た。

二分後、書斎に現れたのはデイジーではなかった。

「……あ、あの」

と、小栗鼠《こりす》のように震えているのは、ネイルス家の長女アリルである。

長い前髪の奥で、碧眼《へきがん》がヴィンセントを捉えてはすぐに離れるのを繰り返している。

ヴィンセントはアリルの後から部屋に入って来たイルミナにアイコンタクトを送った。次に話を聞くのはデイジーだったはずだ。

「デイジーさんはスチュアートくんの鼻炎がひどいから、点鼻薬をさしてあげているんだ。スチュアートくんが嫌がっているから、少し時間がかかりそうでね。先にアリルちゃんの話を聞くことになったんだ」

「……そういうことですか」

と、ヴィンセントは例の愛想笑《あいそわら》いを浮かべて、居住まいを正した。

「では、お嬢ちゃん……インタビューに答えてもらってもいいかな？」

「……ひぇ……」

しかし、どうやら子供の感覚というのは敏感なものらしい。ヴィンセントの張り付けたような愛想笑いの奥にある剣呑《けんのん》な雰囲気に、アリルは怯《おび》えているようだった。

「大丈夫だよアリルちゃん。あのおじさん、怖くないよ……」

「おじさんだと？」

と、凄《すご》んだヴィンセントが身を乗り出すと、座っていたソファが後ろへずれて壁に強《したた》かにぶつかった。

壁に掛けられていた額がバタバタと音を立てて揺れる中、ソファの近くの額の一つが落下する。

「おっと……」

と腕を伸ばして額をキャッチしたヴィンセントを見て、イルミナとアリルはほっとしたような顔をした。

「もう！　余計怖がっちゃうじゃないか！」

「うるせえなあ……ならあんたがインタビューしろよ」

と、そういうわけで、アリルへのインタビューは質問者イルミナ、書記役ヴィンセントとして進められることになった。

アリルへのインタビューを終えると、二人きりの書斎でイルミナたちは再び顔を突き合わせた。

「それにしても、君の字はひどいな……」

「読めりゃいいだろ文字なんてのは」

ヴィンセントの粗忽《そこつ》さにはすでに慣れている。深く追及することなく、イルミナはメモを見返しながら小首をかしげた。

「アリルちゃんも、ナタリアさんが死んだのは八年前だと思っているらしいね。スチュアートさんと同じようにやけに市長に対して好意的なのが気になるけど、それが洗脳の証拠というには決め手に欠けるかな……」

「…………」

ヴィンセントはソファに座ったまま顎の下を摩《さす》り始めた。イルミナが整理していたメモを見返しては眉根に皺《しわ》を寄せている。

「この家がおかしいってのは再確認できたが……あまり解決に向かってる気はしねえな」

人差し指でもみあげのあたりを二、三度掻《か》いてから、ヴィンセントは不機嫌そうに呻《うめ》いた。

「市長と洗脳をどう結びつけたもんかね……ちょっとリスキーだが、次のインタビューで一つかましてみるか」

「『かます』って、なにを?」

疑問符を浮かべるイルミナに対して、ヴィンセントは彼の企《たくら》みを語った。

それを聞いたイルミナは目を丸くして、それから神妙な顔で首を横に振った。

「そんなの、危なすぎるよ……絶対にボクたちが怪しまれることになる」

「とっくに怪しまれてなきゃおかしい状況だろうが。俺の考えが間違っていなけりゃ、試してみる価値はあるぜ。ダメなら家に火をつけてトンズラさ」

「後半はまったく賛同できないけど、まあ、君の考えにも一理あるにはある……かな……」

「なら、善は急げだぜ。あんたはその綺麗《きれい》な字でしっかりメモを取ってくれ」

書斎に呼び込まれたデイジーは、申し訳なさそうな顔をしていた。

化粧っ気のない綺麗な女性であったが、主婦業からくる疲労がその顔に少し陰を作っていた。

「すみません、スチュアートの風邪がひどくて。何を食べても匂いも味もしないと言って、食事を嫌がるんです……」

「そいつは大変ですな。しかし、ノーリッチの医療環境はラングトンにも引けをとりませんよ。腕のいい医者に掛かれば安心でしょう」

「ええ……これもパーマストン市長のおかげです」

「お褒めにあずかり、部下としても光栄ですよ……それにしてもお若く見えるご家族ですなあ、旦那様もそろそろ四十路《よそじ》とは思えませんよ。奥様は、まだ二十代ですか?」

「まあ、いやですわ。今年で三十二になります」

「やはりお若く見えますなァ」

と、歯の浮くようなことを言うヴィンセントに対して、横で議事録を取っていたイルミナは少し呆《あき》れたような顔をしていた。

「突然で失礼なんですがね、スティーブン氏の後妻だと伺ったんですが、それは本当ですか？」

「ええ……七年前でしょうか、スティーブンと出会ったとき、彼は寡夫でした。まだ小さかったアリルを育てながら仕事もしていて、私が支えてあげなければと思いましたの」

「ロマンティックですなあ。旦那さんと出会ったのが七年前となると……この家に来られたときには、すでにナタリアさんはお亡《な》くなりに？」

「お義母《かあ》さんですか？　いえ……亡くなられたのは私がこの家に嫁入りした後、スチュアートが生まれる前ですから、六年前のはずです」

と、そう答えた。

六年前？

イルミナは思わずヴィンセントのほうを見遣《みや》ったが、ヴィンセントは少しの間黙っただけで露骨に表情を変えたりはしなかった。

「どうかされましたか？」

「いえ……つまり、この家にいらしたとき、まだナタリアさんはご存命だったということですかね？」

「ええ……気難しい方でしたのであまり会話はできていなかったですが……」

「なるほど、そうですか……」

ヴィンセントは鷹揚《おうよう》に頷《うなず》くと、「では、質問を変えましょうかね」と言った。

首肯するデイジーに対して、ヴィンセントはこれまでの慇懃《いんぎん》な態度から一変して、いつもの底意地の悪そうな顔をした。

「……わたくしはね、パーマストンのような権力に執着するクズ野郎には反吐《へど》が出るんですよ。よっぽどあの自殺したエルフェール前市長の方が市長に向いてたと思うんですが、どう思いますかね？」

ヴィンセントがそんなことを言った瞬間だった。

彼に向けられていたデイジーの目の焦点がぼやけて、彼女はまるで目の前にいるヴィンセントを見失ったかのようにきょとんとした顔をした。

「奥さん？　あなたに訊いてるんですよ。クズのパーマストンをどう思っているのか」

ヴィンセントの呼びかけも、彼女の耳に届いていないようだった。

いよいよきょろきょろと辺りを見回すと、デイジーはヴィンセントの横に座るイルミナに顔を向けた。

「あの……イルマさん。先ほどまでそちらに座っていたヴァンサンさんはどうされましたか？　質問を変えるとおっしゃっていた気がするのですが……」

「えっと……あの……」

口ごもるイルミナのそばで、ヴィンセントはいっそう勢いをつけて煽《あお》り始めた。

「奥さん？　奥さ～ん！　わたくしはここにいますよ。無視とは感心しませんね」

「そういえば、お手洗いに行かれると言っていた気がしますね。まだ戻られないのでしょうか？」

ヴィンセントの言葉にかぶせるようにそう言ったデイジーを見て、ヴィンセントはソファから立ち上がった。

デイジーの肩を揺すったり、その目の前で手を振ったりしても、彼女はヴィンセントに対して抗議を示そうとはしなかった。

「……スチュアートの風邪が伝染《うつ》ったのかもしれません。体が震えたり、目の前がチカチカしたりするんです。お二人にも伝染してしまったら申し訳ないですわ」

それを聞いたヴィンセントは再びソファに戻ると、今度は姿勢を正して、またあのわざとらしい笑顔を作った。

「いやはや、パーマストン市長はノーリッチ始まって以来の偉大な政治家ですな。エルフエールの汚職を暴いた上であれほどの大電波塔事業を成し遂げたのですから」

ヴィンセントが話し終えるや否《いな》や、デイジーの目は真《ま》っ直《す》ぐヴィンセントを捉えた。

少し驚いた顔をしながらも、彼女はヴィンセントに微笑《ほほえ》みかける。

「まあ……お戻りになっていたのね。おっしゃる通り、市長は立派なお人ですわね」

「どうも、どうも。いやはや、答えにくい質問にもお答えいただき大変助かりました。最後にスチュアートくんのお話を聞きたいのですが、風邪の具合は落ち着いとりますかな？」

「はい、薬が効いて少し元気になって来たようです。難しい話は分からないでしょうけど……」

「なにも詰問にかけようってわけじゃないんです。スチュアートくんにはテレビの感想を訊《き》きたいだけですよ……では、奥様への質問はここまでにしましょう」

ヴィンセントがインタビューの終了を告げると、彼女は静かに立ち上がった。

疲れからか、それともヴィンセントに揺さぶられたからか、デイジーは部屋から出ようとした際に少しよろめいて出口の壁に体をぶつけた。

結果として、先ほどヴィンセントの頭上に落ちかけた額が再び落下し、今度は彼に受け止められることなく、そのまま書斎に派手な音を響かせる。

しかして、デイジーはそれに気付く素振りも見せず、ただそろりと書斎を出て行ってしまった。

「ヴィンセント……」

扉の閉められた書斎で、イルミナがおずおずと切り出す。

「賭けは成功だぜ。やはり、洗脳と市長ってのはバッチリ繋《つな》がってやがった」

「君が市長の批判を始めた途端に、まるで君が『消えた』ように振る舞い始めた……ナタリアさんの死について認知が歪《ゆが》んでいることと、市長への不自然な支持には関係があるとはっきりしたけど、理由がまったくわからないな……もしかして洗脳の副作用なのかな？」

「単純に、義眼の使い方が下手くそなんじゃねえか？」

メモに情報を書き加えながら、イルミナは小さく頷いていた。生来論理的なこの少女の脳内では、パズルのように事実同士が組み合わさり、今まさに真相に近付こうとしていた。

一方のヴィンセントはと言えば、パズルは解くよりも『解かせる』方が好みであった。

彼は机にかじりついているイルミナをよそに、デイジーによって壁から落とされた額に近付いて、それを手に取った。

これが落ちていたことに彼女が気付いていないとは思えないが、なにやらこの額の存在についても『無視』していたようだった。

額に収まっていたのは、やはり新聞の切り抜きだった。

どうして記事なんかを切り抜いてわざわざ額に入れるのか。ヴィンセントには理解しがたい趣味だったが、手持ち無沙汰だった彼はその内容に目を通し始める。

それは、いわゆる読者からの投書を並べた、新聞においては端に追いやられる他愛もない記事だった。やれ物価が高いだとか薔薇《ばら》が咲いただとか、金を払ってまで読みたいものではない。こんなものを切り抜く意味がますます分からない。

そう思ってヴィンセントが額を放り出そうとしたとき、ふとある文字列が目に入った。

「……『一言居士《いちげんこじ》のN・N』？　ナタリア・ネイルス……」

投書者のペンネームに引っかかりを覚えたヴィンセントは、その投書に目を向ける。

「……イルミナ。ちょっと見てくれ」

「どうしたの？」

「このN・Nってやつの投書内容だ」

差し出された額を受け取ったイルミナは、作業を中断して記事を読み始める。

「……これ、パーマストン市長に対する抗議文だ」

「それだけじゃねえぞ」

顔を上げたイルミナに示すように、ヴィンセントは書斎の壁に掛けられた大量の額を指さした。

「こいつら全部が、死んだばあさんの『声』らしい」


十五分後、執務机に並べられた記事を精査し終えたイルミナは眉を顰《ひそ》めたまま静かに呟《つぶや》く。

「最初の記事が八年前……そして最後の記事が、およそ一か月前。ヴィンセント、君の見立ては間違っていないようだ。この『N・N』がナタリアさんのことなのだとすれば……彼女は少なくとも一か月前まで生きていたことになる」

「あのばあさんが死んだまま放置されている理由もなんとなく分かって来たぜ」

「ナタリアさんが市長を批判し始めたのが八年前。だから、スチュアートさんとアリルちゃんの中では、ナタリアさんが八年前に死んだことになっていた……？　でも、どうしてデイジーさんは六年前に亡くなったと思っているんだろう？　もうあと一歩、わかってないことがありそうだね……」

メモを挟んで二人が話し込んでいると、書斎の扉が開く音がした。

執務机の上には壁から降ろされた額が散乱している。家族からその存在を認識されていないとはいえバツが悪い状態には違いないので、イルミナは慌てて背中で執務机を隠すようにしながら書斎の扉の方に向き直った。

「……って、あれ？　どうしたの？」

扉から体を半分だけ覗《のぞ》かせているのは、ドアノブにようやく届くかどうかというサイズの人影だ。

「ぼくのばんってきいたから……」

どうやらお呼びがかかるのを待ちきれなかったらしいスチュアート少年が書斎にやってきてしまったようだ。鼻声だが、気持ちは元気そうだ。

主従の二人は目を見合わせて、それから取り繕うように愛想笑《あいそわら》いを浮かべた。

およそ五分後。

「…………」

スチュアートが退室した扉に目を向けたまま、イルミナは見るからに意気消沈していた。

結論から言えば、スチュアートは未《いま》だに祖母が生きていると思い込んでいた。

鼻炎もあり家に漂う異臭に鈍くなっているのだろう。そして、おそらくはこれが死臭であるということも理解できていないはずだ。

彼の話によれば、ナタリアはしばらく病気で部屋に閉じこもっているらしく、治るまでは会えないのだという。イルミナはスチュアートに真実を告げることができないでいた。

ヴィンセントはそんなイルミナに、若干の気遣いを感じさせる口調で話しかけた。

「感傷に浸るのも無理はねえが、これで全員分のインタビューは終わっちまったぜ。さすがにずっとこの家にいるのも不自然だろ。まあ……市長の名前を出せばいつまでもいられそうな気もするが……」

「……わかっているよ、ヴィンセント。ボクだってここに長居したいってわけじゃない」

覚悟を決めたようにペンを執ると、彼女はここまでに得られた情報を紙に書き出した。

■ネイルス家
・スティーブン：家主　三十九歳
・デイジー：スティーブンの後妻　三十二歳
・アリル：スティーブンと前妻の娘　十一歳
・スチュアート：スティーブンとデイジーの息子　五歳
・老女（ナタリア）：スティーブンの母（二階の部屋で発見。死後約一週間。激しく腐敗）

■状況

・死体が放置されたまま、ネイルス一家は平然と生活を続けている

■解かなくてはならない謎

①なぜ死体が放置されているのか

②〈鳩《はと》〉の目的

「解かなくてはならない謎について、順番に見て行こう。これまでのインタビューから、ほとんど答えは出ているはずだよ」

イルミナがそう言うと、ヴィンセントは横からメモを覗き込んだ。

「まず『①なぜ死体が放置されているのか』。これはボクの考えだけど、きっとネイルス家が『市長を崇拝・信仰する』という洗脳にかかっていることの副作用によるものだと思う。多分、市長に対して敵意を向ける存在を脳が認識できなくなってしまったんだ。スチュアートくん以外の三人は、ナタリアさんが市長に対して批判的であることを知っているから、ナタリアさんが市長に対して批判的だと知った時点で、彼女は死んだものとして認

識しているんだろうね」

「……ばあさんが死んだ時期について認知のズレがあるのは、そもそもデイジーがばあさんのことを知ったのが嫁入りした六年前だから、ってことか？」

「うん。そして、スチュアートくんはまだ政治的なことが分からないから、今でもナタリアさんが生きていると思っているんだ」

イルミナの言葉を受けて、ヴィンセントはぽりぽりとこめかみを指で掻《か》いた。

「……しかし、誰があいつらを洗脳したんだ？　〈鳩〉の目的もそうだし、肝心なことが分からねえな」

「……どういうことだ？」

「『②〈鳩〉の目的』と合わせて、直接〈鳩〉に訊けばいい」

未だに小さな疑問符を浮かべたヴィンセントに対して、イルミナは真剣な面持ちで答える。

「最後のインタビューだ、ヴィンセント。場合によっては……手荒なこともしなくてはならない」

「何度も呼び出してごめんね」

と、先ほどのインタビューとは打って変わってどこか冷たい表情のイルミナに対して、再度呼び出されたアリルはびくりと体を震わせる。

二人掛けソファの真ん中に座ったイルミナの傍《そば》には、ヴィンセントが無言で立っている。

「もう一度インタビューがしたいんだ、アリル・ネイルスではなく、〈鳩〉へのインタビューがね」

「な、なにを言っているのか分からない……」

論文誌をぎゅっと抱きながら震える声でそう答えたアリルに対して、イルミナは少し悲しそうな顔のまま問いかけを続ける。

「思い出したんだ。一度目のインタビューのとき、君はヴィンセントに向かって落ちてきた壁の額に反応していたね。あのときは気が付かなかったけど、パーマストン市長への批判投書が掲載された記事を、君は明確に認識できている」

「…………」

「君が記事の内容を理解できないはずはない。つまり——君は洗脳されていない」

「せ、洗脳……？　意味が分からないよ……」

「お願いだよ、アリル。乱暴なことはしたくないんだ。自分が〈鳩〉だと認めてくれないかな？」

イルミナがそう言うと同時に、横に立つヴィンセントが一歩、前に進み出た。

「……っ！」

脱兎《だっと》のごとく逃げ出そうとしたアリルであったが、書斎のドアノブを摑《つか》んだ手の上から、大きくて節張った手が被《かぶ》さった。

アリルが見上げると、つい先ほどまでソファの横にいたはずのヴィンセントがすぐ横に立っていた。

「きゃッ——」

悲鳴を上げる間もなく口を押さえられ、アリルは子猫のように摘まみ上げられてソファの前まで運ばれた。

「……ごめんね」

ヴィンセントはアリルの手を摑むと、問答無用でイルミナの前に突き出した。

イルミナは恐怖のあまり震える少女の手を取ると、もう片方の手で小さな安全ピンを取り出した。

アリルが状況を理解するよりも早く、イルミナがピンの先でアリルの手の甲をちょんっと刺すと、青い血がほんの小さな玉となって手の甲に浮かび上がる。

「……うん、間違いない」

左目を閉じて、魔法仕掛けの右目でその血液を観察したイルミナは、確信を得たように頷《うなず》いた。

「手紙に込められている魔力と同じものだ。やはり、〈鳩〉の正体は君だね？」

神秘的な両目に見つめられて、アリルはいよいよ正体を隠しきれないことを悟り、小さく頷いた。

「テロリストどもに指示を出してたのがこんなガキとはな……」

アリルをソファに座らせ、イルミナはその正面に椅子を据えて腰かけていた。

ヴィンセントはイルミナが座るその椅子の背に手を当てて、そこに体重を乗せるように立っていた。

「ど、どうして……わたしが〈鳩〉だと分かったの？」

「……君にインタビューをしたとき、ナタリアさんが死んだのは八年前だと言ったよね」

「うん……」

「八年前というのは、エルフェール元市長の汚職を暴き、パーマストンが新しく市長になった年だ。同時に、ナタリアさんがパーマストン市長への批判を始めたのもこの時期だね。スティーブンさんがナタリアさんを『八年前に死んだ』と認識しているのは、彼女が八年前から市長の批判をしていることを知っているからだと、ボクは考えたんだ」

執務机の上に置かれた記事の切り抜きに目を向けて、イルミナは話し続ける。

「デイジーさんは、パーマストン市長就任後にこの家へ来た人間だ。最初はナタリアさんとそりが合わず、彼女の政治的信条も知らなかったから、ナタリアさんが市長に批判的であることを知ったのは今から六年前ということになる。だから、彼女の認識では、ナタリアさんは六年前に死んだことになっているんだ」

イルミナは執務机を見るのをやめ、アリルに向き直った。

「君の場合、そこの回答が怪しかった。八年前、君はまだ三歳だ。スチュアートくんがいまだにナタリアさんの死を認識していない以上、君がナタリアさんの死を八年前だと認識しているのは不自然だよ」

「…………」

アリルはソファの上で俯《うつむ》いた。どうやら、イルミナの推測は正しかったようだ。

「君の目的は一体何だい？　家族たちと同じように洗脳されたフリをして、陰ではテロリストたちに指示を出して電波塔の破壊計画に協力するなんて……」

穏やかに問いかけるイルミナに対して、アリルは目を伏せたまましばらくは言葉を発することはなかった。己《おの》が身を掻き抱《いだ》きながら、少女はやがて絞り出すように答えた。

「た、助けて、欲しかったの……」

体を縮こまらせて、アリルは落ち着かない様子で腕を摩《さす》ったりしている。しんとした書斎に、少女の震える声が響く。

「わたしの家族を洗脳したのは……市長なの……」

「なに？」

と思わず声を上げたヴィンセントに対して、イルミナは冷静な様子だった。

「市長と目が合うと、みんな『いいなり』になってしまう……は、半年くらい前……日曜学校に市長と秘書の男の人が、挨拶をしに来たの……そうしたら、それから先生もみんなも様子がおかしくなって……」

「『目が合うといいなりになる』？　おい……イルミナ……」

「……うん。半年前は、師匠が死んだ時期とも重なる。やっぱり工房から盗み出された〈天窓の八義眼《オクト・アルカナ・オキュラス》〉が関わっているんだ」

イルミナは真っ直ぐアリルに目を向けたまま、二人がこの家へと導かれるに至った経緯について問いかける。

「……君が洗脳されなかったのはどうしてなんだい？」

「わ、わたし……人と話すときに目を合わせられないから……それで平気だったんだと思

う……」

その当時のことを思い出したのか、アリルは俯いたまま自分の体を抱きしめる。

「それで……市長がわたしに言ったの、『協力しろ』って……わたしの血を混ぜたインクで字を書くと、後になってそのインクを動かせるって、学校でも知られてたから……市長は多分、どこかでそれを知って、わたしを洗脳したつもりで命令したの……」

「それでビビッて洗脳されたフリをして手を貸していたわけだな？」

「……うん……」

「家族たちは、君が市長のいいなりになっていることは知っていたのかい？」

「ううん……知らない。そんなことを言ったらどうなるかわからなかったから……」

だとしたら……とイルミナは険しい顔をした。

「君の家族たちが洗脳されたタイミングは、ナタリアさんが亡《な》くなった日の前後。一週間ほど前で、市長と目を合わせるタイミングがあるとすれば、それは――」

「おいおい……」

とイルミナの推測を遮るように、ヴィンセントが言った。

ことここに及んで、彼もイルミナと同じ仮説に辿《たど》り着いたらしい。

だが、その荒唐無稽さにヴィンセントは苦笑さえ浮かべていた。

「まさか、テレビの生中継がそうだって言いてえのか？　あの箱に映った白黒の市長と目が合ったから、ここの家族は全員催眠にかかったってことか？　冗談じゃねえ、『画面越し』だぜ⁉」

「……師匠の作った義眼なら、あるいは」

重々しく呟《つぶや》いたイルミナに、上目遣いのアリルが言葉を継ぐ。

「テロリストたちの計画を邪魔している二人組がいると知って……個人的に情報を探ったの。そうしたら、義眼職人だとわかったから、もしかしたら市長の目のことも詳しいかと思って……でも、正体を晒《さら》したら殺される可能性もあったから……」

「洗脳されたフリをして、ボクたちに自力で市長の目に辿り着かせようとしたんだね」

アリルは頷いて、

「血を見ただけで魔力がばれるとは……思わなかったけど」

と呟いた。

「君の手紙は挑戦状というわけではなく、ＳＯＳだったということなんだね」

イルミナが嘆息すると、アリルは顔を上げてソファから身を乗り出した。

「助けてほしいの……わたしも、家族も……市長を倒して、目の呪いから解放してほしい……」

痛切なアリルの思いに、イルミナは黙ったまま頷いた。

「問題はお前の家族だけじゃねえ」

ヴィンセントは苦い表情のまま窓の外にちらりと視線を向ける。

「電波塔のテレビ放送範囲拡大。これがラングトンまで届いた日には、晴れてパーマストン首相が誕生するはめになるぜ」

「コルテスタからの旅がようやくここへ繋《つな》がったんだ、ヴィンセント。師匠の義眼がアリルと家族たちを苦しめているのだとしたら、なんとしてもそれを回収しなくてはならないよ。さもないと苦しむ人間がどんどん増えていくことになる」

「わ、わたし……お二人を手伝うことができます」

怯《おび》えつつも覚悟が決まったらしいアリルは、俯いていた顔を上げて二人をしっかりと見返した。

「……明日は、電波塔の放送範囲拡大を記念するセレモニーです……テロリストたちが警備員のフリをしているので、そこに紛れ込めば市長に近づけると思います……」

「……てめえを信用しろってのか？」

「うっ……」

凄《すご》むヴィンセントに再び俯いたアリルを見て、イルミナは困ったような笑みを浮かべた。

「……事実、ボクたちだけじゃ市長に近付けないのは確かだよ。計画の中核に入り込んでいる〈鳩《はと》〉の協力があるのは、この上なくありがたいことじゃないか」

イルミナのその言葉を受けて、ヴィンセントは黙って顎の下を摩った。帽子の下のその視線はじっとアリルに注がれていたが、彼の思考をそこから読み取ることはできなかった。

少しして、ヴィンセントは顎を摩るのをやめた。

「ふん……いいぜ、あんたがそう言うんならな……」

ただし、とヴィンセントはアリルにぐっと顔を近付けた。

ソファにめり込むほどに縮こまって怯えたアリルに対して、彼は蛇のように囁《ささや》き始める。

「ただし、『作戦』には口を出させてもらう……いくつか、俺の指示にも従ってもらうぜ。いいな?」

「は、はひぃ……」

ほとんど強制的に承諾を得ると、ヴィンセントはアリルから顔を遠ざけた。

「そうとわかれば、こんなところはさっさと出ちまおうぜ。イルミナ、あんたは家族にインタビューが終わったことを伝えて来てくれ。俺は明日のことでコイツと話がある」

遠回しに追い出されていることをイルミナは察していたが、彼女は特に食い下がることもなく席を立ち、そして部屋を出て行った。明日は大立ち回りになるだろうから、もとよりヴィンセントの領分である。

扉が閉められてアリルと二人きりになった後、ヴィンセントは声を潜めながらアリルに『指示』を出し始めた。


ネイルス家の玄関を出たところで、イルミナは振り向いてその邸宅を見上げた。

「…………」

「おい、早く行こうぜ。死臭が沁《し》みついちまう」

「……うん」

と、頷いた彼女の表情は暗い。

「仮に市長があんたの師匠の義眼を悪用していたとして、それはあんたの責任じゃねえ。余計なこと考えて、明日電波塔から足踏み外すんじゃねえぞ」

「ボクの責任で作られたものじゃなくても、ボクが責任をもって回収をしなくてはならないものだよ。今回のことでよくわかった」

そう答えて、イルミナは邸宅を見上げるのをやめて歩き出した。

「というか……肝心なところで床板を踏み抜いた誰かさんにはそんなことを言われたくないな」

「あん？　過去の失敗をグチグチと……これだから女ってのはなぁ」

「いいのかい？　ボクにそんなことを言って……エルに言いつけちゃうぞ」

ノーリッチを覆う曇天が、一層薄暗くなっている。どれほどの時間をネイルス家で過ごしたのだろう、とイルミナは考えた。

ずいぶん近くに見える大電波塔が、骨格だけの巨大な怪物のようにすら思える。

人々を洗脳し、人生を狂わせる危険な義眼。

「……なんとしても、これ以上の悪用は防がなくてはならない」

無言ながらも首肯したヴィンセントと並んで、イルミナは高級住宅地を立ち去った。

大きな邸宅の並ぶ通りには、不気味な静寂だけが残されていた。

血眼回収紀行
チマナコ リコール トラベログ
Chimanako Recall Travelogue

episode4.

跳ねない蚤のメソッド

Flea method that doesn't jump

Chimanako
Recall Travelogue

明くる日、ノーリッチを覆う分厚い雲の切れ目からはぼんやりと日が差していた。

鋼鉄製の大電波塔は広場の中心に堂々と聳《そび》え立ち、群衆はその威容に気圧《けお》されたように首を持ち上げている。

セレモニー当日、電波塔下の広場には数千の観衆が集まっていた。

「スーツに着替えると随分と印象が変わるね。普段から着ればいいじゃないか」

「スーツで旅なんてできるわけねえだろ」

ノーリッチ市肝煎りのセレモニーである。

観客の動線や待機場所は綿密に計画されていて、今のところ混乱はなさそうだ。

そこら中に立っている黒いスーツ姿の人間は、表向きには警備と運営のために駆り出された役所側の人間だ。みな、例外なく腰のホルスターに短杖《ステッキ》をぶら下げている。

「こいつらが全員テロリストだとはな……エレクトラを早めの便で帰らせたのは正解だったぜ」

群衆に紛れ込むようにして辺りを窺《うかが》っていたヴィンセントは、時折それらしい仕草で辺りの黒服とコンタクトを取っていた。ヴィンセントのもともとの風貌もあってか、現状として警戒はされていないようだ。

「それにしても、あんた……そりゃなんのつもりだ？」

ヴィンセントが見下ろした先には、灰色のつなぎに身を包んだイルミナが佇《たたず》んでいた。いかにも作業員という恰好であるところはいいのだが、肝心の作業着のサイズが大きすぎて、袖も腰回りも、そして足元もダボダボである。

「なんのつもりって……アリルが手配した服がこれしかなかったんだから仕方ないじゃないか……」

帽子までサイズが大きいのか、顔を上げると目が隠れてしまうらしく、イルミナは手で帽子のツバを持ち上げながらヴィンセントと話していた。

「セレモニーが始まるまでもう少しだよ。この人だかりの中だと動きづらいし、そろそろ移動したほうがいいんじゃないかな？」

「……作戦開始と行こうか。あんた、動きは分かってるんだよな」

「もちろんだよ」

イルミナは頷《うなず》いた。

帽子がずり落ちたのを手で直しながら、彼女は昨晩ヴィンセントと話し合った『作戦』を振り返る。

「セレモニーが始まった後、市長が電波塔の頂上付近……展望台から演説を行う。その様子は、まさに電波塔を利用した生中継で、広場に設置されたいくつものモニターに映し出される。この間、まだ市長本人や身内が電波塔にいるから、テロリストたちは電波塔を爆破できない。演説が終わって、市長もテロリストも電波塔から離れた後、花火が打ち上げられるタイミングで電波塔の爆破が行われるはずだ」

ヴィンセントは黙って頷く。声を潜めながら、イルミナはいよいよ作戦の核心に触れ始めた。

「ボクたちは、市長のガードが薄くなるタイミング……つまり、電波塔の展望台に彼がいるタイミングで襲撃する。万が一にもボクたちの姿が中継されちゃまずいから、まずはボクが技師に扮《ふん》して、テレビ用のカメラ接続を切断する。生中継のトラブルで混乱している最中の、そのわずかな時間で、素早く市長から義眼を奪取するんだ」

「あとは騒ぎに乗じてトンズラってわけだ。これだけの人ごみ、いくらだって紛れ込めるぜ」

「うん……」

と答えたイルミナはどことなく緊張気味だ。

「別にあんたが暴れまわるわけじゃねえんだ。電波塔に市長に陰謀に……なんとなく規模の大きな言葉ばっかり並ぶから難しそうに聞こえるだけで、アラネアのときと比べりゃ随分楽な仕事だぜ」

「おや、緊張をほぐしてくれているのかい？　不安にさせてすまないね、君の足を引っ張るわけにはいかないから……」

俯《うつむ》くイルミナの頭をポンと一度撫《な》でてから、ヴィンセントはゆっくりと歩き出した。

「行くぜ、バシッと決めて、腐ったババアの無念を晴らしてやろう」

「もっと言い方があるんじゃ……」

苦言を呈しながらも多少の笑顔を覗《のぞ》かせて、イルミナもヴィンセントの後を追いかける。

彼らの目論《もくろ》み通り、二人の姿はすぐに群衆の中に紛れて、そして見えなくなった。

電波塔の足元に辿《たど》り着いた二人は、しかめ面《つら》でそこに立っている黒服にさりげなく近づいた。

喧騒《けんそう》から少し離れたその場所は、厳戒態勢ということもありひりつくような緊張感が漂っている。

「よお、兄弟」

と、片手を上げて近付いたヴィンセントを、見張りの黒服がじろりとにらんだ。

「なにをしている。持ち場につけ」

「凄むなよ。真面目にやってんだぜ？」

　飄々《ひょうひょう》とした様子で、ヴィンセントは人差し指を立てて電波塔の上を指した。

「俺の持ち場はあそこだ」

「あぁ？」

　正面入り口を守るその黒服は、眉間の皺《しわ》を一層深くした。

「市長と護衛の担当はとっくに上がったぜ。お前のことなんて聞いてねえぞ」

「そりゃそうだろ。〈鳩《はと》〉から緊急の命令だ。リハーサルの時にカメラに不具合があったそうで、念のため技師を送るそうだ」

「技師？」

　と、そこで黒服はヴィンセントの背後に立つイルミナに目を向けた。

「そのガキが？」

「おいッ！」

　叫ぶや否《いな》や、ヴィンセントは黒服の額に自らの額を押し付けるように詰め寄った。

「馬鹿野郎ッ！　このセンセーはな、十三でマークスフォードの博士号を取った電子工学の天才なんだぜ！　市長……〈獅子《しし》〉の切り札だって意味だ、分かるな⁉　俺たちみたいな下《した》っ端《ぱ》が雑に扱っていいお方じゃねえんだ！　博士号だぞ博士号！　持ってんのかテメエはよ！　おいッ！」

「いきなりキレてんじゃねえよ……！　分かった、分かった……さっさと展望台に上がれよ」

　ヴィンセントの豹変《ひょうへん》ぶりにすっかり気圧されたらしい黒服は、鬱陶しそうにヴィンセントを押しのける。

「頭おかしいぜ……お前……」

「すまん、すまん……西部戦線以来、感情のコントロールが上手《うま》くいかねえや」

　今度はへらへら笑ってみせると、ヴィンセントは背後を振り返り、イルミナに恭《うやうや》しく頭を下げた。

「では、センセイ、行きましょうかね……」

「う……うむ……行こうかね……」

　黒服よりも唖然《あぜん》としていたイルミナが辛《かろ》うじてそう答えるのを確認してから、ヴィンセントはフラフラと電波塔の入り口へと歩き出した。

「おい」

　と、その背中に呼びかけた黒服に対して、ヴィンセントは首だけを振り向かせる。

「それ……酒か？」

　黒服が指さしたのは、ヴィンセントの尻ポケットに収められた銀色のスキットルだ。

「そんなもん持ち込んで、どやされても知らねえぞ」

「こいつがねえと手が震えるんだよ。わかるだろ、兄弟？」

ヴィンセントのその目の奥に暗い炎を認めた黒服は、小さく舌打ちをして手を払ってみせた。

「……もういい。さっさと行け」

「じゃあな《Ta-ta!》！　エミグラント万歳！」

ひらひらと手を振りながら、いよいよ黒スーツと作業着の二人組は塔の中へと消えて行った。

「……〈獅子〉だってよ。笑わせるぜ」

ゆっくりと上昇するエレベーターの中で、ヴィンセントは例の不機嫌そうな様子でそう言った。

「…………」

「どうした？　俺の顔になんか付いてんのか？」

「君……本当の自分を見失いそうになることって、ないかい……？」

「なんだ、急に……」

「ううん……なんでもない」

ふう……と息をついて、イルミナはエレベーターに取り付けられたガラス窓から外を覗いた。警備を突破したことで用済みになった作業着は、すでに脱ぎ捨てられている。

電波塔の前に集まった群衆がぐんぐんと小さくなっていく。

「あの人たちの中に、すでに市長に洗脳されている人はどれくらいいるんだろう……」

「他所《よそ》から来ている連中も多いだろうな。今日の中継でまとめて洗脳しちまう予定だろ」

「……旅に出たとき覚悟はしていたけど、師匠が作った義眼が、本当にこれだけ多くの人に迷惑をかけるなんて……」

〈天窓の八義眼《オクト・アルカナ・オキュラス》〉を最も理解しているのは、師匠が死んだ今、〈イルミナ〉の名を継いだ自分である。だからこそ、義眼に起因する悲劇や騒動も、自分が収拾を付ける責任がある。

イルミナの感じる重圧は、ここへ来て最高潮に達しようとしていた。

知らず知らずの間に両手を強く握りしめていたイルミナの頭を、大きな手がぐりぐりと撫でまわす。

「余計なこと考えてるんじゃねえ。一丁前に責任者みたいな顔をしやがって……シャキッとしとけ」

「……セ、センセーに対して失礼ではないかね⁉」

照れ隠しをするようにヴィンセントに対してそう答えてから、イルミナは浮想を振り払うようにぺちぺちと自分の頬を軽く叩《たた》く。

やがて、エレベーターは徐々に速度を落とし始めた。

高さ三百メートルに迫るこの鉄塔は、二つのエレベーターを乗り換えながら登ることになる。

第一展望台に到着した二人は、がらんとしたカフェや売店をきょろきょろと見回して、それから歩き始めた。

「……おい、イルミナ、見てみろよ」

展望台の縁《ふち》に立ったヴィンセントは、後に続くイルミナを手招きして、鉄塔の脚の裏側に目を遣《や》る。

「……杖《つえ》だ！　よく見たら全部魔力で繋《つな》がってる……爆発計画に杖の拒絶反応を利用するつもりなんだ……！」

何度も瞬《まばた》きをして両目の義眼を操作しながら、イルミナは愕然《がくぜん》とした様子でそう言った。

展望台にまでびっしりと取り付けられた杖は、紐《ひも》のようなものによって繋げられている。

その数は百や二百で済むものではないだろう。

「大量の火薬を運び込むんじゃ電波塔破壊計画もバレるってもんだが、古い杖をいくら運び込んだところで怪しまれることはねえ……なるほどよく考えたもんだ。思いついてもこれだけ集めようとは思わねえがな」

「イヴァたちが苦しい思いをして集めさせられたものだ。やるせないよ」

イルミナは踵《きびす》を返すと、頂上の展望台へ向かうエレベーターへと進んだ。

「市長さえ止めることができれば、テロリストたちも計画を実行できなくなる……必ずやり遂げるよ、ヴィンセント」

後ろを見ると、ヴィンセントが小走りで後をついて来ていた。

最上層行きのエレベーターに乗り込んだ二人は、その駆動音を聞きながら無言で上層へと運ばれて行った。


最上層へ向かうエレベーターは、一度目のそれよりもずっと長い。

地上の群衆はいよいよ個の判別が難しくなり、金色の草原のように波打っている。

大電波塔の南側には大きな広場があり、群衆はそこに綺麗《きれい》に並ばされている。

一方で電波塔の北側は歴史あるノーリッチ城塞跡であり、今は公園となっている土地だ。

広大な池が名所になっており、その周りには見事な芝生が敷かれている。公園を挟んだ向こう側にはセントラルステーションがあり、エレクトラは今頃そこで汽車を待っているだろう。

この美しい風景を一目見んと人々が押し寄せる電波塔であるが、ことここに及んで、二人は無言だった。

イルミナはやはり、師匠の義眼に思いを馳《は》せていた。〈天使の呼声《ロイヤル・オペラグラス》〉も、これから相対することになるであろう魔法義眼も、短い期間に多くの無辜《むこ》の人々を苦しめた。

そんなものを八つも生み出した師匠の真意にも、それを盗み出してばらまいた何者かの正体にも、いずれは辿り着くことになる。

その時、自分は正面からそれに相対することができるだろうか？

足を竦《すく》ませずに、真《ま》っ直《す》ぐ向き合うことができるだろうか？

もしかしたら、その時はヴィンセントが傍《そば》にいないかもしれない。非力な自分だけで対処しなくてはならない状況に陥るかもしれない。

それでも、逃げ出さずに戦えるのだろうか？

ますます遠くなる地上を眺めながら、イルミナは小さく身震いした。

いや……ヴィンセントがいようが、いまいが、元からこれは自分の戦いだ。

〈イルミナ〉の名を継いだ者として、〈天窓の八義眼《オクト・アルカナ・オキュラス》〉が引き起こす全ての災厄にけりを付けるのは、自分でなくてはならないのだ。

冷たい怖気《おぞけ》がそっと心臓を握り込んだ。

エレベーターが速度を落とし始めた時、ガラス扉に映ったヴィンセントが大きく欠伸《あくび》をしたのが見えた。

横を見上げると、用心棒は極めて呑気《のんき》な顔をしている。

「……ふふっ」

「あん？　呑気なやつだな……」

「君に言われたくないよ」

微笑《ほほえ》んで、イルミナは軽口を叩いた。

そうだ、少なくとも、今は一人じゃない。自分にできることをすればいい。

庫内にベルが鳴り、エレベーターが停止する。

高鳴る心臓を深呼吸で抑えて、イルミナは一歩を踏み出した。

「おいおい……話が違《ちげ》えじゃねえか……」

エレベーターを降りてすぐ、狭いホールの窓から、展望台の外を覗《のぞ》き込んだヴィンセントはそんなことを呟《つぶや》いた。

彼の背後から覗き込むように展望台の外を確認したイルミナも、また同じような反応をした。

「あの秘書の青年……アリルが引き離してくれる予定なんじゃ……」

イルミナがマダム・アレプの館でも邂逅《かいこう》したあの金髪の青年秘書は、感情を見いだせない無表情で市長の傍に立っている。

アリルが言うには、彼は市長の手駒の中でも最も腕の立つ人間らしい。だからこそ、〈鳩《はと》〉として市長と彼を分断する段取りだったはずだが……。

「それに、あの小柄なフードの人は誰だろう？」

最上階の展望台には、放送と演説のために市長と護衛一人が待機しているはずだった。

その護衛も例の秘書ではない、別の人間があてがわれている予定だったが、ここへ来てむしろ戦力が増加しているとはまったく予想外の事態であった。

「どうしよう……別のタイミングを狙う？」

「市長の周りがこれだけ手薄なのは今しかねえ。あのガキがしくじったかどうかは知らねえが、一人が二人になったところで、俺の魔法の速さなら問題ない」

ホルスターに手を伸ばしたヴィンセントは、右手でそれをぽんぽんと軽く叩いた。

「作戦が上手くハマらねえことなんざ当たり前だぜ。何があっても、俺はあんたを守り切る。ビビらずにやりきるんだ。分かるな？」

噛《か》んで含めるようなヴィンセントの言葉に、イルミナは静かに頷《うなず》いた。

「よし……」

今一度居住まいを正したヴィンセントは、イルミナを先導するようにエレベーターホールから歩み出る。

「市長、お待たせいたしました。例の技師です」

展望台の外はひどく冷え込んでいた。

風こそ吹いてはいなかったが、高高度ということもあり身が縮こまりそうになる。

「技師？」

と怪訝《けげん》な顔をしたのは市長だ。

「もう中継を始めるところだぞ」

新聞で見た通りのわざとらしい紳士髭《ひげ》に、品性を感じさせない派手なスーツ姿だ。

傍に控える金髪の秘書の青年は、ただ二人に視線を向けるばかりでやはり表情を変えることはなかった。

市長と目が合えば一巻の終わりであることを知っているヴィンセントは、上手《うま》く視線を外しながらとぼけた演技を続ける。

「おや？　リハーサルの際にカメラの調子がどうも悪かったみたいで、技師を派遣するように〈鳩〉に言われてたんですがね？」

「〈鳩〉？」

「ええ……」

要領を得なさそうなヴィンセントの様子に苛立《いらだ》ったのか、パーマストンは実に不機嫌そうに手を振った。

「もういい、さっさとカメラを直せ。こんな寒いところには一秒もいたくないというのに……段取りの悪い連中だ」

「へへ……どうもすみませんね」

言いながらヴィンセントがちらりとイルミナに目で合図を送ると、イルミナはすぐにカメラに近付いていて、そのケーブルの近くにしゃがみこんだ。

中継のための構造は、事前に確認した設計図などですべて理解している。普段から複雑な機構に触れているイルミナからすれば造作もないことだった。

素早くケーブルの状態を確認したイルミナは、最低限の手順でカメラと中継の接続を切る。

後は彼女の一言で、ヴィンセントが短杖《ステッキ》を抜く。

そこから市長の義眼を抜き取るまでに一分もかからないだろう。

「………………」

否応《いやおう》なく掌《てのひら》を濡《ぬ》らす汗に、イルミナは今一度小さく息をついた。

「はい、整備は完了しました。いつでも中継できますよ」

立ち上がってヴィンセントに向かってそう言った次の瞬間、市長の傍に立っていた秘書の青年がなにかを小さく呟いた気がした。

「……なにッ⁉」

その後に続いたのはヴィンセントの呻き声だ。

見れば、彼はホルスターに手を掛けたまま、杖を抜けずに硬直していた。

その視線の先、ヴィンセントを正面から見つめ返している秘書の、その左目。

「てめぇ……まさか……」

空気をつんざくような爆音が響いて、ヴィンセントの体が吹き飛ばされる。

視界を覆う赤い光……それは業火《ごうか》だった。

火球の直撃によってエレベーターホールの壁に叩きつけられたヴィンセントは、頭部から流血しながらそのまま床に倒れ込んだ。長い四肢は力なく横たわり、再び動き出す気配はなかった。

「ヴィンセントッ！」

熱風と閃光《せんこう》で床に蹲《うずくま》っていたイルミナがヴィンセントに駆け寄ろうとするも、続いて放たれた火球がイルミナの目の前に着弾した。

「うぁあッ！」

後ろ向きに倒れ込んだイルミナは、魔法の主《あるじ》を見上げる形になる。

「【僕には攻撃できない】。誰もね」

冷めきった声でそう言いながら、彼はイルミナを見下ろしていた。

先ほどまで碧眼《へきがん》だったはずの左目は、そのおぞましい正体を露《あら》わにしていた。

白い眼球の表面を、どす黒い染《し》みのような不定形の瞳孔が蠢《うごめ》いている。

間違いない。

イルミナは悟った。

「〈天窓の八義眼《オクト・アルカナ・オキュラス》〉！　持ち主は市長じゃなかったんだ……！」

「彼はそう思ってないけどね」

震えるイルミナの声に、青年秘書はただ淡々と受け答えをした。

「賊が紛れ込んでいたか……でかした、コンラッド。私の義眼が奪われるところだった」

「……!?」

市長のその言葉に思わず驚愕《きょうがく》の声を上げて、イルミナは彼に目を向けた。

立ち上る煙の中で立ち尽くす市長のその目は、どこか虚《うつ》ろだった。

「使い物にならない貴様のような人間でも、私の横に置いてやっているんだ。こういうときぐらいは役に立ってもらわんとな……おい、小娘。貴様、誰に楯突《たてつ》いているのか分かっているんだろうな」

べらべらと捲《まく》し立てる市長を、コンラッドと呼ばれた青年はただ無感情に見つめている。

「この王国の支配者になる男だぞ、私は。この魔法義眼で、取るに足らない衆愚を導いてやるんだ」

自らの左目を指さしながら高圧的に迫る市長に、イルミナは茫然《ぼうぜん》とするばかりだ。

「滑稽だろう？　自分が義眼の主だと思い込んでいるんだ。まあ、僕がそう『命令』したんだけどね」

コンラッドのその言葉は、まるで市長に届いていないらしい。

まるで、都合の悪い事実を、市長が『無視』しているかのように……。

「知能の足りない使い捨てのテロリストどもが……図に乗りおって……私の義眼を嗅ぎつけたんだな？　やはり使い捨てにする計画は正しかったようだな」

イルミナとヴィンセントを手駒のテロリストだと勘違いしたまま、市長は顔を真っ赤にして怒鳴り散らしている。

指をイルミナに突きつけたまま、彼は空虚な『計画』を喚《わめ》く。

「貴様らなどに保険金の分配などするものか！　電波塔の破壊？　ふざけるのも大概にしろ。誰が貴様らにこの塔を破壊させるか。これは私の権力の証《あかし》……栄冠だ。薄汚い手で触れることは許さん。せいぜい私のために資金をかき集めればいいのだ」

一人舞台のように話し続ける市長の脇で、コンラッドはただ黒子《くろこ》のように静かに立っている。

「この後の『演説』で、貴様らもまとめて洗脳してやる……せいぜい下水の底で犬死にすればいい！　栄光を手にするのは、私一人だ……！」

「実に結構です、市長。とても分かりやすいシナリオの説明でしたよ」

そこでようやく、コンラッドは口を開いた。

「ここまでハリボテの〈獅子《しし》〉として、役割をよく果たしてくれましたね」

「……なんだ？　コンラッド……貴様、いつからそんな生意気な口を利《き》くようになったんだ？　それに、なんだ……急に目眩《めまい》が……」

「最初からですよ」

そう答えると、コンラッドは短杖《ステッキ》の先を市長へ向けた。

有無を言わさず発射された火球は、市長の横をすり抜けて展望台のフェンスに直撃する。

爆発音と共にフェンスが破壊され、急激に熱せられた空気が烈風となって吹きすさぶ。

凄《すさ》まじい魔法の威力だ。同じ炎型の魔法使いでも、コルテスタで出会ったイヴァとは比べ物にならない。

「さて、市長……【次のステップに進むときです】」

コンラッドに見つめられながらそう告げられた市長は、じりじりと後退を始めた。

無論、それは彼の本意ではない。

「……!? ……ッ？」

「なにも分からない？　なぜ自分の足が勝手に動くのか。なぜ、僕の言葉に逆らえないのか」

遠ざかっていく市長に、コンラッドは淡々と語りかけている。

市長の顔に張り付いた疑念には、段々と恐怖が混じっていく。

彼の後退した先、先ほどまでそこに存在したフェンスのその向こうには――なにもない。

「それでいいんです。貴方《あなた》はただ虫けらのように、死の直前までなにも知らないままでいい。自分のことを百獣の王だと思い込んでいれば、それでいい」

いよいよフェンスを越えて展望台の本当の縁《ふち》へ辿《たど》り着いた市長に対して、コンラッドはただ一言、と命じた。

「【止まれ】」

それだけで市長の後退は終わり、踵《かかと》の半分が無を踏んだ彼は体を大きくよろめかせた。

「コンラッド……！　なんのつもりだ！　今すぐ私を助けろ！」

「風が強いですよね。僕がそこに行くまでに、貴方はそこから落ちてしまうかもしれない。それよりも前に、【左目の義眼を取り出して僕に投げた方がいい】のでは？」

それを耳にした市長の顔と、そしてこれまでの事象から何が起きるかを察したイルミナは、思わず悲鳴を上げて目を伏せた。

「ぐっ……ぐ……ぎ、ぎゃあぁぁあああああッ！」

天をつんざくような悲鳴が聞こえて、イルミナは反射的に耳を覆いそうになる。

恐る恐る顔を上げると、展望台の縁で市長が顔を押さえて蹲っていた。

その両手の隙間からはだくだくと血が溢《あふ》れ出ている。同時に、市長が『取り出した』それは、コンラッドの足元に転がっている。

ぐしゃり。

と市長の左目を踏みつぶすと、コンラッドはゆったりした足取りでそのまま市長へと近づいていく。

「僕も、この義眼のために左目を差し出したんだ。貴方も同じ痛みを味わうべきだと思いませんか？」

「うぐっ……おぉぉ……目が……私の目がぁ……！」

「どうやら、【左目が義眼だということは貴方の勘違いだった】ようです」

それを聞かされた市長の顔から苦悶《くもん》の表情が抜け、段々と深い絶望に染まっていく様を見てもなお、コンラッドは仮面のように無表情だった。

「すべてを突然奪われる気持ちはどうです？　僕や、僕の父のように……」

「コ……コンラッド……」

「……これまで我慢してきましたが、貴方に気安くファーストネームで呼ばれるのは癪《しゃく》ですね」

市長の目の前に立つと、コンラッドはやはり淡々と言葉を発した。

「『エルフェール』。その名前だけを胸に、死んでください」

気負いのない様子で、コンラッドは市長を蹴った。

そして音もなく、市長は展望台から姿を消した。

「コンラッド・エルフェール……！」

その名を呼ぶ声の方へ、コンラッドは機械的な動作で首を向ける。

そこには、金色に輝く義眼を右目に装着したイルミナの姿があった。

「お前が『義眼職人』だね。そういえば、儀式の場で言葉を交わしたかな」

市長が落ちた先などまるで気にも留めていないような様子で、彼は冷静そのものの足取りでイルミナに歩み寄る。

「な、なぜ動けるんだ……⁉」

真《ま》っ直《す》ぐ目が合っているのにも拘《かか》わらず、コンラッドは〈天使の呼声《ロイヤル・オペラグラス》〉の影響を受けていないようだった。

そしてそれは、イルミナもまたしかり――

「どうやら、この『特別な義眼』同士は互いに干渉できないらしい」

眼窩《がんか》に泳ぐどす黒い瞳孔を揺らめかせながら、彼はイルミナの正面に立ち止まる。

「まるで生き別れの兄弟に再会できたような懐《なつ》かしい気持ちがする。君のことなんて知らないはずなのに、その金色の美しい瞳を見ていると、抱きしめたくなるような思慕の念が湧き立ってくる」

「……ボクはごめんだね」

義眼の力は通じずともコンラッドを見上げたまま、イルミナは拒絶を言葉にした。

「【その瞳が欲しい】。その義眼を僕に渡せば、お前を傷つけるようなことはしないよ。お前たちは、自分たちが電波塔破壊計画を妨害したと勘違いしているようだけど、実のところ、そこまで計画に狂いはないんだ。むしろ、お前がその義眼をここまで持って来たことで僕は得をしたと言ってもいい」

「君の命令はボクには通じないし、ボクの義眼は渡さない……推測するに、君の目的は君の父親を自死に追い込んだパーマストン市長への復讐《ふくしゅう》だろうけど、それは今済んだだろう。もう、その義眼は必要ないはずだ。分かっているはずだよ、それが人の手には余る代物だということは……」

イルミナの言葉に、コンラッドは片方の眉を軽く持ち上げる。

復讐を果たした喜びのようなものも、ましてや虚無感のようなものも、彼の表情からは窺《うかが》うことはできなかった。

「言っただろう。『電波塔破壊計画に狂いはない』って……電波塔は予定通り、この後に爆破される。テロリストたちが思うよりも、ずっと完全にね」

その言葉の『含み』に気付いたイルミナは、脳内で瞬時に状況を分析し始める。

導き出されたその仮説に、彼女の顔からは徐々に血の気が引いていく。

「……まさか⁉」

第一展望台で見た、鉄塔の脚を爆破するために設置された無数の杖《つえ》。

脚ごとに取り付けられた杖の量に差があったはずだ。

同時に爆破が起きた場合、塔の倒壊には指向性が生まれる。

そして、その先は――

「セレモニーに集まった人々の上に……塔を倒すため……！」

「宿主を食い殺す、愚かな寄生虫なのさ」

ちらりと、群衆がいる方角へ目を向けたコンラッドは、冷たい声でそう言った。

「父上は公明正大な人間だった。貴族でありながら科学技術への偏見を持たなかったし、国のためにそれを最大限に活用しようとさえ考えていたんだ。先の戦争で、優れた通信技術の重要性が浮き彫りになって……父上は大電波塔の建設を決心した」

コンラッドは、眉間に浅く皺《しわ》を寄せる。それは、ここへ来て彼が初めて見せた感情の片《へん》鱗《りん》だった。

「汚職などするものか。父上こそは真の愛国者だ。国を思い、人を思い、そして、そのすべてに裏切られたんだ。父上が死に希望を見出《みいだ》し、母上が絶望に追いやられるほどにね」

パーマストンの眼球を踏みつぶした足を、コンラッドは鉄の床に何度も擦《こす》り付ける。

「階級に関係なく、すべての市民に対して公正に、身を粉にして働いていた父上に対して、あいつらは微塵《みじん》も敬意を払わなかった。恩を仇《あだ》で返したんだ……わかるか？　拝金主義の新聞屋に扇動されるがまま、連中は怒りという下らない娯楽のために、根拠もなく父上を引き摺《ず》り下ろした。有象無象の市民どもにとっては、真実なんてどうでもいいことだったらしい。やつらはドブにハマった犬をリンチできれば、それでよかったのさ」

感情を見せないコンラッドの声にわずかな震えがあることに気が付いて、イルミナはその顔を凝視した。

コンラッドの右目、澄んだ青色の瞳から、一条の涙が流れている。

滲《にじ》み出るような激情が、その右目から滴《したた》っていた。

「こんな醜いモノが大きな顔をしていて、愚か者どもがありがたそうに見上げている。自分たちが薄汚い人殺しだなんてことはすっかり忘れて……そんなに間近に見たいのなら、僕が近付けてやるさ。『おでこがくっつくほど』に」

「……市長は、あくまで隠れ蓑《みの》だったというのかい？」

「不本意だけど、復讐のためには僕も寄生虫にならざるを得なかったんだよ。パーマストンが〈獅子〉だというなら、僕はさしずめ〈蚤《のみ》〉ということになるかな」

「……君の復讐にはこれっぽっちも賛同できないし、そもそも、セレモニーに集まった人々の中には、君の父の死には関係のない人間もいる。あまつさえ……君は、君の父の支持者であったはずの人間さえも踏みつけにしている。胸が痛まないのかい？」

「さっぱりさ。罪悪感も、達成感も、胸がすくような気持ちさえも、まるでおこらない」

案山子《かかし》のように真っ直ぐ立ったまま身じろぎすらしなくなったコンラッドの左目、その黒い瞳孔がぐにゃりと蠕動《ぜんどう》した。

それはまるで、義眼それ自体が快感に身悶《みもだ》えしているようであった。

「ただ、ただひたすらに……愚か者どもが苦しむ姿を見るたびに、泉のように快感が湧き上がってくるんだ」

「……それは、『毒』だ」

イルミナは静かに、そして諭すように言葉を紡《つむ》ぐ。

「その『特別な義眼』は猛毒を含んでいる。目に嵌《は》めた人間を支配する猛毒……その心に秘めた悪意や狂気を増幅させて、良心のタガを外してしまうんだ。その義眼さえなければ、君はこんな凶行に及ぶことはなかった」

イルミナは、ゆっくりと右手を前に差し出した。

「返してもらうよ、コンラッド。その『悪意』は君を破滅させてしまう」

「理屈が通らないな……」

にべもなくそう答えて、コンラッドはちらりと視線をそらした。

その先に、初めから影のように息をひそめていた黒いフードの人物が立っている。

「義眼の力が通じない可能性は考慮していた。だが、こっちは間違いなくお前に効果的であると保証するよ……【フードを脱ぎなさい】」

彼の言葉に、黒衣の人物はすぐさまそのフードを捲《めく》った。

「……アリル⁉」

イルミナの驚嘆が展望台に響く。

フードを脱いだその少女は、怯《おび》え切った眼《め》でコンラッドを見つめていた。

「僕に隠れてこそこそと何かを画策していたようだけど、バレないとでも思ったのか？」

「……お、お兄様……！」

風に吹かれて、細い金髪が為《な》すすべなく漂っている。アリルはその場に釘付《くぎづ》けになって動けないようだった。

「『お兄様』だって……⁉　アリル、君は一体……」

「間抜けだな。髪色や目の色が一緒だからといって騙《だま》されたのか？　そいつはネイルス家とやらの娘なんかじゃない。アリル・エルフェール……僕の唯一の、恥知らずの家族さ」

混乱のさなか、イルミナが何も言えないでいるその目の前で、コンラッドは淡々と『交渉』の準備を進めていく。

「父上のために雪辱を果たそうともしない役立たずが……僕の足を引っ張るくらいなら、最後に一度くらいは役に立ってもらわないとな。アリル、【展望台の縁《ふち》まで歩け】」

「……や、やめるんだ！　自分の妹を洗脳するだなんてッ！」

アリルに駆け寄ろうとするイルミナを、コンラッドは短杖《ステッキ》の先を向けることで牽制《けんせい》した。

「選択肢を理解しなよ。お前に残されているのは、『義眼を渡して僕の愚妹と塔を降りる』か、それとも『義眼を渡さずに愚妹の死を見届けて、その後に僕に焼かれる』かだ。できれば、僕の魔法でお前を攻撃するのは避けたい……その金色の義眼になにかあっては困るからね」

「じ、自分の妹を人質にしたところで、ボクには関係ないことだよ」

「ふん……よく言うよ。お前のような『善人』が、自分のせいで人が死ぬことを許容できるわけがない」

「……くっ……」

見透かしたようなコンラッドのその言葉は、しかし図星を突いていた。

じりじりと市長が消えて行ったその奈落へと近づいていくアリルを、イルミナは冷や汗を流しながら見つめることしかできない。

「お兄様……！　お兄様！　もう十分です！　こんなことはもうやめてください！」

けていた。

抗《あらが》えない力で自ら奈落へ後退しながらも、アリルは声を振り絞ってコンラッドへ語りかけていた。

双眸《そうぼう》から溢《あふ》れる涙は恐怖によるものではない。

それは嘆願であり、なにより強烈な愛情の表明であった。

「パーマストンを殺すなんて！　お父様もお母様も死んでしまったことは悲しいけど、わたしにはまだお兄様がいて――お兄様にはまだわたしがいるではありませんか！」

喉から血が出るほどのアリルの叫びは、しかしコンラッドに届かない。

イルミナの方を向いたままアリルを見ようともしない彼に、それでもアリルは語りかけ続ける。

「お父様の名誉回復は二人で時間をかけてやっていけばいいではありませんか！　こんな……こんな、たくさんの人を傷つけようだなんて……！　お兄様がもっとも嫌っていたことではないですか！」

フェンスがあった場所を踏み越え、いよいよ後数歩で床がなくなろうとしているときですら、アリルは兄への訴求をやめようとはしなかった。

「今ならまだ間に合います……！　そんな義眼は捨てて、わたしと一緒に――」

ここでようやく、コンラッドは首を捻《ひね》ってアリルに顔を向けた。

己の言葉が届いたのか。そう思って微《かす》かにその表情を和らげたアリルに対して、コンラッドは静かに口を開いた。

「お前なんて知らない」

駆け出したのはイルミナだった。

鉄の床を高らかに鳴らしながら、風のように一直線に、真っ直ぐアリルへ向けて駆けていく。

コンラッドが短杖《ステッキ》から撃ち出した火球は、アリルの頭から吹き飛ばされた帽子に着弾して軌道が変わり、イルミナに当たることなく虚空《こくう》へ消えた。

「止められないぞ！」

と叫んだコンラッドに対して、イルミナは足を止めることなく、己を鼓舞するように言葉を発する。

「諦念ごときで、ボクらは止まらないさ」

片足を踏み外し、体が大きく後方へ仰《の》け反《ぞ》ったアリルの顔には、ただ絶望だけが張り付いていた。もはや自らの死にすら勘付かないほどの深い悲しみに、彼女は閉ざされていた。

「……決して実りの多い旅路ではないけれど、ボクは大きな武器を手に入れた」

アリルへと飛び込んだイルミナに向かって、『それ』は矢のように飛来した。

左手で『それ』をキャッチしたイルミナは、落ち行くアリルを力強く抱きしめる。

『それ』は、漆黒の短杖《ステッキ》だった。

「信頼できる相棒！　一人ではないということこそが、ボクの最大の武器なのさ」


二人の姿が展望台から消えたことを確認したコンラッドは、瞬時に先ほどまでイルミナが立っていたはずの場所へ視線を戻した。

そこには、義眼の力で仕留めた用心棒がいたはずだ。

コンラッドが状況を確認しようとしたその瞬間、彼は折り畳みナイフの切っ先がまさに彼の眉間へ目掛けて飛来していることに気が付く。

避けようにも、防ぎようもないタイミングと速度……。

決着が付くかと思われたまさにそのときだった。

ナイフは深々と突き刺さるはずだったコンラッドの眉間をすり抜け、そのまま背後のフェンスにぶつかって落下した。

つい一秒前までそこに立っていたコンラッドの姿は、まるで陽炎《かげろう》のように揺らいで、そして立ち消えた。

った。

「なるほど、蜃気楼《しんきろう》か」

そう呟《つぶや》いたのは、見上げるような長身の痩せ男。

「義眼頼りの雑魚《ざこ》かと思ったが、少しはやるみてえだな」

ヴィンセントはネクタイを緩めて、それから黒いスーツのジャケットを脱ぎ捨てた。

攻撃を食らったせいなのか、どことなくふらふらとして目の焦点も合っていない様子だった。

火炎魔法によって焼かれたシャツの穴から、古い火傷《やけど》の跡が見えている。

「立派なもんじゃねえか。濡《ぬ》れ衣《ぎぬ》を着せられて自殺した親父《おやじ》と、ショックで死んじまったお袋さんの復讐《ふくしゅう》……泣かせるねぇ」

シャツの腕を捲《まく》りながら、まるで散歩するかのような気楽さで、ヴィンセントは若干の千鳥足で展望台の端まで歩いた。床に落ちていた折り畳みナイフを拾う。

辺りには、彼の姿しか見えない。

魔法で姿を消しているらしいコンラッドのことなど気にも留めていない様子で、元軍人の男は展望台の端から遥《はる》か遠くの地上を覗《のぞ》き込む。

「見てみろよ……バカどもがマヌケ面晒《さら》して見上げてやがるぜ。あの上に鉄塔を倒してやったらどんな顔をするかね？　驚くだろうなァ……トマトみてえに潰れる直前まで、自分間が死ぬだなんて気付かねえだろうよ。そのマヌケにマヌケを重ねたような、惨《みじ》めな顔。間近で見られたら、さぞ胸がすくだろうなあ」

下を覗くのをやめて、ヴィンセントは展望台の中心の方へ向き直った。

口元には、へらへらとした薄笑いを浮かべている。

「実際のところ、俺はあのチビの雇い主のワガママを聞いてやってるだけで、てめえの計画なんぞにはこれっぽっちも興味はねえ。広場の連中が死のうが、なんだろうが……反吐《へど》が出るようなことだとは思うが、自分ゴトだとは思わねえ。戦場帰りの人間は、そういうのを自分から切り離すのが得意なのさ」

だが……とヴィンセントは虚空へ向けて言葉を発した。

「だが、邪魔をさせてもらうぜ。俺のお人よしな雇い主なんかは、てめえの左目を回収できればそれ以上は望まねえだろうが……俺にだって『意志』ってもんはある。操られてるわけじゃねえからな？」

いつの間にか、ヴィンセントの口元からは笑みが消えていた。

「てめえのやり方が気に食わねえ。だから、計画を滅茶苦茶《めちゃくちゃ》にしてやる」

何もいないはずの空間の、ある一点を真っ直《ま》ぐ《す》見据えたまま、ヴィンセントは話し続ける。

彼にコンラッドの姿が見えているのか、それとも見えていないのか、それは誰にも分からない。

「関係のないガキも、ババアも、マヌケなテロリストどもも、妹も……平気な顔して踏んづけて来たんだろ？　簡単なことじゃねえか、丸腰の用心棒の一人ぐらい」

ヴィンセントは空のホルスターをはたいてから、右手で虚空を指さす。

あたかも、そこに敵対者がいることを見抜いているかのように。

爛々《らんらん》と双眸を光らせて、彼は告げる。

「復讐は目前だぜ。この俺を踏み躙《にじ》ってみせろ」

風は吹いていなかった。震える空気は嵐を予感させるに十分だった。

★

人でごった返すノーリッチのセントラルステーションで、エレクトラは大きな行李《こうり》を抱えたままじりじりと移動していた。

今頃、大電波塔ではセレモニーが行われていることだろう。

理由を告げられることもなく早く田舎へ帰れとヴィンセントに言われて渋々セントラル

ステーションへ来ていたエレクトラだが、彼女は列車が到着するはずのプラットホームからは反対側へ移動していた。

人をかき分けるように進みながら、彼女は時折背後を気にするように振り返った。

駅へ着く前から、二人組の男につけられている。

最初は勘違いである可能性も考慮したが、今やもう、それは確信へと変わっていた。

どれだけ無駄な移動を繰り返しても、付かず離れずの距離で二人組は尾行を続けている。

そしておそらく、エレクトラが尾行に気付いていることに、彼らもまた気が付いている。

慣れない駅の構内で動き回っていたエレクトラは、気が付けば人もまばらなエリアへと踏み込んでいた。これでは人に紛れ込むこともできない。

影のように追跡する二人組を意識しつつ、彼女はなんとか人の多い場所へと戻ろうといくつかの角を曲がったが、ついには行き止まりにぶつかってしまった。

振り返れば、一本道の先に二つの大柄な影が並んで立っていた。

平凡な旅行者を装《よそお》ってはいるが、その顔に付いた傷跡が彼らの正体を如実《にょじつ》に表している。

「……っ」

思わず冷や汗を垂らすエレクトラだったが、冷静さを失うことなくコートの中へと手を差し込んだ。そこには、彼女の短杖《ステッキ》が収められている。

兎《うさぎ》を巣穴に追い込んだ猟犬のように、二人組の男は重々しい足取りで一本道に入った。

じりじりと距離を詰めてくる彼らの手には、大型の短杖《ステッキ》……エレクトラは、一人でこの状況を打開する方法を模索するべく思考を巡らせていた。

いよいよ、男たちとエレクトラは魔法の攻撃範囲内まで接近した。あと数歩で、否応《いやおう》なしに衝突は始まるだろう。

一歩……二歩……三歩……。

男たちが四歩目を踏み出したその時、響いたのは雷魔法の轟《とどろ》きでもなく、風魔法の破裂音でもなく、微かなスプレーの噴出音であった。

薄暗い路地に青紫色の霧が舞い、不意にそれを吸い込んだ男たちの目からは光が消えた。

「ぐっすりお眠りなさいな」

そんな艶《つや》やかな声がして、男たちはにべもなくその場に倒れ伏した。

物陰から現れたその人物は、つばの広い帽子でその美貌を覆っていた。

「……あなたは……」

視線の先、アトマイザーを小さなハンドバッグに仕舞ったその人物のことを、エレクトラは知っていた。

華美なドレスの上からコートを着込んだ女詐欺師は、つまらなそうな顔をした。

「オフィーリアと呼んでくれるかしら？」

「マダム・アレプ……！」

「そんな顔で睨《にら》まないでちょうだい。あなたをどうこうする気はないから」

「それはそちらの説明次第でしょ」

路地の奥、倒れ伏す大男の体の横で、エレクトラはその身に緊張感を纏《まと》わせていた。

女詐欺師の方は実に億劫《おっくう》そうな顔で煙草《たばこ》を取り出すと、渋々といった様子でそれに火をつけた。

「あなたのボーイフレンドから頼まれたのよ。それで十分でしょ」

「ぼ、ボーイフレンド？」

「ええ、そうよ。仲良く儀式をぶち壊してくれたでしょ」

エレクトラは顔をしかめたままだったが、若干強張《こわば》っていた体から力を抜いた。

「……こいつらは誰なのよ。あんたの仲間じゃないわよね」

「……仲間、ね」

紫煙をくゆらせながら、オフィーリアを名乗った女は目を伏せる。

「どうかしら。もう、分からないわ」

辺りは静まり返っていて、煙草がチリチリと燃える音が聞こえるほどだった。

一度吸ったきり煙草にも口を付けないオフィーリアを、エレクトラは黙って睨みつけていた。

その視線に気付かぬはずもない。女詐欺師は今一度溜息をついた。

「……別に、口止めをされているわけでもないのよね」

独り言のようにそう言ってから、彼女は『説明』を始めた。

★

ポツンと設置されたガス燈《とう》の下で、目立たない恰好《かっこう》の女が一人で立っている。

こんな裏通りの端の端で客引きをする人間などいない。彼女は明確に誰かと待ち合わせをしていた。

辺りを警戒するように時折きょろきょろとしたり、なにやら手紙のようなものを取り出して文面をあらためたりしていた彼女は、暗がりの中から背の高い人影がぬるりと現れるや否《いな》や体をビクリと震わせた。

闇から溶け出すように現れたのは、長身痩軀《そうく》でハンチングを被《かぶ》った男だった。

「時間通りにいるなんてな。随分行儀がいいじゃねえか」

「……あんた……」

マダム・アレプはねめつけるようにヴィンセントを見上げた。

彼以外にこの場を訪れている人間がいないことを確認してから、女詐欺師はコートの襟に顔をうずめて、

「どうやら、〈鳩《はと》〉には会えたようね」

と声を潜めて言った。

「〈鳩〉名義の手紙で呼び出したりなんかして……今さら、私になんの用なのよ」

「……例のモンは持って来たか？」

「チッ……持って来たわよ……」

女詐欺師がコートのポケットから取り出したのは銀色のスキットルだった。

奪い取るようにそれを受け取ったヴィンセントは、蓋を開けて鼻に近付ける。

「ちょっと……やめなさいよ……変態的な欲求を満たすために用意したわけじゃないのよ」

「……本物みてえだな」

　さっさと蓋を閉めて、ヴィンセントはスキットルをズボンの後ろポケットへしまい込んだ。

「……もういい？　これでもう、この件から手を引くという約束よ」

「いや、駄目だ」

「はあ？」

　立ち去ろうとするマダム・アレプを引き留めて、ヴィンセントは彼女に一歩近づいた。

「……殺す気？　私だって本気で抵抗すれば、それなりの地獄を見せられるわよ」

「バカ野郎、そんなんじゃねえよ……協力してほしいんだ」

　それを聞いて、女詐欺師はますます意味が分からないという顔をした。

「あんたら『負け犬ども』は、市長に騙《だま》されてる。野郎は多分、電波塔を破壊する気なんてねえぞ」

　今一度辺りに視線を向けて、二人を除いて誰もいないことを確認してから、ヴィンセントはマダム・アレプに顔を寄せた。

「市長の目には……まあ、そうだな。あんたの魔法よりよっぽど厄介な洗脳の力が宿ってやがる。テレビジョン越しでも目が合った連中を操れる厄介な代物だ。しかもあんたのと違って時間制限もない」

「……ありえないわ、そんなの」

「それが、あるんだな……俺にも理屈は分からねえけどよ」

とにかく……とヴィンセントは話を続ける。

「市長には電波塔を破壊する理由がねえ。あんたらから搾れるだけ金を搾り取って、最後はまとめて洗脳をかけておさらばというわけだ」

「…………」

マダム・アレプは長く沈黙して、時折ヴィンセントの顔を見たり、ガス燈の周りを歩き回ったりした。

「……本当なのね」

「わざわざ夜更《よふ》かししてあんたに嘘《うそ》を吐《つ》く必要があるか？」

「…………」

元女スパイは、親指を口へ寄せて軽く爪を噛《か》んだ。

その経験から、彼女はヴィンセントの語った内容がまるきり嘘というわけではないということを理解していた。同時に、深い虚無感が彼女を襲う。

「……あんたの話が本当なら、私たちは救いようのない馬鹿よ」

静かに呟《つぶや》いたマダム・アレプに対して、ヴィンセントは黙って帽子のつばを触った。ヴインセントとて、テロリストたちと同じ地獄を見てきた人間だ。思うところがないわけではない。

「俺たちは市長の目玉に用がある。明日……ってもう今日だが、電波塔のセレモニーに潜り込んで野郎を襲撃するつもりだ」

「私にも襲撃に参加しろってこと？　悪いけど、あんたみたいに大暴れはできないわよ」

「いや、あんたにしてほしいのは別のことだ……俺とあんたの儀式に参加してた女がいるだろ？　あいつが北へ向かう汽車に乗るまで護衛してくれ」

「……どういうこと？　市長にはあんたらの襲撃がバレてるわけ？」

「そういうわけじゃねえが、どうもきな臭い状況だ。念には念を入れておきたいのさ」

はあ……とマダム・アレプは溜息《ためいき》をついた。どうせ断れる状況ではない。

「……あのチビはどうしたのよ」

「今頃夢の中さ……どこから何が漏れるか分かったもんじゃねえ。俺のご主人サマは『奥の手』を隠すのが下手でね。俺だけで動いてんだよ」

「自分の雇い主も信用できないのに、私みたいな詐欺師は信用するわけ？」

「信用してんのはあんたじゃねえよ」

ヴィンセントはズボンのポケットに手を突っ込んだ。用事は済んだようだった。

「なあ、『エイダ』。あんた、最後にぐっすり寝られたのはいつだ？」

「さあ、いつだったかしらね……でも、次に夢も見ずに寝られるのがいつなのかは分かるわ」

「俺もだ」

そんな言葉だけを残して、ヴィンセントは現れた時と同じように闇の中へと溶けて行った。

不愉快そうな顔でヴィンセントが消えた先を見ていたマダム・アレプも、しばらくしてガス燈の元を離れていった。

★

「そんなことが……」

マダム・アレプから告げられたその内容を、エレクトラは混乱する頭でなんとか受け入れようとしていた。

「説明は十分でしょ？　あんたのボーイフレンドを泣かせたくないなら、さっさと汽車に乗りなさいな」

「……わたしは──」

とエレクトラが何かを口にしようとした時、足元に倒れていた男の内の一人が猛然と起き上がった。

マダム・アレプの魔法の効きが甘かったのだろう。しかし、それに気が付いた詐欺師本人は、煙草を手にしていることもあり対処が遅れてしまった。

このままでは、エレクトラとまとめて始末される──

と彼女が煙草を取り落としたその時だった。

「……ごばばババッ⁉」

野太い悲鳴が響き渡り、男は重い音を立てて再び地面に倒れ伏した。今度は完全に気絶している。

マダム・アレプがエレクトラに目を向けると、彼女はちょうど拳を握り締めているところだった。

「わたしは……電波塔に行くわ。どうせ乗る予定だった汽車にはもう間に合わないし。一応、あなたには感謝しておく」

その手にあるのは、あの館で見た短杖《ステッキ》ではない。

リングが四つ連なったような物体に、金属製のプレートが接着されたもの──いわゆるメリケンサックという、荒くれ者が喧嘩《けんか》に使う一品だ。

しかしどうやら、エレクトラがその拳に装着したメリケンサックはただの乱暴者の得物ではないらしい。リングに取り付けられた針、そしてバチバチとプレートから弾《はじ》ける火花から、それがエレクトラの血液を利用した変形の短杖《ステッキ》であることがわかる。

「これのことは、黙っていてくれる？」

コートの中へその凶器を仕舞いながら、エレクトラはそう言った。

「……どうして？」

「……カワイくないから」

今更？　と思った女詐欺師だったが、あの日みぞおちに受けた衝撃と、それから床に伸びた牛のような男の姿を見比べて、そっと口を噤《つぐ》んだのだった。

★

「……おかしいな。幻とはいえ、僕への攻撃はできないはずなんだが」

どこからか響くその言葉の主を、ヴィンセントは視認することはできない。

「あんたの言葉なんてこれっぽっちも心に響かねえ……というか、あんたが何を言っているのかもよく分からねえ」

床に転がるスキットル……ヴィンセントのその口から垂れる青紫色の液体を見て、コンラッドは忌々《いまいま》し気な声を発した。

「あの女狐の血を飲んだのか……！」

「……効くぜ……こりゃあよ」

手にした折り畳みナイフで自分の左上腕を傷つけると、ヴィンセントは杜若《かきつばた》色の血液を流しながらケタケタと笑ってみせた。

マダム・アレプの魔力を含んだ血液は、体に取り込んだ人間を酩酊《めいてい》させて催眠状態にする。それを大量に呑《の》み込んだヴィンセントは、今や泥酔《でいすい》時と変わらないほどに理性が曖昧になっていた。

残されたのは、その本能的な闘争心と、そして類い稀《まれ》なる戦闘センス。

「無駄な足掻《あが》きだ……哀れなものだよ」

苛《いら》つきを抑えられないその声が響くと、ヴィンセントの周りには煙が立ち昇るように複数の幻影が現れる。

そのすべてが、寸分違《たが》わずコンラッドの姿だ。

「所詮はただの血液……この義眼の洗脳をすべて防げるほどの効力はないだろう。それに加えてお前は丸腰だ。僕の分身と目を合わせず戦えるか、見ものだね」

四方八方から飛来する火球に対し、ヴィンセントはその場から動かずに左腕を振るった。

まき散らされた血液は即座に暴風と化し、迫りくる火球を吹き散らす。エレベーターホールやフェンスに着弾した炎は激しく燃え上がりながら、辺りに熱風を発生させた。

炎の中に立つヴィンセントの顔には、もう笑みは残っていない。

豪風で掻《か》き消えたコンラッドの幻も、辺りが落ち着くにつれてまたいくつも生み出されていた。

どうあれ、決着まではまだかかりそうだった。

★

急激に接近する地面を、イルミナは真っ直ぐ見据えていた。

自由落下に伴う風のせいで、周囲の音は何も聞こえない。アリルを抱きかかえたまま、それでもイルミナは冷静だった。

電波塔は末広がりの形状だ。このままいけば、二人は第一展望台に叩《たた》きつけられることになる。

右手に握った短杖《ステッキ》の先を、イルミナは地面に向けて構えた。漆黒の杖《つえ》、その中に装填されているのはヴィンセントの杜若色の血液だ。

（なんて……なんて重いトリガーなんだ……）

この危機的な状況において、イルミナは二日前に喫茶店で交わしたエレクトラとの会話を思い出していた。

『ヴィンスの杖、一つだけあいつから指定されていることがあるの』

『指定？』

『ええ。「トリガーはできるだけ重くすること」。それだけよ』

説明されなくともわかる。

それはつまり、命を奪うことへのせめてもの抵抗だ。

あの戦争から帰っても、ヴィンセントはトリガーを緩めることはなかった。

「……だから君を信頼できるんだ」

そう呟いてから、イルミナは思い切り人差し指に力を込めた。

ブォオオオッ！

耳をつんざく轟音《ごうおん》と共に、大きな手に掴《つか》まれたような感覚でイルミナとアリルは浮き上がる。

短杖《ステッキ》の先から放出されたヴィンセントの血が豪風となり、鉄塔に対して斜めに二人を弾いていた。軌道が変わった二人の落下先には、セントラルパークの大きな池がある。

「目を閉じて！」

アリルに対して叫んでから、イルミナは大きく息を吸う。

数秒後、セントラルパークの池からは巨大な水柱が上がった。

降り注ぐ水滴によって緑色の水面《みなも》が激しく波打ち、辺りには水煙が立ち込める。

やがて、静けさを取り戻しつつある水面に細かなあぶくが浮き始めた。

「……ぶはっ！」

ざばりと顔を出したのはイルミナだ。アリルを抱えたまま岸まで泳ぐと、彼女はアリルを陸地に引っ張り上げた。

「アリル！　大丈夫⁉」

「う……うぅ……」

着水の衝撃もあり意識が混濁していたアリルだったが、イルミナの呼びかけに目を覚ますと、すぐさま起き上がって電波塔を見上げた。

「お……お兄様！」

今にも駆け出しそうな彼女を、イルミナは後ろから抱きかかえるようにして押さえこむ。

「駄目だアリル！　今行っても危険なだけだよ！」

「でも、ヴィンセントさんも……！」

「大丈夫」

言い聞かせるように、イルミナは力強く答えた。

右目に嵌《は》めた〈天使の呼声《ロイヤル・オペラグラス》〉が発動しないように片目をつむりながら、彼女は必死でアリルをなだめる。

「ボクが知る限り、彼は最強の風魔法使いだ。彼も、そして君のお兄さんも、きっと大丈夫だよ」

それでも焦燥を抑え切れない様子のアリルであったが、抱きしめるイルミナのその優しさに段々と落ち着きを取り戻していった。

「……君はお兄さんを助けたかったんだよね。でも、お兄さんを直接傷つけられたくなかったから、ボクたちに市長を襲わせたんだ。市長がいなくなれば、それを隠れ蓑《みの》にしていたお兄さんの計画も潰れるから」

イルミナの言葉に、アリルは小さく頷《うなず》いた。

「ごめんなさい……わたし、イルミナさんたちを騙《だま》すようなことをして……」

「ううん。ボクが君と同じ立場でも、きっと同じことをしたよ」

ずぶ濡《ぬ》れの髪をかき上げてから、イルミナは真剣な顔で電波塔を睨《にら》みつける。

「それよりも、爆破の阻止をするほうが肝心だ。二人がまだ上にいるし……大勢の人が死ぬ可能性があることは確かなんだ」

「わ、わたし……大勢の人の上に鉄塔を倒す計画は知らなくて……」

「でも、起爆の方法自体は変わっていないはずだよね、分かるかい？」

「うん……」

よし……とイルミナが立ち上がろうとしたそのときだった。

芝生の向こうから、こちらを目掛けて駆けてくる人の姿が見えた。

見覚えのある旅装の女性と、それから派手なコートを着込んだ女性──

「エル⁉」

「イルミナちゃん！　大丈夫⁉」

ドレスの女性を後方に置き去りにして、エレクトラは猛然とイルミナに駆け寄った。

「びしょびしょじゃない！」

一も二もなく行李《こうり》を開くと、彼女はそこからタオルを引っ張り出した。

「風邪ひくよ！　ほら、あなたも！」

見ず知らずのアリルに対してもタオルを押し付けると、エレクトラは二人をワシワシと拭き始める。

「汽車に乗ったんじゃ――？」

「間に合わなかったわ。いろいろあってね」

ようやくエレクトラに追いついて肩で息をしていたコートの女を振り返って、彼女は手早く事情を説明し始めた。

「それで、この人に教えてもらったのよ。電波塔が爆破されるんですって？　駅からセントラルパークを通って電波塔に向かおうとしたら水しぶきが見えたのよ」

頭を拭き終えたイルミナが顔を上げると、コートの女はふてくされたような顔をしていた。

「エイダ!?」

イルミナの再びの驚嘆に対して、エレクトラは疑問符を浮かべる。

「……エイダ？　さっきオフィーリアだとか言ってなかった？」

「どうでもいいでしょ、名前なんて」

面倒くさそうな顔で答えると、女狐《めぎつね》は地面に座り込んだアリルを指さした。

「それより、なんなのよその子供は」

「この子は……〈鳩《はと》〉だよ」

「……そいつが？」

様々な感情が入り混じった眼《め》で見まわされて、アリルは所在なさげに俯《うつむ》いた。

やがて、〈狐《きつね》〉は項垂《うなだ》れるほどの大きな溜息をついて、額に掌《てのひら》を押し当てた。

「こんなガキンチョにいいようにされてたなんてね……ほんと、馬鹿みたい」

重ねて溜息をついてから、彼女は電波塔を見上げた。

「で、色男はあのてっぺんにいるわけね」

「どうするの？　ヴィンスを助けに行く？」

一片の迷いもないエレクトラのその態度を受けて、イルミナはほんの少し残していた不安を振り払った。

「いや、彼の邪魔をするわけにはいかないよ。ボクたちには別の役割がある」

アリルに肩を貸してそっと立ち上がらせてから、イルミナは右目をつむったまま彼女と左目を合わせてそっと微笑《ほほえ》んだ。

アリルも覚悟の決まった顔で、一度だけ力強く頷く。

「電波塔の真下。起爆装置はそこにあるよ」

四人は今一度顔を見合わせると、一斉にその場から駆け出した。

★

「ぐっ……」
戦闘が始まっておおよそ十分——
鉄の床に倒れ込んでいたのはヴィンセントだった。
立ち上がろうにも、ヴィントは立ち上がれなかった。
【上下が分からない】のである。
「無様だな。虫のように這《は》いつくばって……みっともないぞ」
周囲を取り囲む無数の幻影が、無表情にヴィンセントを見下ろしていた。
炎に焼かれた気管支からひゅうひゅうと空気の漏れる音がする。
これだけ炎に包まれている中、血の抜けた体はいやに冷たかった。
（油断してたわけじゃねえが……想像以上にやっかいな取り合わせだぜ……）
混乱の極みにある意識の中、ヴィンセントは苦い顔をしていた。
言い訳ならいくらでもできる。
杖がないこと、ここ数日の戦闘で血を消費しすぎたこと、マダム・アレプの血液を大量に摂取したことによる意識の混濁、コンラッドを殺すわけにはいかないということ……そして、あの夜に見た、無二の相棒と信じていた男の顔と炎が脳裏にちらつくということも原因なのかもしれなかった。

蜃気楼《しんきろう》の魔法によってコンラッド本体の姿が見えない上に、彼自身は姿を隠したままヴィンセントと目を合わせて洗脳しようとしてくる。

魔法への高い抵抗力もあって、マダム・アレプの魔法の効果が薄まってきている。

さんざんコンラッドの怒りを煽《あお》ったせいかまだそこを察知されてはいないだろうが、これ以上洗脳の魔法を掛けられるのはまずい。

「悪いけど、僕も暇じゃないからね。そろそろ終わらせてもらうよ」

そんな言葉と共に放たれた火球を、ヴィンセントは床を勢いよく転がることで回避した。

その勢いで立ち上がろうとしたものの、天地がひっくり返ったかのような感覚に思わず膝をつく。

次なる火球を防ごうと左腕を振るうものの、すでに出血の勢いは弱まっていた。

「……ッ!」

咄嗟《とっさ》に風の幕を体の前に張って火球の直撃は防いだものの、ヴィンセントは強《したた》かに床に叩《たた》きつけられた。

それでもなんとかその場に立ち上がり、彼はフェンスへ向かって駆け出す。自力で立っていられないのなら、フェンスを支えにして戦うしかない。

ぐらつく視界の先、フェンスまであと数歩だ。

背後にコンラッドの気配を感じながらもフェンスに身を預けようとしたヴィンセントは、思わず「なにッ⁉」と声を上げた。

触れたはずのフェンスが、まるで煙のように立ち消えたのだ。

「……蜃気楼……！」

止めようとも、預けた体重を操作する術《すべ》はない。

体の落下する先には、支えになる物は何もなかった。

「うぉおおおッ！」

反射的に伸ばした右手が足場に引っかかり、ヴィンセントは腕一本で展望台にぶら下がった。

足が虚空《こくう》を蹴り、体が大きく揺れる。

右手を離せば、その体は遥《はる》か下方の第一展望台に叩きつけられることになる。

「畜生……！」

上下の感覚は喪失したままだ。すぐに体を持ち上げて展望台に戻るほどの体力も、もはや残っていない。

「しぶといな……腹立たしいほどに」

足場の上から、そんな言葉が降って来る。

コツ……コツ……と響くのは、コンラッドの足音だ。

「それほど生に執着する意味があるのか？　さっぱり理解できないね」

やがて、ヴィンセントの視界に彼は現れた。

吹き荒れる熱風の中、金色の髪が暴れるように揺れている。

「おっと……手は離すなよ」

コンラッドは、足場に掛けられていたヴィンセントの手を革靴で踏みつけた。

「ッ！　うぉお……ッ」

「元軍人がこのザマか？　ほら、望み通り踏み躙《にじ》ってやるよ」

体重をかけて指を踏みつけながら、コンラッドはその身を屈《かが》めた。

晴天のような碧眼《へきがん》と、夜闇のような魔法義眼が、ヴィンセントの両目を捉えている。

「『お前の意志』で死なせてやる。なにか最後に言い残すことはあるか？」

「…………」

目を逸らすことも、そして瞼《まぶた》を閉じることもなく、ヴィンセントは真っ直《ま》ぐ《す》コンラッドを睨み返していた。

脂汗に顔を濡らしながらも、その口元には笑みすら浮かべている。

「まるで王様じゃねえか。よく似合ってるぜ、その目ん玉も、この不細工な鉄の城も……」

「ふん……最期《さいご》まで見苦しい男だね」

興味を失ったように、コンラッドはそう答えた。

いよいよヴィンセントの手から足を離すと、死刑を宣告するように彼はゆっくりと口を開いた。

「もういい、【手を離】——ッ!?　がはっ!?」

命令を言い終えることなく、コンラッドは口から青い血をごぼりと吐き出す。

よろめいて後方に倒れ込んでから、彼はその身を襲った激痛にようやく気が付いた。

脇腹に風穴が空いている。

「な……!　なぜ……ッ!?」

両の手で腹を押さえ込もうとするが、流血が止まる兆《きざ》しはない。経験のない痛みと危機感に、コンラッドは床をのたうち回った。

「情けねえなあ……穴が空いたくらいでよ」

足場をよじ登って現れたヴィンセントは、例の軽薄な表情を浮かべたままフラフラと立っていた。

「ば、馬鹿な……こんな魔法を撃てる余裕は……ッ」

ひゅうひゅう……と笑うヴィンセントの左手には、見覚えのない短杖《ステッキ》が握られている。

「第一展望台に……仕掛けていた杖《つえ》か！」

「靴とズボンの間に挟んでたんで、動きづらくてたまらなかったぜ」

上下も分からないだろうに、それでもヴィンセントはじわじわとコンラッドに近付き始めた。

「てめえなら……最後の最後に本体で近寄って来ると分かっていたぜ。この杖を最初から出してりゃ、てめえも最後まで隠れていただろうけどな……」

足元に転がるコンラッドの杖を、ヴィンセントは彼の手元まで蹴り飛ばした。

「拾えよ。もう戦えないとは言わせねえぞ。足をなくしても、心を壊しても……戦ってた連中だっているんだ」

「……ぐっ」

腹を押さえながらも、コンラッドはヴィンセントを睨《にら》みつけていた。

膝立ちになったコンラッドは、青い血に塗《まみ》れた手で短杖《ステッキ》を握ると、そのまま動きを止める。

極度に引き延ばされた時間の中で、先に動いたのはコンラッドであった。

バヒュンッ！

破裂音と共に、コンラッドの杖が彼の手から弾《はじ》け飛ぶ。

負傷も酩酊《めいてい》も、ヴィンセントから『速さ』を奪うことはできなかった。勝負はついていた。

再び床に倒れたコンラッドに、ヴィンセントは黙って歩み寄る。

コンラッドは、そんな彼を足をばたつかせて蹴り飛ばそうとする。

「く、くそッ……！　邪魔をするな！　お前と関係ないだろッ！　これは僕の復讐《ふくしゅう》なんだッ！」

「おう、おう、いいねえ。ようやく余裕がなくなってきたか」

伸ばされた足を悠々と握ると、ヴィンセントはコンラッドの体を引き寄せる。

彼の体を跨《また》ぐように膝をつくと、ヴィンセントは右手でコンラッドの顔を掴《つか》んだ。

「『これ』は、てめえの復讐なんかじゃねえよ。大事な大事な復讐を、てめえはしょうもねえモンに委ねちまったのさ」

凄《すさ》まじい膂力《りょりょく》でコンラッドの体を押さえつけながら、ヴィンセントは左手の指をコンラッドの左目に捩《ね》じり込んだ。

「いい夢を見れただろ。そろそろ目を覚ましな」

眼球の中、どす黒い靄《もや》が離別を拒むように激しく暴れまわる。

憐《あわ》れむような眼差《まなざ》しをコンラッドへ向けてから、ヴィンセントはその眼窩《がんか》から義眼を抜き取ったのだった。

★

「……よし！」

電波塔の麓、巨大な鉄脚の陰に、イルミナの満足げな声が響く。

血の拒絶反応を利用した杖の爆発……そのトリガーとなる装置をアリルと協力して解体したイルミナは、額に浮いた汗を拭う。

「もう大丈夫なのね？」

エレクトラとマダム・アレプは、地面に横たわる黒服たちの腕をコードで縛りあげている。

アリルの手引きでひっそりと起爆装置のもとまで忍び込み、マダム・アレプの魔法や〈天使の呼声《ロイヤル・オペラグラス》〉の能力を最大限に利用して速やかに見張りのテロリストを排除……ものの十数分で目的を達成した四人であったが、安堵《あんど》できる状況ではない。

未《いま》だに、彼女たちは敵陣の中心にいるのだ。

「後は……ヴィンセント次第だけど……」

そう呟《つぶや》いたイルミナに対して、アリルとエレクトラもまた神妙な面持ちだった。

「爆破の心配もなくなったことだし、今から展望台に登る……わけにもいかないわよね」

「万が一、展望台でテロリストたちに囲まれたりしたら、それこそ逃げ場がなくなっちゃうよ」

「これ以上の戦闘は無理よ。ただでさえ貧血だっていうのに……」

ヴィンセントとコンラッドの戦闘が始まってから、もうずいぶん時間が経《た》っているはずだ。だというのに、鉄塔にも広場にも動きはない。

セレモニーの開始時間も過ぎていて、群衆や黒服たちも落ち着かない様子だ。

「ど、どうしよう……」

思わずそんな声を漏らしたアリルの肩にそっと触れると、イルミナは立ち上がった。

「一旦、ボクたちはここを離れよう。ほとぼりが冷めたら、機会をうかがってヴィンセントに接触するんだ」

来た時と同じようにこっそりとその場を離れようとしたイルミナであったが、鉄塔の脚の陰……エレベーターホールの方面に人影を認めた。

「待って！　まだ黒服がいるみたい……」

「ここにいた何人かはもうみんな倒したはずよ？」

イルミナと共に鉄の柱の陰に隠れたエレクトラは、その目を凝らして人影を捉えた。

「なんか……やけにフラフラしてるわね……今のうちに近付いて、やっつけちゃう？」

「……いや、あれは……！」

機械仕掛けの義眼で同じ方向を見つめていたイルミナが、思わず両目を見開いた。

「ヴィンセントだ！」

イルミナたちが駆け寄るよりも先に、ヴィンセントは背負っていたコンラッドを地面に放り出すと、自らも地面に倒れ込んだ。

「ヴィンス！」

見るに堪えないひどい怪我《けが》に加えて、大量の失血によって色を失った体を、エレクトラはやさしく引き起こした。彼女は地面に座ると、ヴィンセントの頭をそっと膝の上に乗せる。

「よくやったわ！　偉いわよ！」

「い、生きてるんだよね⁉」

ヴィンセントの傍《そば》に座り込んだイルミナは、彼の首元に指をあてたり、鼻に耳を近付けたりした。

「だいぶ脈が弱い……早く病院に連れて行かないと……」

呟いたイルミナは、ヴィンセントの左手が不自然に握り込まれていることに気が付いた。

その手に触れると、ヴィンセントは差し出すように掌《てのひら》を開く。

「……これは」

白い眼球に、蠢《うごめ》く靄のような瞳孔。

間違いなく、これはコンラッドの目に嵌《は》められていた魔法義眼だった。

はっとして傍へ目を向けると、意識を失ったまま仰向けになったコンラッドの体にアリルが縋《すが》りついていた。

嗚咽《おえつ》を漏らし、体を震わせるアリルの姿と、ヴィンセントに声をかけ続けるエレクトラの姿を見比べていると、イルミナはついにその胸に抱えていたわだかまりの正体に気が付いた。

まるで時が止まったかのような感覚。

イルミナは自分の脈拍をやけに大きく感じていた。

ヴィンセントが言っていた通り、自分の『病理』とやらは、そう複雑なものではないらしかった。

「……って、こんなこと考えている場合じゃない」

首を振るって余計な思考を振り払うと、イルミナは立ち上がった。魔法義眼はポケットにしまい込む。

「二人とも、とにかく病院へ運ぼう。まだ助かるはずだよ」

「……あ、あれ？　〈狐《きつね》〉さんは？」

いくぶんか気持ちが落ち着いた様子のアリルが発した言葉に、イルミナもエレクトラもはっとした顔で辺りを見回した。

そういえば、さきほどまでそこに立っていたはずのマダム・アレプの姿がない。

「どこに行ったんだろう……？」

「……どうせ隙を見て逃げたんでしょ。わたしたちは構わずに行きましょう」

そう言って、エレクトラはヴィンセントの体を担《かつ》ぎ上げた。

残るコンラッドの体は小柄な二人が両側から腕を回して抱え上げるようにして、一行はひっそりとその場を後にした。

★

「おのれ……エルフェールめ……」

無人の第一展望台。

床に這《は》いつくばるようにして一人の男が怨嗟《えんさ》の籠った声を発する。

パーマストンは死んでなどいなかった。

鉄塔に吹く風と、彼自身の魔法の力で第一展望台に着地した彼は、左目からの出血と全身の負傷に苦しみながらも生きながらえていたのだ。

己を鼓舞するためか、彼は憎悪《ぞうお》の言葉を並べ続ける。

じりじりと床を這いながらエレベーターを目指していた彼は、何者かがその方向から現れたことに気が付いた。

「まあ、いいザマね。これが〈獅子《しし》〉の姿なのかしら」

「……女狐《めぎつね》め」

忌々《いまいま》しげに見上げたパーマストンに対して、マダム・アレプは軽蔑した表情のままそこに立っている。

「どうやら、電波塔爆破作戦は失敗みたいね。元より爆破するつもりなんて、あなたにはなかったでしょうけど」

「……貴様らの死に様や尊厳などというものは、チリ紙に包まれた鼻糞《はなくそ》ほどにも価値はない。電波塔の爆破などしなくとも、テロリストに襲われたと偽装すれば、暗殺から生き延びた英雄的な政治家として存在感を示す私の目的は達成される……」

「エルフェールの件もそうやってでっちあげたわけ？」

「ふん……貴族の人間など、尊厳などというくだらないものを後生大事にする馬鹿ばかり……焚《た》きつけてやれば火の消し方も分からずに灰になるだけだ」

パーマストンの言葉に、女詐欺師はただ無機質な顔をしていた。

「死ぬのは怖くないのかしら？　あなたが焚きつけて鉄塔に爆弾を括《くく》りつけたテロリストが、下にはいくらでもいるわよ。それに、私があなたを殺さない保証もない」

「は！　殺せるもんか……貴様らが――」

血の滲《にじ》んだ口内を見せつけながら、パーマストンは嘲笑する。

「首輪に繋《つな》がれた犬どもが、自分の意志で生き死にを決められると思い上がりおって……所詮、貴様らは飼いならされることを選んだ負け犬だ。殺せるもんか……飼い主であるこの私を……」

事実、眼窩から血を垂れ流し、片方の足があらぬ方向へ曲がっているパーマストンを前にしても、マダム・アレプはそれ以上動こうとはしなかった。

「どけ……貴様らと違い、私には使命がある。衆愚を操り、ゆくゆくはこの王国を手にする」

「……そう。そこまで言うなら、邪魔しちゃ悪いわね」

そう答えて、マダム・アレプは踵《きびす》を返す。

一度も振り向くことなく、彼女は展望台を立ち去った。

再び床を這いずり始めた市長は、塔の下が騒がしいことに気が付いた。

まるで波がうねるような群衆の声は、明らかに何かの事件が起きたことを示していた。

「なんだ……？」

と呟いたその声が、なぜだかあちらこちらから重なって響いている気がする。

さらに大きくなるざわめきに、パーマストンはある可能性に気が付いた。

ぶわりと噴き出す冷や汗と焦燥感に駆り立てられるように辺りを見回すと、彼は『それ』に気が付く。

「中継カメラ……！」

頂上展望台に設置されていたはずのカメラが、なぜか自分に向けられている。

「……あ、あの女狐……！」

すべてに気付いた時には、もうなにもかもが遅かった。

微《かす》かな香水と煙草《たばこ》の臭いが辺りに漂っていたが、茫然自失《ぼうぜんじしつ》となったパーマストンがそれを感知できるはずもなかった。

epilogue.

血眼の二人

Bloody-eyed duo

「〈偽王の冠《マリグナント・ヘイロウ》〉」

「なんだって？」

「魔法義眼に刻まれていた銘さ。『操作性』を追求した、〈天窓の八義眼《オクト・アルカナ・オキュラス》〉の一つだ」

「気色の悪い名前だぜ……」

ノーリッチ市の片隅、小さな診療所には柔らかな日の光が差し込んでいた。

イルミナたちが大電波塔爆破を阻止したその翌日。あの後すぐに診療所に担ぎ込まれたヴィンセントは、輸血を受けて順調に快復していった。

とはいえ消耗は激しかったようで、訓練された肉体を持つ彼をもってしても元気に走り回るようなことはまだできないようだ。

未《いま》だにひゅうひゅうと喉から隙間風を漏らしながら、ヴィンセントは新聞を広げていた。

「『大電波塔破壊未遂　パーマストン市長、テロリストと共謀か』だってよ。死んでりゃあ捕まりもしねえのにな」

「彼は……法によって裁かれるべきだよ。安易な方法で罪がうやむやになってはいけない」

「厳しいねえ」

と、どうでもよさそうに答えてから、ヴィンセントは新聞を畳んだ。

「で、あんたはなんで入院してんだ？」

「むちうちだよ。あんな高度から落ちたんだ。君の杖《つえ》がなければどうなっていたことか」

ヴィンセントのベッドの横に椅子を据えて座っていたイルミナは、その首に巻かれたコルセットに触れる。

「君のとっさの判断で、ボクもアリルも救われたんだ。ありがとう、ヴィンス」

「おうよ……ん？」

そっけなく答えたヴィンセントだったが、イルミナの言葉尻を受けて小さく疑問符を浮かべた。

「ヴィンス？」

そんな呼び方をするのは、故郷の人間だけだ。

「エレクトラ以外からそう呼ばれるのはいやだったかな？」

「いやじゃねえけどよ……どういう風の吹き回しだ？」

ベッドから体を起こしたヴィンセントに対して、イルミナは少し照れくさそうに話しはじめた。

「あのとき、君やコンラッドがエレクトラたちに介抱されている姿を見て気が付いたんだ。君たちには帰る場所があって、それから帰りを待つ人がいる。ボクにはないものさ」

「…………」

「ボクはね、寂しかったんだ。その感情を、自分で気づけないように隠してしまうほどにね……ネイルス邸へ向かうとき、君が言っていたのはそういうことだろう？」

「帰る場所がないだとか、帰りを待つ人がいないだとか……そんな重苦しいことが言いたかったわけじゃねえよ」

想像以上に思いつめているのではないかと、さしものヴィンセントでもイルミナのことが心配になったが、彼女はケロリと笑みを浮かべた。

「だからね、ボクは『今』を大切にしたいと思う。君は……ボクが工房を出てから初めて深くかかわる、客以外の人間だ。これからも長い付き合いになるだろうし、肩肘張った関係も息苦しいだろう？」

「……呼び方なんて好きにしろよ。あんたの気が済むんならな」

「ふふ……」

ぶっきらぼうな態度を貫くヴィンセントにイルミナが微笑《ほほえ》んでいると、用心棒は彼女の手に握られた禍々《まがまが》しい義眼を指さした。

「そいつは、〈天使の呼声《ロイヤル・オペラグラス》〉とは比べ物にならねえほど危ないもんだぜ。俺たちが所有してるってことも隠した方がいいだろうな」

「……ボクも、これを自分の目に嵌《は》めるつもりはないよ。人を洗脳して操るなんて、そんなものは人の手に余る力だ。師匠の『支配欲』の全てがつぎ込まれたこの義眼は、誰の手にも渡るべきではない代物さ」

イルミナがポケットに魔法義眼を収めたのをヴィンセントが眺めていると、病室の扉をノックする音がした。古い木扉なので低い音がよく響く。

姿を現したのは、小柄な少女だった。

「へっ……」

おずおずと入室したアリルを見て、ヴィンセントは思わず吹き出す。

その首には、イルミナとまったく同じコルセットが巻かれていた。

二人が並ぶと、金持ちの家で飼われているような、番犬にもならない小さな犬のようだった。犬のサイズに見合わない大きく豪華な首輪が特に似ている。

「負傷しながらも君を甲斐甲斐《かいがい》しく介抱していたボクに対する、それが正当な態度なのかい？」

「玉乗りとかならできそうだな」

「……まったく」

「あ、あのぅ……」

弱々しく主張するアリルに、二人は目を向けた。

「ヴィンセントさん……目を覚まされたようでよかったです」

「……あんたの兄貴はどうなんだ？」

「お兄様はまだ……目を覚ましていないのです」

アリルは落胆した様子だった。椅子に座り、膝の上に乗せられた両手を握って、不安を押し殺している。

「きっと、危険な魔法義眼を長時間嵌め続けていたからだね」

「お腹《なか》の傷は出血が止まって、脈拍も息も正常なのですが、静かに眠ったままで……」

でも……とアリルは俯《うつむ》いたまま少し語気を強めた。

「お兄様には、頭を冷やすための時間が必要です。わたしも言いたいことが沢山ありますし、お兄様が目覚めることを信じて待ちます」

覚悟の決まったアリルのその言葉に、イルミナは静かに頷《うなず》く。

「そんな君に、渡しておきたいものがあるんだ」

手を差し出して、イルミナからそれを受け取ったアリルは、湾曲したその薄い物体をまじまじと見つめた。

「これは……義眼ですか？」

「そう、ボクから渡せるものなんて義眼くらいだけど……それは、魔法義眼ではなく、樹脂でできた一般的な義眼だ。装着者の容姿を整え、眼窩《がんか》を保護するためのもので、それを嵌めたところで目が見えるようになるわけではない……ましてや、人を操るようなことはできない」

もう、しばらくは魔法義眼なんて見たくないだろう？　というイルミナに、アリルはこくこくと頷いた。

「魔法義眼に悪意を増幅されていたとはいえ、お兄様の行動は……決して許されるべきものではありません。もちろん、わたしもそうです」

義眼を大切そうに両手で握ると、アリルは潤んだ瞳で二人を見た。

「イルミナさん、ヴィンセントさん……本当にありがとうございました」

「……こちらとしても目的の義眼が回収できたから問題ねえさ。それより、あんたの兄貴はどこであんなもんを拾って来たんだ？」

「それは……」

とアリルは苦い記憶を手繰るように眉尻を下げる。

「あれは、病床にあったお母様がお父様を追うように亡《な》くなった頃です……失意に沈んでいたお兄様とわたしの前に、義眼商人を名乗る方が現れました……」

「義眼商人？」

「はい、なにやら『未来が視《み》える』とかで……いかにも怪しい人物だったので、最初はわたしたちも相手にしていなかったのですが、彼が予言した通りのことが次々に起こってしまいまして……お兄様の復讐《ふくしゅう》心を見抜いていた義眼商人に唆《そそのか》されて、お兄様はあの禍々しい魔法義眼を左目に嵌めることになったのです」

あの時、わたしがお兄様を止められていれば……とアリルは声に後悔をにじませた。

「その商人ってのはどんな奴《やつ》だ？」

イルミナと顔を見合わせたヴィンセントにそう訊《き》かれると、アリルはただ小さく首を横に振る。

「若い男性でしたが……顔には仮面を被《かぶ》っていたので分かりません。ただ――」

「ただ？」

前のめりになるイルミナに対して、アリルは言葉を選ぶようにゆっくりと話を続けた。

「ただ、とてもやさしい声をしていたんです。まるで悪意も、商売っ気もない話し方で、わたしたちの心の痛いところを羽根で撫《な》でるような、まるで神父さんのような……」

それ以上、アリルからは手がかりになりそうな情報は出て来なかった。

短く言葉を交わし、イルミナたちはアリルを病室から送り出した。

アリルが病室を出るその間際《まぎわ》、ヴィンセントは彼女とふと目があった。

どうせまた怖がられるのだろうと思ったが、そうではなかった。アリルが浮かべたのは、気弱さから人の顔色を窺《うかが》うような愛想笑《あいそわら》いではなく、物怖《ものお》じなど一切しないような清々《すがすが》しい笑みだった。

そして、唇の動きだけで「ごめんなさい」と伝えられたような気がした。

「……あんた、どう思うよ」

「未来が視えるというその目……十中八九〈天窓の八義眼《オクト・アルカナ・オキュラス》〉に違いないよ。本当に存在していたなんて……」

「これからは国を回りながらそいつの情報を探ることになるな」

「……未来が視えるという人間を、一体どう追えばいいんだろう」

イルミナのその呟《つぶや》きを最後に、二人の間には重い沈黙が流れた。

もしかしたら師匠を殺害した人間である可能性もあるその義眼商人のことを考えると、イルミナの眉間には自然と深い皺《しわ》が寄る。

「……まあ、今考えることじゃねえや！」

と、思考を打ち切るように声を上げたのはヴィンセントだ。

「賭場《とば》を襲撃して、詐欺セミナーを破壊して、三百メートルの電波塔のてっぺんから落ちたんだ。焦《あせ》って動いたら次に何が起こるかなんて分かったもんじゃねえぜ。俺たちにもクールダウンタイムは必要だろ?」

「……そうだね」

今回のことで、強大な力を持つ〈天窓の八義眼《オクト・アルカナ・オキュラス》〉が関わる事件がいかに危険であるかをイルミナも再認識できた。これがただの気楽な回収旅行でないことは明白だった。

「それにしても、結局は全部あのガキの思い通りだったな」

口をへの字にしたヴィンセントの言葉を受けて、イルミナは「へ?」と頓狂な声を上げた。

「暴走する兄の大量殺人は防いだし、親の仇《かたき》は檻《おり》の中。おまけに厄介な義眼はそれを欲しがるおかしな二人組に押し付けられたってもんだ。計算してやってんなら大したもんだぜ」

「た、確かに……」

イルミナは思わず、アリルが出て行った扉のほうを振り向いた。

なんだか急にアリルの存在に迫力を感じられるようになり、イルミナは椅子に座ったまま何度か目を瞬《しばたた》かせた。

★

およそ一週間後。

ノーリッチ市の空には薄雲がかかっていたが、十分に気分のいい天気であった。

市の象徴たる大電波塔の爆破未遂事件への、異常な求心力を持っていた市長の関与……

そして原理不明の集団幻想……ノーリッチ市はまさに混乱の最中にあった。

とはいえ、セントラルステーション前は相も変わらず多くの人々が行き交っている。

その片隅に、それぞれ大きな行李《こうり》を抱えた三人組の姿があった。

「先に帰ってりゃいいもんを……」

「こら！　エルは君のことを心配してずっとノーリッチに残ってくれていたんだぞ！」

「いいのよイルミナちゃん……昔からこんなやつだから」

不機嫌そうに腕を組んだヴィンセントを呆《あき》れた顔で見遣《みや》ってから、エレクトラは意地悪な笑みを浮かべた。

「元気になった途端に強気なことを言うだなんて、ヴィンスにも可愛《かわい》いところがあるわよねぇ。昨日の夜なんかはうなされながら何度も甘えるようにわたしの名前を呼んじゃって……しかも最後にはあんな大胆なことまで言うなんて……！」

「いやはや……あれにはボクも思わず妬《や》けちゃったよ」

「おい。そんなこと言うワケねえだろ……言ってねえよな？」

身に覚えのないことに思わず詰め寄るヴィンセントであったが、女子二人は顔を寄せ合ってクスクスと笑うだけだ。

憤然とした面持ちでその様子を見ていたヴィンセントであったが、やがてぼそりと
「……気を付けて帰れよ」

と言った。

「うん。ヴィンスも気を付けてね」

照れることもなく真っ直ぐそう答えると、エレクトラは花のように微笑《ほほえ》む。

「もちろん、イルミナちゃんもね！」

エレクトラに抱きしめられたイルミナは、少し遅れてから自分の腕を彼女の背中に回して抱擁を返した。

「ヴィンスのこと、頼んだからね」

そっと耳打ちされたイルミナは、エレクトラの腕の中で小さく頷く。

しばらくして抱擁を解くと、エレクトラは床に置いていた行李を持ち上げた。

「そろそろ汽車の時間ね。行かなくちゃ」

「そうだね、ボクたちも行こうか」

と、エレクトラを追って駅の方へ歩こうとしたイルミナは、背後からヴィンセントに襟首を摑《つか》まれて急停止した。

「おや？　ヴィンセントくん？　どうかしたのかな……？」

「おう、ご主人様よォ……帳簿付けがあんまり得意じゃないあんたに代わって、俺が勘定をしてやったんだ。入院中は暇だったからな。一週間の入院費用に、義眼の材料費、食費、滞在費……手元に残った金じゃ三食乾パンで済ませることになる」

というわけで……とヴィンセントは駅の反対側を指し示した。

馬車に繋《つな》がれた馬たちが、揃《そろ》って欠伸《あくび》をしている。

「俺たちはあっちだ」

「い……いやだーーーっ！　汽車に乗せてくれーーーーっ！」

抵抗も空《むな》しくヴィンセントに引きずられていくイルミナに、エレクトラは笑顔のまま大きく手を振った。そのコートの胸元には、少しくたびれたハナニラを象《かたど》った手編みのブローチが付けられている。

そっとそれに触れると、エレクトラはもう一度微笑んでから駅に向かって歩き出した。

「もし、全部が上手《うま》くいって〈天窓の八義眼《オクト・アルカナ・オキュラス》〉が集まった後は、俺たちの村に来ればいい」

前を向いたまま、ヴィンセントはそんなことを言いだした。

「え？」

直前までじたばたと抵抗をしていたイルミナだったが、それを聞いて暴れるのをやめた。

首を捻《ひね》ってヴィンセントを見上げると、彼はそっけない様子だった。

「人よりも羊が多いような退屈な場所だが、それでも良ければ来い」

「……うん！」

弾んだ声で、イルミナは答える。

「是非ともそうさせてもらうよ。柵を直すくらいならボクでもできそうだ」

立ち並ぶ馬車の中、ヴィンセントは西へ向かう一台に荷物を詰め込んだ。

先に車内に上がったヴィンセントから手を差し伸べられたイルミナは、その手を取って馬車の中へ乗り込む。彼ら以外に、乗客の姿はない。

★

早速椅子の上で横になるヴィンセント。

本を取り出して姿勢よく読み始めるイルミナ。

それは、二人にとっては当たり前の光景となっていた。

やがて、馬車はゆっくりと動き出す。

ノーリッチの大電波塔は、爆破未遂事件などなかったかのようにそこに聳《そび》え立っていたが、二人が馬車からそれを覗《のぞ》くようなことはなかった。

汽笛の音。馬のいななき。

それぞれの紀行は、小休止を挟みながらも着実に進んでいく。

あとがき

モノをよく失《な》くす性分でして、大人になっても改善の兆《きざ》しがありません。

一方でモノへの執着が強い人間でもあるので、普段は使わないようなものでも、「そういえばアレ、どこへやったかな……」と気になりはじめると、それを探すことで頭がいっぱいになって、他のことが手に付かない始末です。

さておき、この作品には、「何かを探している人」がたくさん出てきます。製造元責任者として回収しなくてはならない危険物であったり、自分の心身に深い傷を刻んだ人間であったり、奪われた尊厳を取り戻す方法であったり……探しものはそれぞれですが、みんな血眼《チマナコ》になって駆けずり回っています。

「夢中に何かを探している人」というのは必然的に一人の世界に没頭してしまうものなのですが、そんな人たちが集まると、不意に目的外の大切なものが見つかったりするものです。

そういうわけですから、皆さまの探しものもまた見つかればいいなと思う次第です。

さて、この作品を読者諸賢の手元にお届けするためには多くの方のご協力が必要でした。

何を差し置いても、ファンタジア大賞選考委員の先生方、選考に携わった皆さま方。

〆切《しめきり》も頁《ページ》数規定も守れない上に呑《の》み込みの悪い筆者のために丑三《うしみ》つ時までお付き合いをいただいた担当編集の田辺《たなべ》さま。

ポップでありながらも外連味《けれんみ》溢《あふ》れる魅力的なイラストを以《も》ってキャラクターたちに命を吹き込んでいただいたかれい先生。

推敲《すいこう》を手伝ってほしいなどという厚かましい要求に何度も付き合ってくれた友人連中。

精神的にも経済的にも支えてくれた家族。

末筆ながら、ここに心よりの謝意を表します。

一月吉日　靴下の片方を探しながら　可笑林《かしょうりん》

富士見ファンタジア文庫

血《チ》眼《マナコ》回収《リコール》紀行《トラベログ》

令和6年3月20日　初版発行

著者――可《か》笑《しょう》林《りん》

発行者――山下直久

発　行――株式会社KADOKAWA
〒102-8177
東京都千代田区富士見2-13-3
0570-002-301（ナビダイヤル）

印刷所――株式会社暁印刷

製本所――本間製本株式会社

ISBN978-4-04-075308-9　C0193

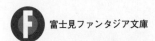

ティナ
四大公爵家のひとつ、ハワード家に生まれた公女殿下。なぜか誰でも扱える程度の魔法すら使うことができない。
変える
はじめましょう
アレン
公爵令嬢ティナの家庭教師を務めることになった青年。魔法の知識・制御にかけては他の追随を許さない圧倒的な実力の持ち主。
発売中!

切り拓け！キミだけの王道
ファンタジア大賞
原稿募集中！
賞金
《大賞》300万円
《金賞》50万円
《銀賞》30万円
選考委員
細音啓「キミと僕の最後の戦場、あるいは世界が始まる聖戦」
橘公司「デート・ア・ライブ」
羊太郎「ロクでなし魔術講師と禁忌教典《アカシックレコード》」
ファンタジア文庫編集長
前期締切 8月末日
後期締切 2月末日
公式サイトはこちら！ https://www.fantasiataisho.com/
イラスト／つなこ、猫鍋蒼、三嶋くろね